谨以此书致敬奋斗者以及奋斗者的伟大时代

鲁冠球

一位中国农民、改革者、企业家的成长史

胡宏伟　著

浙江文艺出版社
Zhejiang Literature & Art Publishing House

序言｜为什么我们会怀念鲁冠球

　　总有一些人，虽然已经离去，却依然活着：

　　一位企业家同行：无论做企业，还是做人，他都是我们的榜样；

　　一位媒体人：没有境界，怕是难以读懂他，他，是唯一的；

　　一位美国友人：他深深地激励了我们所有有幸与他在一起的人，他激励我们成为更好的人；

　　一位特困学生：也许您并不认识我，因为您呵护过的孩子实在太多太多，但是我却记得您，天使一般的您；

　　一位家人：外公一生取得了非凡的商业成就，但他对大多数人的意义，在于他是一个善良而心胸开阔的真正的社会仆人。

　　……

　　他们共同怀念和想要说谢谢的"他"，是浙江省杭州市萧山宁围童家塘人，一位奋斗了半个多世纪的农民企业家鲁冠球。

　　2017年10月25日，鲁冠球辞世。

　　鲁冠球辞世的消息传来之时，我正在着手写作《东方启动点：浙江改革开放史（1978—2018）》。改革开放40周年，万向创业即将50周年，中国故事、浙江故事、万向故事的本质是人的故事。每个夜晚，当我打开早已落满尘埃的采访本时，当我埋首于无边无际的史料堆时，一个个知名或不知名的浙江人就会列队从历史的深处走来,又消散无踪。

在改革开放的历史时空语境下,在无数浙江人乃至中国人筚路蓝缕、砥砺奋进的浩瀚长河中,鲁冠球的定位究竟是什么?鲁冠球的故事有着怎样的时代意义?他为什么值得我们长久怀念?

四个鲁冠球

从大历史时空的两端回望,鲁冠球的价值呈现于四个维度:中国农民的儿子鲁冠球、企业家鲁冠球、改革者鲁冠球、思想者鲁冠球。

万向集团官网对鲁冠球的介绍是一行醒目的大字——从田野走向世界的中国农民的儿子。

鲁冠球真的是农民的儿子。但这个浙江萧山宁围的"中国农民的儿子"从小就对在钱塘江边当农民种棉花了无兴趣,他最大的梦想是进城去,做工人。虽然,很多年后鲁冠球以企业家的卓越成就享誉海内外,但他总是执拗地强调自己是"中国农民企业家",他对农民和乡村有极为浓烈的情结。

作为精明的企业家,鲁冠球在两个产业上义无反顾,天天"烧钱":一个是电动汽车,从1999年启动,至今已经"烧掉"100亿元以上,回报还"没看到";另一个是农业,20世纪80年代中期开始,鲁冠球先后办起了农业车间、养鳗场、山核桃基地、山杏基地,以及玉米良种公司等。早期农业投资败多胜少,但鲁冠球屡败屡战。他一次次地说:"我生在农村,长在农村,万向就是从农村走出来的。我不会忘本,不能忘了农民。"为农民说话,让更多的农民富裕起来,成为鲁冠球创业与改革的清晰取向。

千百年来,农民一直是中国活得最苦的群体,从某种意义上说,今天还是。至少在浙江,民营企业改革开放的创业史就是一部中国农民脱贫致富的翻身记。1代和1.5代浙商历来有"两个80%"的说法：80%出身农民，80%为初中以下文化水平。正因为穷，因为没文化，浙江农民的草根创业冲动没有什么高深的理由，就是为了能够活下去。

改革开放的坐标之上，人数极为庞大的浙商群体的成长史，就是中国农民的"人的解放"的历史。鲁冠球恰是这一历史进程中最优质的个体样本，没有之一。鲁冠球是幸运的，他深知只有把握住改革开放才能让自己有翻身的机会，而只有让更多底层民众翻身的改革才能走得更远。从这一视角看，"改革模范生"浙江给予中国最大的启示，不是发达的专业市场，也不是游走天下的老板，而是千百万底层农民成为了改革的主体、财富分享的主体。

我曾经很多次前往位于江苏省苏州市吴江区开弦弓村的著名社会学家费孝通先生的纪念馆。费老念兹在兹的理念是——没有农民和农村的现代化，就没有中国的现代化。至少在今天，农民和农村的现代化仍是不可承受之重：我们还有5.6亿农民，还有2.8亿农民工，还有他们身后的6800万留守儿童。

"中国农民的儿子"鲁冠球的故事和他对农民的真情守望告诉我们，无论走了多远都不能忘记改革为什么出发，以及在这个不均衡的财富世界，我们的改革将向哪里去。

鲁冠球无疑是最优秀的企业家，辞世后，他也因为是中国企业界的领袖级人物而被无数人追思。

太多的数据足以让太多的人敬仰企业家鲁冠球：从一个铁匠铺起步，2016年，万向集团营收1107亿元，位列强者林立的浙江企业英雄榜前5位；2017年胡润中国百富榜，鲁冠球家族以491亿元位居第37位；控股了5家上市公司，投资了18家A股、港股上市公司。

50余年创业史，作为企业家，鲁冠球赢在坚韧执着，以及高远的雄心和战略眼光。

鲁冠球崛起于草根，却从未被乡野遮蔽双眼。1984年，万向生产的万向节第一次出口美国;1994年,成立万向美国公司,7年后,收购美国纳斯达克上市企业UAI公司,开中国民营企业收购海外上市公司之先河。截至2017年,万向集团在美国22个州拥有1.8万名员工,每年在美国本土实现产销40亿美元。"在洋人的地方,用洋人的资源,做洋人的老板,赚洋人的钱",鲁冠球成了最具国际化视野、胸怀和战略眼光的中国农民企业家,其下接地上接天的个体的嬗变,折射的恰是最为深刻的国家巨变。

但是,在大历史格局下,在我的心目中,鲁冠球最重的分量不是作为企业家,而是作为一位最坚韧的改革者。从企业家角度而言,他是"一流";从改革者角度,他在浙商甚至整个中国企业家群体中的价值某种意义上堪称"唯一"。换言之,鲁冠球的万向恰恰是因为领跑改革而成长为产业领跑者。

鲁冠球是因改革开放而翻身的"中国农民的儿子",但他从来不是被动或侥幸地成为改革的受益者。从一开始,他就是奋勇争先的最勇敢的改革领跑者:

1983年,承包乡镇集体企业萧山万向节厂经营权,比石家庄造纸厂厂长马胜利成为"承包国有企业第一人"还要早一年;

1984年,申请实行股份制未被批准,便再度申报批准,在工厂悄悄搞起了职工入股的股份合作制;

1989年,把万向节厂多年积累的净资产中36.42%的股权明确划归乡政府,其余归"厂集体"所有。乡政府的角色从过去可以为所欲为的企业产权完全代表者,转变成只能与"厂集体"平起平坐的股东。鲁冠球以这一后来被称作"花钱买不管"的和平赎买,获得了对企业的绝对控制权。

······

回想自己这代人的创业梦,鲁冠球曾经用"跌宕起伏"来形容。这是鲁冠球的"跌宕起伏",更是大时代的"跌宕起伏"。许多今天看来理所当然的东西,在当年是何等艰难与惊心动魄。

作为企业家的鲁冠球和作为改革者的鲁冠球的区别在于,企业家要面对市场风险,成败与个人有关;改革者要面对市场与政治双重风险,成败与国家命运有关。

为了穿越数不清的沟壑险滩,改革者鲁冠球除了具有大无畏的勇气,还必须拥有一个思想者必备的更稀缺更宝贵更强大的能力、素质与政治智慧。

鲁冠球生前每天早晨6点起床,深夜12点睡觉,每天坚持阅读三四万字,每天雷打不动地看晚间7点的央视《新闻联播》。只有初中二年级文化程度的他曾经撰写过120多篇论文,2005年甚至还摘得了被称为中国企业科学管理领域最高奖的"袁宝华企业管理金奖",成为获此殊荣的第一位民营企业家。

鲁冠球极具政治智慧又极富韧性:他穷极一生想做大事,却兢兢业业做好每一件小事;他有自己不可动摇的底线,却懂得妥协进退;他是迂回曲折的水,却总能滴水穿石;他永远温和渐进,却竭其一生不达目标决不言败。事实上,中国改革开放40多年走到今天,其路径与姿态,又何尝不是如此?

从利己出发的利他主义者

在本书的写作中,最令我着迷也最费思量的悬念是:什么是鲁冠球的世界观? 什么才是他一生奋斗的恒久驱动力?

无疑,鲁冠球最初创业的原始冲动就是不当农民。"自己今后想干什么我很清楚——不种地。我觉得农民吃不饱、穿不暖。"

对家人、对乡亲、对农民兄弟穷困潦倒的耳闻目睹,推动着鲁冠球义无反顾地投身于创业。被驱赶、被呵斥、被清算,甚至不得不卖了祖屋还债,鲁冠球的早期创业之路异常崎岖,但也让他看到了个人摆脱贫困的一线光亮——到1969年正式创建宁围人民公社农机修理厂时,他"已经骑上了158元钱的永久牌自行车,戴着120元钱的上海牌手表,家里听的是48元一台的红灯牌收音机,在宁围信用社有110元钱的存款,当时也算是大户了"。

转折点是1983年。这一年,因为在浙江乃至全国第一个个人风险承包乡镇企业的成功,依据承包合同,鲁冠球应得奖金8.7万元,但他没有拿,而是将奖金"全部献给企业,发展生产和进行智力开发,使企业办得更好"。在"万元户"即为富豪的年代,截至1993年,鲁冠球累计放弃并捐献给企业或用于办学的承包奖金达300万元。

1986年春天,在杭州的人民大会堂,作为一名只有两年党龄的新党员,鲁冠球以"通往共产主义的路就在脚下"为题,给全市机关党员干部上了一堂党课——"不能光为自己富,要带领群众共同勤劳致富"。

从利己出发,终而抵达利他的彼岸,这便是与鲁冠球的成长史相伴相随的世界观的进化史。愈前行,愈坚定,他的一生不仅自己努力做"一个高尚的人,一个纯粹的人,一个有道德的人,一个脱离了低级趣味的人,一个有益于人民的人",而且,努力地带领万向做一家高尚的公司,一家纯粹的公司,一家有道德的公司,一家脱离了低级趣味的公司,一家有益于人民的公司。

综观鲁冠球半个世纪的创业历程,其利他主义价值取向绝非空泛的口号或招摇的噱头,而是清晰体现于以下四个层面丰富且系统化的企业实践:

——企业内部,营造利益共同体。鲁冠球多次说过,要让员工在企业里非常地快乐,不是为了生产而生产,要让他们将工作变成乐趣,"否则,你就是失败的"。为此,万向企业文化给出了明明白白的诠释:"想主人事,干主人活,尽主人责,享主人乐",大力弘扬新时期的"主人翁精神"。企业是企业家的,同样是全体员工的,全体员工的主人翁地位一是体现于企业对员工的尊重和善待,二是体现于效率与公平相结合的薪酬分配制度,以及共存共融共赢的产权制度安排。早在20世纪80年代,鲁冠球就生动地概括了著名的"两袋投入"——口袋投入和脑袋投入理论,即努力使员工实现物质富裕的同时实现精神富有。

——企业之间,市场不是战场。万向成长史,迈过了一道又一道无比艰难的坎：原材料之争、价格之争、质量之争、市场之争，但是万向没有敌人。企业竞争是一种必然和必需，然而竞争的目的一定不是消灭他人，而是努力让自己做得比他人更好。"要在自己胜利的同时，让别人获益。企业家担负着促进自由竞争的使命，只有超越了一己之利，企业才能有更广阔的生存空间。"尤其是在万向成为行业龙头、产业领袖的时候，鲁冠球想得更多的是怎样打造良好的产业生态，如何兼顾多数人的利益。市场竞争的太平洋很大，容得下你我的共同成长。事实也证明，有格局、有胸怀者方能赢天下。

——企业与社会，乐于并善于承担社会责任。企业从来不是游离于社会之外的组织闭环，而是社会的有机组成。无论是在企业成长期的助力乡村建设，还是在企业成熟期的关爱"三农"、热心慈善，鲁冠球念兹在兹的始终是在承担社会责任方面能做些什么以及如何做得更好。荀子说，人"力不若牛，走不若马，而牛马为用，何也？曰：人能群，彼不能群也"。鲁冠球的理解是，一个人或一个企业之所以强于牛马，就是因为能够组织起来，因此，一个人或一个企业只有投身并服务于社会，依靠集体的力量，才能真正实现自身的利益。同时，鲁冠球清醒地知道，承担社会责任亦必须遵循企业发展的内在规律，厘清企业与社会的边界，既要量力而行，又尽力而为。

——中国企业与世界，因利益共享而共生。鲁冠球和他的万向集团是国际化意识最早苏醒的中国企业之一：第一个将汽车零配件出口美国市场，在中国民营企业中第一个收购海外上市公司，创建了美国中西部地区最大的中资企业万向美国公司。但万向集团国际化中最值得称道的，不是占据了多大的市场份额，斩获了多丰厚的利润回报，而是由于坚定秉持利他共生的生态发展理念，赢得了世界的普遍尊重。鲁冠球始终认为，万向是国际市场的创造者、分享者，而绝不是攫取者。美国伊利诺伊州政府因此将每年的8月12日定为"万向日"，以表彰和感谢这家中国公司"为当地人民创造就业机会与对当地经济做出的积极贡献"。

生物进化论学说的奠基人达尔文认为，经过物竞天择的自然进化，有利他天性的生物更有可能使它们的后代留存下来并变得强大。无论是从生物学还是社会学层面,公而忘私的利他主义行为长期受到了普遍的颂扬,20世纪50年代后的中国尤为如此。改革开放伊始,以"让一部分人先富起来"为发端,激活个人利益,带来创造与财富的喷涌。时至当下,所谓"精致的利己主义"泛起,面对日渐显性化的财富分野、阶层分化,利己主义还是利他主义,个人至上还是共同富裕,已然成为绕不过去的重大社会命题。

"求利之心是个人开展事业和各种活动的原动力。但这种欲望不能停留于单纯利己,要把单纯的私欲提升到追求公益的'大欲'的层次上。"日本著名实业家、哲学家稻盛和夫坚信,"这种利他的精神最终仍会惠及自己,扩大自己的利益。"

以利交者,利尽则散;以道交者,地老天荒;以德交者,地久天长。鲁冠球式的利他主义立于"道"与"德"的基石之上,尊重个人及企业之利益,同时不断自我进化提升,以利他主义为方向,正德厚生,臻于至善。

一生做一件有意义的事

鲁冠球一生只会说家乡萧山的土话,这成了他极具辨识度的个人标签。

鲁冠球一生还写过很多文章,留下过很多极具个性化的经典语录。鲁氏语录最大的特点,就是善于用最朴素的语言,说明白最深刻的道理。被列为万向文化"岗位目标"的一段文字,应该是传播最广泛的鲁氏语录:"一天做一件实事,一月做一件新事,一年做一件大事,一生做一件有意义的事。"如果说"利他主义"是鲁冠球的世界观的话,那么"一生做一件有意义的事"便可以理解为鲁冠球践行其世界观的方法论。

万向文化"岗位目标"对什么是"有意义的事"有明确诠释,即不仅是对企业,而且要"对社会对人类有意义"的事。

鲁冠球很可能是连续创业周期最长的中国企业家。1969年,他带着包括结发妻子章金妹在内的6个农民以4000元家当,创办了宁围人民公社农机修理厂。事实上,1962年始,鲁冠球就办过粮食加工厂,开过铁匠铺。与他相比,1984年前后创业的柳传志、王石、张瑞敏等企业大佬均属"晚辈",鲁冠球堪称中国企业界绝无仅有的"常青树"。

阅尽一生,鲁冠球做过的"有意义的事"有一条非常清晰的明线——

从少年时代痴迷上能让自己"呼呼地飞起来"的自行车,到创业早期"收拢五指、捏紧成拳",下决心专攻汽车零配件万向节,再到零部件系统总成,进而造出真正的汽车整车,目标既定,目光如炬,鲁冠球从未迟疑,从未摇摆,从未退缩。他总是说:"要把鸡蛋放在一个篮子里,然后死死抓住这个篮子。"而且他对自己毕其一生所做的这一件"有意义的事"的目标追求,并不仅限于利润的增长或企业的壮大,更在于能给社会带来什么正向的价值和意义。因此,鲁冠球的整车梦无比坚定:生产造福于子孙后代的新能源电动汽车,让天更蓝,水更清,终其一生而不悔。

鲁冠球一生砥砺践行的"有意义的事",还有两条同样非常清晰的暗线——

其一,从自我脱贫,到帮助更多的人致富。鲁冠球说:"从先富、后富到共富是一项伟大的事业,任何伟大的事业都需要千千万万的人去奋斗。"鲁冠球之子鲁伟鼎说:"董事局主席告诉我,万向创立之前,让家人过上好日子是他的动力;万向创立之后,带领更多人过上好日子是他的责任;加入党组织后,共同富裕是他为之奋斗的目标和使命。从为家人、为员工到为人民,董事局主席激励着我们不断前行。"对鲁冠球而言,共同富裕从来不是挂于嘴边的华丽辞藻,是理念,更是行动。

其二,从一个农民出发,自律、自省、自悟,终而抵达自我进化的第三重境界。孔子曰,"义以生利",讲的是以道德追求产生物质利益;鲁冠球则认为,在物质利益之上还应该有道德追求,这种道德追求必须发乎心,而非外力所迫,不是一时一地,而是每时每刻。人对物质利益追求的提高可能会自然地发生,但对道德、精神追求的提高,唯有自我修炼。鲁冠球的故事昭示我们,一个企业、一个国家发展的动力与归宿都是人的现代化,而人的现代化的本质是精神世界的现代化。

"一生做一件有意义的事"。无论是造车,还是帮助更多的人致富,抑或是抵达自我进化的第三重境界,鲁冠球无疑是一个有梦想的人。正如鲁冠球的女婿、万向美国公司总经理倪频所言:"鲁主席有大的梦想。梦想这个东西,和宗教信仰一样,是很可畏的,因为你很难打败有梦想的人。"鲁冠球的坚韧源于他的梦想,而他的梦想的力量,恰是因为他的梦想超越了个体自我,及于他人,及于社会。

通向梦想的路有千万条,鲁冠球选择的是"讲真话,干实事",积跬步至千里。因此,他无数次地说:"我不是商人,我是企业家。"这恰如广为传播、深入人心的浙商群体的"四千精神":走遍千山万水,说尽千言万语,想尽千方百计,历尽千辛万苦。其根本是脚踏实地、吃苦耐劳,甘愿流更多的汗、更多的泪,甚至更多的血。创业之路无论何时都艰辛无比,拼的永远是坚持、坚守与坚韧不拔。

的确,包括鲁冠球在内,第一代中国民营企业家是因为太穷、太缺钱被迫搏击商海,但他们中的卓越者不断进化超越,最终将责任置于财富与生命之上。而在所谓的成功商人和资本投机者光芒四射、大行其道的今天,我们看到的却是:心浮气躁、取巧走捷径甚嚣尘上,盲目的技术崇拜凌驾于人文精神之上,疯狂的金钱追逐被膜拜为宗教。我们究竟失去了什么?我们为什么会迷失?

虽然,企业家因利而生,却依旧不能回避柏拉图的终极三问:我是谁?我从哪里来?我将向何处去?鲁冠球式的"一生做一件有意义的事",重要的不是锁定一个行动目标,而是懂得做事和做人,并找到做事和做人的方向、意义与价值观。这就像高飞的风筝,永远有一根深系大地的线紧紧牵连。

"企业家们"的进化

在撰写本书稿一开始,我便有十分明晰的写作意图与定位:本书不是一家卓越企业的发展史,也不单纯是一个企业家的成长史,而是一个中国农民在大历史轴线上的成长史,是人的进化史。书稿不仅仅要记录鲁冠球一生做过什么,更重要的是必须梳理并回答"做什么"背后的"为什么",及其个人选择和命运与时代演变之间有着怎样的内在关联。

紧随而来的疑问是:鲁冠球的成长史与进化史的时代意义是什么,能给中国民营企业家群体的成长与进化带来什么样的启示?

1978年前的很长一段时光,中国只有依计划生产的工厂和接受行政指令管理工厂的厂长,没有真正的企业和企业家。人们普遍认为,1984年是改革开放后的"公司元年";1985年,《中国企业家》杂志创刊,"企业家"概念重回国人视野。时代的脚步行至鲁冠球辞世的2017年,全国在册私营企业数量已超千万家,企业和企业家群蔚为大观。

但这并不一定意味着中国新生的企业家群体已经真的知晓或通透了自身存在的使命与价值。

2019年8月,181家美国顶级公司的首席执行官——包括亚马逊CEO杰夫·贝佐斯、苹果公司CEO蒂姆·库克、波音公司CEO丹尼斯·米伦伯格等企业领袖——在华盛顿召开的美国商业组织"商业圆桌会议"上,联合签署了《公司宗旨宣言书》。《宣言书》不再追随一直被奉为圭臬的"股东至上"的宗旨,转而宣称"股东利益不再是一个公司最重要的目标,公司的首要任务是创造一个更美好的社会"。具体而言,《宣言书》确信公司及企业家应该致力于达成如下目标：一是向客户传递企业价值；二是通过雇用不同群体并提供公平的待遇来投资员工；三是与供应商交易时遵守商业道德；四是积极投身社会事业；五是注重可持续发展，为股东创造长期价值。

《宣言书》的发布在美国社会引发巨大反响，哈佛大学商学院教授约翰·科特认为"联合宣言重新定义了企业的目的，是一个伟大的开始"。然而，在中国企业家圈层，来自大洋彼岸关于企业目的的热烈讨论并没有激起多大的涟漪与共鸣。如果以20世纪80年代为新生点，中国企业和企业家尽管已经走过了数十年，但最为关心的仍是生存问题，即如何活下去，为了活下去甚至不择手段地去赚取更多的金钱。

半个世纪前，鲁冠球同样是从个人脱贫与让企业努力活下去的基点出发，但半个世纪后，他用自己一生的创业史，对"企业和企业家在社会进步中的相关性以及所扮演的角色、所起的作用究竟是什么"给出了足以令人仰望的答案。从鲁冠球的进化到企业家们的进化，我们至少可以梳理出以下三方面的逻辑与启示：

——企业和企业家不仅有资本属性，同样有社会属性。1922年，北京、上海的报纸举办中国成功人物民意测评投票，时年70岁的南通人张謇以最高票当选民众"最敬仰之人物"。张謇最被敬仰的理由在于，作为晚清"状元实业家"，他一生践行"实业救国"的主张，先后创办企业20多家，并用企业利润兴建了包括复旦公学（复旦大学前身）在内的370余所学校。胡适评价张謇："他独力开辟了无数新路，做了30年的开路先锋，养活了几百万人，造福于一方，而影响及于全国。"近100年过去了，张謇依然被人们传颂，被人们怀念。企业是盈利之私器，更是推动社会进步之公器，承担着不可推卸之社会责任。这样的理念和基因，由张謇至鲁冠球，绵延不绝。在当下，作为社会企业家，其责任理应涵盖经营全过程，对人的价值的观照，对社会伦理和商业道德的尊重，对自然环境和整个社会的贡献。

——作为"先富起来"的有产者，民营企业家群体如何与包括弱势群体在内的其他社会阶层鱼水共融？一定意义上，改革开放40余年就是中国人从无产走向有产的伟大历程，企业家无疑是其间最具奋斗精神的领跑者和最大的受益群体。在财富创造、累积、分配的过程中，尤其是当快速扩张的财富增量时代转换为低速新常态的财富存量时代，怎样在合理兼顾效率与公平基础之上增进社会各阶层的共识，并不是一件容易的事。鲁冠球的故事告诉我们，面对财富，企业家必须直面两大命题：一是财富从哪里来——诚信是天，企业提供公共产品，要对消费者负责、对社会负责，赚健康的钱、正派的钱；二是财富用到哪里去——责任为重，要从"利润至上"回归"社会至上"，推动财富创造走向泽被最广大社会阶层的共同富裕。

——企业家要不要讲政治？什么是企业家政商关系的边界点？鲁冠球从不掩饰自己有着坚定的政治方向——"这辈子我跟定共产党了"。有坚定的政治方向是因为他想明白了一个朴素的道理："正是在中国共产党的领导下，我们农民认识到了自身利益并为之而奋斗，改写了命运，创造了历史。我只不过办好了一家企业，共产党却给一个国家带来这么大的变化！"鲁冠球懂政治，却始终守住了企业家的本分。他认为，如果说，过去企业的风险更多地源于人的无知，那么现在的风险则更多地源于人的信仰。企业家不能没有政治觉悟，但企业家要远离政治权力。在一生践行摸索的千回百转中，鲁冠球深知政府与企业家之间最大的公约数和最广泛的共同点，就是努力创造财富并造福于人民。

千百年，钱塘江浩荡东去，奔腾入海。习近平总书记曾经高度评价鲁冠球和他的万向集团"始终处于一个领导潮流的地位"。从鲁冠球到中国其他的企业家们，竞逐商业世界的潮流，更追寻大时代潮流的方向。

目录

第 三 部　1983年—1998年

曙光在前

有梦的少年

第一部

1944年—1968年

我一辈子都不会说普通话，只会讲萧山土话。

——鲁冠球

鲁家的孩子

1944年农历十二月十六日，鲁冠球出生在钱塘江南岸浙江省萧山县（今杭州市萧山区）乡间的童家塘。

半个世纪后，当鲁冠球和他的万向巨轮纵横四海，成就传奇人生，许多人仰望之余浮想联翩，断言其长辈为其取名"冠球"，早已暗含来日必成宏图大业之意。

1995年5月15日，时任中共中央总书记、国家主席、中央军委主席江泽民考察万向集团。当鲁冠球汇报企业已经走向世界，产品远销32个国家和地区时，江泽民连连称赞："你鲁冠球这下名副其实，声冠全球啊！"

而事实上,作为一个萧山农家娃,鲁家人当年真没有想得那么多,那么远。

父亲鲁顺法是在41岁那年有了鲁冠球,这是家中第三个孩子,大姐鲁莺莺,二姐鲁莺娣,弟弟鲁冠幼,还有两个弟弟年少时便因病夭折。很显然,鲁冠球和弟弟皆属家族男性排行的冠字辈,"冠球"的名字背后肯定没有"声冠全球"的野心。就如同父亲鲁顺法,祖辈都是农民,能够"顺"而"有办法"已经是最大的奢望了。

也许是作为家中长子的缘故,鲁冠球添了一份长子情结。很多年后,媒体记者采访时发现,鲁冠球的口袋里有一张照片。记者好奇心大发,坚持想打探个明白,结果发现照片上是个小男孩。鲁冠球朗声笑着说:"看,这是我的孙子。"也就是鲁冠球长子鲁伟鼎的儿子。

鲁姓在萧山是小姓氏,排行前十之外,居前三的分别是陈、王、李。萧山县名起于唐天宝元年(742年),以当地萧然山为名,改永兴县为萧山县。作为山名的萧山,早在《汉书·地理志》余暨县名之下即有记载,据说2500年前越王勾践被吴王夫差所败,率残兵奔逃于此,四顾萧然,故称此山为萧然山,亦名萧山。

千余年来,萧山大多隶属于同处钱塘江南岸的绍兴府(古越州),1959年方划归杭州市。因此,要追寻萧山人的历史脉络,就不能不说到绍兴。

在绍兴,鲁姓的地位显然高了许多。祖籍绍兴的周恩来的祖母、鲁迅的母亲都是绍兴的鲁家人。1918年5月,原名周树人的鲁迅在《新青年》第4卷第5号发表了中国第一部现代白话文小说《狂人日记》,首次使用笔名"鲁迅"。周树人一生用过140多个笔名,而以"鲁迅"闻于天下。

同为绍兴人氏的传记作家许寿裳,1937年与鲁迅胞弟周作人共同编撰了《鲁迅年谱》。他曾对此解释:"鲁迅改名,因为周鲁是同姓之国,更重要的是他母亲姓鲁。"

　　在鲁迅的小说《孔乙己》《祝福》《社戏》《风波》《明天》中，都出现过人物活动的一个共同空间——鲁镇。其实在绍兴的历史上并无鲁镇，这是鲁迅对东浦、樊江、东关、皇甫庄、安桥头等几个水乡小镇的儿时记忆的艺术意象。也可以这么说，鲁镇是鲁迅对母亲、对故乡强烈的心理投射。

　　从经济与地理纬度来看，萧山和绍兴并称萧绍平原。山水相依间，其方言、人文、群体秉性等文化基因亦水乳交融。

　　成名之后，鲁冠球被人熟知的标志性符号，除了宽脑门、极富感染力的爽朗笑声，就是一口极不好懂的萧山方言，透露出厚重的泥土气息。因"胡润百富榜"而成为中国最著名的外国人之一的胡润，至今还记得他和鲁冠球的第一次见面："大约是2001年，因为鲁冠球是胡润百富榜的前10位，我去拜访了鲁老。"胡润说，那场对话令他记忆最深刻的是，虽然自己对中文的驾驭能力已经接近于母语了，但那天还是不得不用了两个翻译，鲁冠球的秘书先将鲁冠球的话翻译成普通话，之后再由自己的助手把普通话用英语翻译给自己。

　　萧山方言和绍兴方言同属吴语太湖片临绍萧片，在外人听起来都晦涩难懂，但两地人却能无障碍地彼此交流。萧山话与绍兴话的差异，远远小于萧山话与一江之隔的钱塘江北岸的杭州话之间的差异。

　　方言如此，人文特性亦如此。

　　奠定了杭州人底色的无疑是西湖：波澜不惊，小桥流水，有那么一点闲适与慵懒。喝西湖水长大，与白娘子千年厮守，杭州人便自然有了一份阴柔与温软。

　　虽然自1959年始，萧山就已归属杭州市，但萧山大抵是杭州各区县中"最倔"的一个，凡事有自己的想法和主见，不轻易放弃自我，甚至有那么一点"不听话"。在大吴越文化的浸淫之下，萧山更多显露出的是越文化的意蕴。萧山人或者说萧绍人的身影，总是容易让人想到在这片土地上留下过最深刻印记的历史人物——越王勾践：坚毅隐忍，外柔而内刚。

　　在此后的章节所记录的横亘半个世纪的鲁冠球创业故事中，你将会读到，万向传奇的本质是人的成长史和进化史。数十年坎坷风云，鲁冠球穿越时空、基业长青的内核之一，在于他始终有自己高远的目标且坚韧不拔，同时又懂得察冷暖知进退，终滴水穿石。

影响一个人或群体漫长岁月里命运走向的决定因素，是其将要经历的与其成长如影随形的社会环境及其演变。但自然环境、地理空间对一个人，尤其是他的童年时代，同样有着刀刻般的影响力，甚至埋下深入骨髓的生命因子。

鲁冠球，也不例外。

鲁冠球家乡所在的萧山县宁围乡，位于浙江母亲河钱塘江下游入海口的大拐弯处。钱塘江又名"浙江""之江"，以径流更长的新安江北源为起点算，全长588.73公里，从西南至东北一路蜿蜒而下。上游新安江段及中游富春江段水流平缓，秀丽无比。而行至下游钱塘江段萧山大拐弯处，江面由几公里陡然变宽阔，达数十公里，形成了巨大的"喇叭"。当海水沿钱塘江口涌入，遭遇江面急速收窄、河床升高与上游江水的拱抬，巨量海水来不及均匀上升，只能后浪推前浪，层层相叠。地形的造化加之天文引潮力和夏季东南风势的助推，便有了钱塘潮，尤其是在每年农历八月十八，惊涛拍岸、卷起千堆雪的钱塘江大潮蔚为壮观。钱塘江也因此与南美亚马孙河、南亚恒河并称为"世界三大强涌潮河流"。

钱塘江大潮绘就了惊心动魄的壮景，但它也会给这片土地上的子民带来年复一年的灾难。当汹涌的潮水席卷而过，农田、茅舍瞬间化为乌有，留下的是一片茫茫滩涂。专业概念上称之为"江漫滩"，在农民眼里就只是贫瘠的沙地。沙地覆盖的是薄薄的碱土，产不了稻米，只能种些不值钱的棉花、络麻。

破坏力强大的潮水威胁的还有生命。于是，不顾一切地筑海塘就成了萧山人千百年间最神圣的天命。

钱塘江海塘的修筑始于秦汉，但多用土夯，屡建屡毁。晚清光绪年间，清廷拨付近千万两银子（相当于现在15亿元至20亿元人民币），兴建钱塘江海塘工程。经由杭嘉湖道台方鼎锐和浙江巡抚梅筱岩举荐,时年28岁的内阁中书李辅燿任浙江钱塘江海塘工程局驻工督办、道员衔,历时30多年,终成包括南岸萧山段在内的长达300公里的"条石海塘"。大块条石被打磨平整,并交错叠置,每块条石间以铁锔和榫连接,坚固异常。"条石海塘"因看起来似鱼鳞一般层层缩进,又被称为"鱼鳞石塘"。

1966年后,饱受海潮肆虐之苦的萧山人前赴后继多次展开大规模围垦,累计围垦滩涂50余万亩,约占萧山土地总面积的1/4,联合国粮农组织赞誉其为"人类造地史上的奇迹"。鲁冠球老家宁围乡就在围垦区,"宁围"二字寓意当地百姓祈求"围堤永保安宁"。

与朝不保夕的生存环境相伴随的,唯有贫困。

鲁冠球家世代居于农村。为贴补家用,父亲鲁顺法开了爿小杂货店,还兼着行走乡间的游方郎中。即便如此,全家六口也只能是蚕豆掺着米粥勉强度日。

鲁冠球曾经回忆,他4岁那年春上,一个阴冷的黑夜,行医夜归的父亲鲁顺法不见了。一夜惊魂后才探得消息,父亲被土匪绑架了,黑道上的说法叫作"请财神"。既是财神,就得破财消灾,土匪们的报价是限三天用十担米钱赎人。哪知道,鲁冠球家和财神真不是一路的。母亲周茶花变卖了小店的所有物品,又求遍了全村的亲戚乡邻,也没凑足一担米钱。心一急,竟晕厥过去。

第五天,又是一个阴冷的夜。土匪下山,一脚踹开鲁冠球家的破木门,翻箱倒柜也没发现啥油水,只抢走了那不到一担米的钱和一条棉被。大失所望的土匪便剥了鲁顺法的衣衫,将他打发回家,并撂下一句狠话:"过些日子还要来麻烦你。"

鲁冠球说,这应该是苦难留给自己的第一个记忆。

令人类倍感无奈的大自然,永远有着滋养或者毁灭的两面性,就像硬币有两面一样。

正如黑格尔在他最被人熟知的《历史哲学》一书中所说："平凡的土地、平凡的平原把人类束缚在土壤上，把他卷入无穷的依赖性里边，但是大海却挟着人类超越了那些思想和行动的有限的圈子……人类在大海的无限里感到自己无限的时候，他们就被激起勇气要去超越那有限的一切。"

当暴虐的海潮一次次地撕扯一切，鲁冠球的父辈和鲁冠球们倍感渺小和恐惧。但他们没有退路，他们必须为了生存和改变命运去搏，去拼，去闯荡未知。很多年后，流过血、流过泪却从没有放弃过的创业者鲁冠球曾经无数次地说过一句话："怨天尤人没有出路，消极悲观走向死路。"

这句话，就像钱塘江滩涂上那一大片无边无际的芦苇，从根部破土，直向苍天。

描绘钱塘江大潮最著名的诗词，莫过于宋代潘阆《酒泉子·长忆观潮》中的两句："弄潮儿向涛头立，手把红旗旗不湿。"

被"爱拼才会赢"的"潮文化"熏染的不仅仅有鲁冠球的家乡，还有与萧山一江之隔的北岸观潮胜地嘉兴海宁。嘉兴是浙江唯一全境平原的地市，金平湖、银嘉善、铁海盐，千年富庶之下民风文儒优雅，不喜迁徙。而海宁人的腔调在嘉兴显得突兀而另类：20世纪80年代之后，挟全国最大皮革市场的风头，北上莫斯科，南下约翰内斯堡，四海游走。除了海宁人被钱塘江大潮激荡洗礼，大概给不出更多的合理解释。

1945年，日本战败投降。1949年5月5日，中国人民解放军第二十一军入城，萧山解放。

在动荡与穷困中，鲁冠球度过了他的童年时光。

1949年5月5日，中国人民解放军第二十一军跨过钱塘江，解放萧山

不会种地的农民子弟

鲁冠球在传奇的一生中获得过太多的荣誉,也因此有了太多荣耀的身份。光环之下,有两个身份最具有底色特征:一是农民,二是企业家,进而是农民企业家。

鲁冠球生在农村,长在农村,他是农民的儿子。但是鲁冠球一天都没种过地,他不会种地,因为他不愿意种地。2007年,他在接受《中国企业家》杂志专访时,曾做过明确的解释:"我是农民,其实我没种过地。对自己今后想干什么我很清楚——不种地。我觉得农民吃不饱、穿不暖。"

认为农民吃不饱、穿不暖的不仅是鲁冠球。终身以农民问题为研究指向的社会学家费孝通2004年出版了自己的最后一部著作《志在富民》,他说:"我这一生有个主题,就是'志在富民'。"准确地说,其"志在富民"的含义就是如何使农民富裕。费孝通此念的动因,在他1939年出版的成名作《江村经济:中国农民的生活》一书中有清晰的阐述:"中国农村的基本问题,简单地说,就是农民的收入降低到了不足以维持最低限度生活水平所需的程度。中国农村真正的问题是人民的饥饿问题。"

中国农民苦,萧山农民自然也苦。

说到萧山,常常被提及的农产品是萝卜干。虽然国家质检总局于2004年将萧山萝卜干批准为实施原产地域保护的知名产品,但萝卜干所引发的联想往往不是富裕,而是窘迫的生活。

追寻地理人文的脉络,萧山又可以分为上萧山和下萧山。钱塘江大潮千百年冲刷积淀而成的贫瘠的盐碱沙地,基本上在包括鲁冠球家乡宁围在内的下萧山。

萧山农民在浸络麻

下萧山沙地属于日燥夜潮的沙性旱地，适宜打粟（高粱）以及罗汉豆（蚕豆）等豆类植物生长。鲁迅在《社戏》一文中回忆童年时去皇甫庄外婆家看社戏，晚上与小伙伴在船上烧着吃的那种豆便是蚕豆，"罗汉豆"是土话。而上溯百年，对萧山地方经济曾经影响最大的沙地产物其实不是萝卜干，而是络麻。

萧山于清末民初引进种植络麻，络麻生根于沙地之后面积逐步扩大，高峰时达29万亩，成为全国三大络麻生产重点县之一。1959年，为了向中华人民共和国成立10周年献礼，萧山县委曾选派7名种植能手到北京去开垦络麻高产试验田。虽无功而返，但萧山络麻因此出了大名。

络麻为一年生草本植物，一般4月播种，寒露时节收割。络麻的皮可精洗提取最廉价的天然纤维，制作麻布、帆布、地毯等。在鲁冠球的记忆中，与络麻有关的大抵是一部苦难史。收割后，要手工剥皮去秆，这是属于男人们的力气活。络麻胶汁极易沾手，稍剥几支，手即沾黄、变黑，需经一两个月才能洗净。剥出的麻皮捆扎绑好，浸于河道中，上压石块，待沤烂后再漂洗出麻筋。漂洗麻筋则是女人们的活儿了，人需站立于水深过膝的河中捞出麻皮，在岸边的石板上反复摔打出筋，并用长柄木榔头敲击，再反复漂洗，直至完全去掉皮块、胶质，然后搁在晒场或路边田头的毛竹竿上晾晒。这种提取麻纤维的传统土法，俗称"烂麻精"。极为艰辛的"烂麻精"背后，还有严重的污染。络麻收割加工季节，沙地村社几乎每一条河流都是浑浊的暗黑色，沤烂的麻皮加上因污染窒息死亡的鱼虾，臭味漫天的河就如同一个巨大的露天粪坑。

这样的画面深深地印刻在了鲁冠球儿时的脑海中。

1952年,鲁冠球进入萧山县城北区第二中心小学念书。他记得有一年老师布置了一篇作文,题目是《秋天的田野》,希望同学们用亲身的感受描绘丰收的美景。鲁冠球回忆,那年中国农村社会主义集体化改造已经高歌猛进,但是意识形态层面的狂热和喜悦之下,农民的贫困并没有随着集体化改造而改变。在从学校回家的泥泞的土路两旁,秋天的田野风吹摇曳,然而鲁冠球满眼看到的不是丰收,而是农家劳作者佝偻的身躯和总也流不完的汗水。

"这不是我要的生活,不是我的明天。"鲁冠球说。

不愿种地、不会种地的农民的儿子鲁冠球朦胧地想到的改变自己命运的办法,就是当工人。

父亲鲁顺法的命运启发了鲁冠球。父亲被土匪"请财神"绑架到山上,虽然5天之后被释放,但土匪留的"过些日子还要来麻烦你"的话让鲁顺法知道,老家是待不下去了。他交代妻子:"明天我就去上海找妹妹,避避风头再说,能找到点事做做更好。"父亲的身影便在小鲁冠球的眼前消失不见了。很久以后,父亲从上海写来了信,还寄来了钱,他说自己已经当上了工人。

鲁冠球读小学一年级比村里的小伙伴要迟,因为家里穷,整天要为4个孩子吃饱饭而忧心的母亲无力负担他念书。有了当上工人的父亲寄来的钱,一切就都不一样了。上学是迟了点,但鲁冠球有了骄傲的资本。他高高昂着头告诉同学们:"我爸爸在上海是染坊师傅,比种地的农民厉害!什么是染坊知道吗? 就是染衣服的地方。"

在鲁冠球的小学班主任来玉华的记忆里,当年的鲁冠球很顽皮,有一次逃学下河摸鱼虾,父亲鲁顺法得知后气得把儿子塞进一个麻袋,吓唬说将他扔进河里沉掉算了。顽皮却很有想法的鲁冠球深得小伙伴的拥戴,玩解放军叔叔捉敌人的打仗游戏时,他总是那个威风凛凛的"鲁司令"。

也许是因为想当工人的强烈愿望,鲁冠球开始着迷于机械制造。

1956年1月，中共中央政治局提出的《1956年到1967年全国农业发展纲要（草案）》第二十七条提出"除四害"的要求："从1956年开始，分别在5年、7年或者12年内，在一切可能的地方，基本上消灭老鼠、麻雀、苍蝇、蚊子。"时任卫生部部长李德全表示，消灭老鼠、苍蝇和蚊子是因为其严重传播疾病，而消灭麻雀则是为了保护庄稼。据不完全统计，截至1958年11月，全国各地共捕杀麻雀约19.6亿只。

为了响应号召打麻雀，鲁冠球和小伙伴们先后用竹管和雨伞柄做火药枪，结果都炸裂了。请教了修车师傅才搞明白，必须用钢管。不甘心的鲁冠球想尽办法从废品收购站弄来了一根钢管，在修车师傅手把手的帮助下，终于加工成了一支真正的鸟枪。

贯穿鲁冠球50余年创业史的高光时刻是造车，制造属于中国人的汽车。谁也不知道鲁冠球的造车梦起于何时，至少在他的学生时代，造车梦就如同月亮那样遥远。但是，在念小学四年级的时候，鲁冠球就喜欢上了自行车。

鲁冠球第一次触摸到自行车，是因为那年的一次课间打乒乓球。一使劲，小白球滚到了黑咕隆咚的楼梯下，鲁冠球钻进去一瞧，看见了一辆缺了一个把手的破旧自行车，就用力将它拽了出来。教数学的任老师说，这辆自行车是土改时从一个地主家没收来的，被土改工作队的同志用作下乡的公车。后来一个工作队队员一不留神摔下塘堤，车摔得报废了，就一直丢在了学校的楼梯角落。鲁冠球兴奋坏了，赶紧推着这辆浑身叮当作响的破玩意儿到俞家潭街上找那位曾经帮自己做过鸟枪的朱师傅，花掉了摸鱼捉虾、捡破铜烂铁大半年攒下的20元钱，终于修好了车。

跨上这辆独角龙自行车，风驰电掣间，鲁冠球觉得自己呼呼地飞起来了。

1956年，小学毕业，鲁冠球因为成绩优异，被学校免试保送进初中。他把"免试保送"误听成了"免费保送"，以为念初中可以不花钱了，赶紧向父亲报喜。父亲很高兴，问他想要什么礼物做奖励。鲁冠球脱口而出："我想要一辆自行车。"父亲咬咬牙答应了,从上海的寄售商店为他买下了一辆二手自行车。

就在鲁冠球得到第一辆真正属于自己的自行车这年的7月13日,由苏联援建位于吉林省长春市近郊孟家屯的第一汽车制造厂生产的新中国第一批12辆CA10型卡车正式下线。原中国汽车工业总公司总工程师陈祖涛在回忆录《我的汽车生涯》中写道,C指的是中国,也是"长春"拼音的首字母,A代表第一。因为刚解放不久,就把车名定为"解放",由毛泽东亲笔题写了"解放"二字。

"我要读书,我要当工人",鲁冠球一心想要逃离的不是农民,不是农村,而是与这片土地相伴相生的百年贫困。在此后半个多世纪的企业家生涯中,他一刻也没有忘记过自己是谁,以及和自己打断骨头连着筋的农民兄弟。

传记作家许胤丰、来载璋在《鲁冠球少年时》一书中记录了这样一则故事。1957年1月的一天,鲁冠球初二上学期期末考试结束后回家,大雪纷飞,阴冷刺骨。从他念书的盈丰中学到家有12里路,离家不远的村外是乱坟堆"八个坟",因为有八个大大的坟墓而得名。雪地里寂静无声。突然,匆匆赶路的鲁冠球听到从"八个坟"的一个空生圹(为活人预备的空墓穴)里传来窸窸窣窣的响动,顿时吓得后背发凉。他大着胆子走近洞口,发现里面是一对冻得发抖的母子,苏北口音,自称是贫农,家乡闹灾荒,没得饭吃,拿着社里的证明一路要饭流落至此,赶上了大雪天。鲁冠球飞奔到家,返身折回时怀里揣着两个还有些温热的饭团,那是他自己当晚的口粮。他还扛来了一大捆稻草,为母子垫在身下,又在空生圹洞口拦了一只草包挡风。

一夜难眠。第二天一早,鲁冠球再次来到空生圹。他从书包里掏出一对锡制烛台和一只银手镯:"这点东西你们拿去变卖几个钱,早些回家,快过年了……"

锡烛台和银手镯都是母亲珍藏的宝贝。几天后,鲁冠球向母亲"坦白"了自己"偷走"烛台和手镯的事。他跪下来,紧紧抱住母亲的双腿。母亲没有打他,只是叹息。

鲁冠球的母亲信佛。父亲当年做乡间郎中时,母亲也总是和他念叨,只要能帮到别人,赚钱多少没关系。

"父母告诉我,穷不可怕,做好人最紧要。"鲁冠球说。

进城去

1957年,刚刚上初中二年级的鲁冠球决定辍学。他不愿看到母亲被生活不可承受之重日渐压弯了腰,更重要的是,进城当工人的愿望不能再等了。

机会来了。1958年,托人辗转说情,鲁冠球成了萧山县城厢镇铁器社的一名打铁学徒。他的圆梦与其说是因为运气好或者自己努力,不如说是被时代大潮裹挟而去。

1957年9月20日至10月9日,中国共产党八届三中全会在北京举行。会议结束时,毛泽东发表题为《做革命的促进派》的讲话,对党内出现的经济领域反冒进的声音做了公开的批评。他说:"我们总的方针,总是要促进的。"[1]

中共八届三中全会通过了《1956年到1967年全国农业发展纲要(修正草案)》(简称"四十条")。1957年11月13日,《人民日报》为此配发《发动全民,讨论四十条纲要,掀起农业生产的新高潮》的社论。社论说,现在全国农业生产正在掀起高潮,但是,有些人却把这一高潮看成了"冒进","害了右倾保守

---

[1] 《中共中央文件选集(1949年10月—1966年5月)》第二十六册,人民出版社2013年版,第254页。

的毛病,像蜗牛一样爬行得很慢,他们不了解在农业合作化以后,我们就有条件也有必要在生产战线上来一个大的跃进"。这是中共中央第一次发出"大跃进"的动员令。

1958年,萧山楼塔农民建土焦窑大炼钢铁

一场狂飙突进的"大跃进"运动开始了。

1958年,"大跃进"运动席卷全国,包括违背基本经济规律的粮食虚报产量"放卫星"等。但其核心事件是全民大炼钢铁,即钢产量"超英赶美",追赶时间表一再缩紧。同年6月19日晚,毛泽东在中南海召集中央负责人谈话,提出钢产量在去年535万吨基础上翻一番,达到1070万吨。6月22日,他对一份报告做了批示:"超过英国,不是十五年,也不是七年,只需要两到三年,两年是可能的。这里主要是钢。只要1959年达到2500万吨,我们就在钢的产量上超过英国了。"[1]

举国为之疯狂,9000万青壮劳力进厂、下地、上山砌小高炉土法炼钢。全民炼钢造成劳动力空前紧张,1958年8月开始,各地迅猛从农村招人进城。到年底,全国企业和国家机关职工人数达到4532万人,比上年末飙升了2082万人,其中,从农村招收的就达1104万人。

年轻的鲁冠球正是这1104万人中的一个幸运儿。他记得,那段时光似乎每天都是令人血脉偾张的消息:萧山县城东门半爿街南岸那十几座明清时朝廷敕封文臣武将或褒奖女人恪守贞节的石牌坊全部被拆毁,石料用作砌高炉;惠悟寺大雄宝殿内的大钟、铁佛寺重达数吨的镇寺之宝铁佛、仪林禅院的

---

[1]《一九五八年全民大炼钢》,人民网2014年7月31日。

生铁烛台等统统被砸碎,投入炼钢炉内……整座县城都与这火热的时代一道熊熊燃烧起来。

农民子弟鲁冠球终于成为半个城里人了,虽然1958年的萧山县城以现在的眼光看其实和乡下差不多。在那之前,他没有去过江对岸的省城杭州。很久很久以来,萧山人对杭州一直有一种莫名的距离感,行政隶属从来和杭州无关,而且钱塘江又是那么宽,直到1937年才由茅以升设计建造了横跨钱塘江的唯一一座大桥。

但鲁冠球是见过世面的人。他第一次真正的进城是小学毕业那年,去上海探望当工人的父亲鲁顺法。

那是一个夏天,他要一个人到大上海去,手里提着一只竹篮和母亲让他带给父亲的一只活的北京鸭,鸭子很大。在萧山火车站,看到四处张贴的《旅客须知》上面说"不许带活禽上车",他很紧张也很镇定地把鸭子塞进竹篮。火车站对面有个池塘,他摘了荷叶把篮子盖好,又伸进去一只手紧紧捏住了鸭嘴巴,不让鸭子叫唤。上了车,落座,整整几个小时,他的手一直没有松开过。天色渐晚,下车,再坐三轮车,总算见到父亲了。但是,鸭子早已断气了。

周末,父亲带着儿子出发了,到黄浦江边看大轮船,到外白渡桥上坐大汽车。鲁冠球深深懂得了他一辈子牢记在心的道理:乡下很小,世界真的好大。

就是在这次上海之行中,鲁冠球以自己小学毕业成绩优异的理由,换得了父亲一辆二手自行车的奖励。那天,他自己拿着父亲给的钱去寄售商店取了车。一开始,他小心翼翼地推着车,心花怒放之下,脚一蹬就骑上了。这是大上海,不是乡下,结果就是预想中的——闯了在乡下没见过的街口红灯,还差点撞上了一辆小轿车。被警察叔叔训斥后,鲁冠球深深懂得了他一辈子牢记在心的又一个道理:原来骑车和做人、做事一样,不能乱来,是一定要遵守规则的。

趁着"大跃进"的时代潮水,鲁冠球进城了,当上工人了,一个活泼泼的新世界展现在他眼前。未来很长,希望很大。

1961年,鲁冠球在萧山县城厢镇铁器社做锻工已经进入第三个年头了,学徒期满,月工资从最初的14元加到了36元5角。尽管铁锤比锄头更重,炉火比太阳更炙热,鲁冠球却心满意足。那时候,他每天下班回到童家塘乡下的家里时,腰板都特别挺,因为自己是工人,是有能力赚不少钱贴补家用的人。

突如其来的是,36元5角的工资刚拿了两个月,他接到了铁器社的一纸通知:他被精减了,用今天的说法叫"下岗"。"铁器社不要我了,我必须回乡下了!"

鲁冠球能进城是因为"大跃进",3年后被退回乡下还是因为"大跃进"。"大跃进"运动导致城市职工数量急剧膨胀,吃国家供应粮的人口快速增加,而近亿人大炼钢铁又抽空了农村劳动力,1958年秋,全国许多地方丰收在望的庄稼因无人收割烂在了地里。与"大跃进"运动鼓噪并进的还有中国乡村企图一夜进入共产主义的人民公社化浪潮。早在1949年新中国成立前后,各地农民因土地改革运动获得了私人所有的土地,此后,为提高生产效率,又陆续组起各种形式的小规模农业生产合作社。到1958年年底,在滔天巨浪的助推下,全国原有的74万多个农业社翻篇变为2.6万多个"一大二公"的人民公社。根据人民公社章程,农村的一切财产和生产资料都归公有,仅可保留少量供自己食用的家禽,社员实行集体劳动。农民愿意将日思夜想的土地和财产全部上缴,兴高采烈地加入人民公社,重要原因在于他们得到了承诺,人民公社将开办公共食堂,从此可以"放开肚子吃饭"。其结果是,超越了生产力水平的生产关系的公有化以及乌托邦式的"大锅饭"严重挫伤了农民粮食生产的积极性。还有一个不可忽视的诱因,1958年越来越离谱的农业"放卫星",令中央产生了"中国粮食多了怎么办"的错觉,各级政府层层加码,提高从农民手中征购粮食的指标,用于城市供给及出口换汇以购买国家加速工业化所需的大量机器设备。

各种激变因素产生的多重效应之下，当举国沉浸于"超英赶美"的虚幻与异常亢奋中之时，人们突然发现，吃饱饭又开始成为问题，一场巨大的危机如泰山压顶。

虽然极不愿意承认，但毛泽东对"大跃进"运动引发的灾难很早就有所察觉。

毛泽东一生三次到过萧山。[①]第一次是1954年年初，主要是为了视察钱塘江的江南大堤——地处萧山沙地的南沙大堤。第二次是1957年9月，曾经多次畅游长江的毛泽东来到了正值大潮汛的钱塘江游泳。他在时任国务院副总理陈毅陪同下，从杭州城西南六和塔旁下水，逆流击水而上。约游了两个小时，登上南岸江塘，见到塘内一片茂盛的水稻田，毛泽东十分高兴。经询问紧随身后的浙江省公安厅厅长王芳，才知道是萧山的闻家堰。

第三次是1959年8月22日，这是毛泽东三次萧山之行中，心情最为沉重和复杂的一次。1959年7月2日至8月16日，中共中央在江西庐山召开政治局扩大会议和党的八届八中全会。对"大跃进"持批评态度的国防部部长彭德怀元帅等人在全会上遭到严厉批判，"左"倾思潮在党内再度抬头，但毛泽东已经隐隐察觉到，"大跃进"运动的成效并非如预想的那样光芒万丈。

全会结束，毛泽东从庐山前往浙江，他最放心不下的是全国农业产量的真实数据，他要到农村看一看。途经浙江金华、诸暨后，8月21日晚，毛泽东乘坐专列抵达萧山，停靠在萧甬线上的夏家桥站附近。8月22日下午2时，萧山县委书记牛树桢、县长刘志民来到专列汇报工作。毛泽东穿着旧衬衫、布裤、布鞋，像老农一般详细询问了萧山的人口、土地、农作物种类、粮食产量、工农业产值等。当牛树桢说萧山棉花亩产要力争超越浙江产棉第一县宁波慈溪的200斤的高指标时，毛泽东连连摇头："棉花亩产有100斤或150斤就不错了。"

---

① 此部分参考《第二故乡的永远情怀：毛泽东在浙江——纪念毛泽东同志诞辰120周年》，《浙江日报》2013年12月25日。

下午4时半,专列驶进了县城。毛泽东换乘小轿车,来到西兴人民公社的一块农田(今杜湖村)实地考察。后来,萧山县委将毛泽东视察过的那片农田命名为"八二二畈",西兴人民公社则改名为"东方红人民公社"。

然而,曲折间,"大跃进"的"左"倾冒进没有得到真正纠正,酿下苦果。叠加自然灾害频发,1959年至1961年,全国遭遇三年困难时期,因粮食奇缺,各地农村出现饿死人的现象。

重压之下,1961年6月28日中共中央下发《关于精减职工工作若干问题的通知》,计划将因"大跃进"从农村蜂拥进城的约1000万人劝返回乡,"这次精减的主要对象,是1958年1月以来参加工作的来自农村的新职工(包括临时工、合同工、学徒和正式工),使他们回到各自的家乡,参加农业生产"。

就像3年前被时代大潮裹挟进城一样,鲁冠球再次成为一千万分之一,被时代大潮拍打回岸边,与自己热爱的城市说再见。

这一次的挫败对鲁冠球来说可谓铭心刻骨。童家塘距萧山县城不到2公里,但他从此放弃了进城的念头。他曾经大声地告诉与自己相识多年的财经学者吴晓波:"我发誓不再进城,我就在农村办工厂!"

大精减还给鲁冠球带来了两个至少在当年意想不到的深刻反思。在此后半个世纪的创业历程中,他对以下理念有了越来越清晰的坚持:

一是办企业决不能虚夸冒进,做事一定要凭实力说话;

二是决不能用小农思维办工业,一定要抛弃狭隘的小农意识。

人说:"世上三苦,打铁摇船磨豆腐。"我除了没有磨过豆腐以外,其余的苦头都算是吃过了。

——鲁冠球

从修车铺开始

被精减清退回乡后,摆在鲁冠球面前的选择似乎只有一个:种地。但他的回答依然是"不"。

1961年1月14日至18日,中共八届九中全会在北京举行。毛泽东在全会上号召全党好好地进行调查研究,"搞一个实事求是年"。同时,全会正式批准对国民经济实行"调整、巩固、充实、提高"八字方针,纠偏"左"倾冒进。①

---

① 《新中国峥嵘岁月:"搞一个实事求是年"》,新华网2019年9月21日。

全会认为,农业歉收和轻工业原料不足而形成的市场供应的暂时困难,是一个亟须解决的重要问题。因此要求各有关部门迅速采取措施,帮助轻工业、城乡手工业、家庭副业和郊区农业的发展,增加各种日用品和副食品的生产,同时改进商业工作,活跃农村初级市场,以便逐步改善供应状况。

这一年,鲁冠球也迎来了自己的"大调整之年"。坚决不种地的他做出的新选择是:筹了110元开自行车修理铺。这应该是他人生中的第一次创业。

在当时,开自行车修理铺已经是鲁冠球能够想象的最高创业起点。1961年时,宁围公社有耕地18638亩,人口13078人,农业产值占社会总产值的100%。人均年收入约100元,全公社11个生产大队农户住茅屋草棚的超过一半,

20世纪60年代,鲁冠球家乡宁围公社农户住茅屋草棚的超过一半

拥有砖瓦房已属富裕人家。

面对这番景象,自行车大抵是鲁冠球目力所及的乡下最具工业化气质的东西了。在他的印象中,骑自行车的往往是城里人,或者是自己父亲那样的体面的工人。

鲁冠球把他的修车铺开设在了离家约10里路的红山集上。红山集人流不少,自行车却很少。

新中国自主研制的第一辆自行车,1950年诞生于天津自行车一厂,7月5日,第一辆试制车成功下线。当时的自行车完全是手工作坊打造的,车辆十分笨重。后来,工人们在自行车后轮的轴皮上发现了关键点,提高了轴皮的

加工精度,减小压力角,大大降低了骑行阻力。"这批试制车又轻又快,骑起来两个车轮像两个翅膀一样地飞。刚刚建国嘛,老百姓都企盼和平,就叫'飞鸽'吧。飞鸽的牌子就这么定下来了。"原天津飞鸽自行车有限公司总经理沙云澍回忆。1958年,毛泽东来到天津自行车厂视察,对起名"飞鸽"非常赞赏。

20世纪80年代末,中国自行车保有量达到最高峰5亿辆,成为名副其实的"自行车王国"。但20多年前鲁冠球开修车铺时,在乡间,自行车仍是稀罕之物,车少,修车的收入自然就少。鲁冠球的表兄、万向集团终身员工王建回忆,20世纪60年代的自行车比今天的轿车还金贵,萧山县城北区12个公社只有两个人有新自行车,其中一个就是他。王建当年在学校教书,因为教学工作表现优秀,省里奖励了50元钱,相当于一个半月工资,他又找人借了一点钱,才买了自行车。他记得很灵清,总共花了157.1元,买的是一辆上海产的"永久"牌自行车,骑了26年:"那时候,鲁冠球也给我修过车,但是赚不了几毛钱。"

收入的微薄,并没有影响鲁冠球一贯的热心肠。

夏日,毒辣辣的太阳暴晒了大半天,也没等到一笔修车生意。红山集上一对跪倒在地伤心大哭的爷孙却引起了鲁冠球的注意。上前再三询问才听明白,原来是那个小孙子年前得了癞头疮,久拖未治已是满头流脓,臭味难闻。没办法,老人从牙缝里硬抠出20元钱带着孙子去萧山县城看医生。医生开了方子,叮嘱赶紧抓药治疗,迟了怕是会耽误孩子的病。谁料想,回来的路上那20元钱被贼给掏走了,买药没钱,就连回家的车费都分文不剩。爷孙俩顶着烈日步行到此,又饿又累,不禁泪满衣襟。

鲁冠球摸了摸口袋里浸透汗水的25元钱,那是自己差不多一个月修车挣的钱。他没多想,掏出20元钱塞到老人的手中,自己只留下了5元钱,晚上母亲还等着他买米下锅。

勤快而热心的鲁冠球还是失败了。半年多后,他的修车铺从红山集上寂静无声地消失了。

但鲁冠球并不认为自己已经失败，他坚持认为，修车仍然是一门不错的生意，只是必须解决市场容量的问题。

几年后，机会来了。钱塘江边的九号坝上马了一项海涂围垦工程，人山人海，手

人山人海的萧山海涂围垦工地

拉车、自行车往来穿梭。浩大的土方量和人流之下，车辆很容易损坏，损坏了就只能送到10多公里外的县城修理。鲁冠球决定，把修车铺直接开设到围垦工程附近的堤坝上去，每天早晨天刚亮就开张，一直守到日落，只要不怕辛苦，就不愁没钱赚。后来，他干脆将修车铺搬到了距离围垦工地更近的防洪堤外，又在旁边搭了一间草棚，晚上就睡在里面，方便随时揽几笔修车业务。

他还是太大意了。一天，正是农历月半，钱塘江大潮汛的日子。那个月圆之夜，鲁冠球修车到后半夜，困乏至极，正睡得迷迷糊糊，猛然觉得后背冰凉。伸手一摸，身下都是水，床漂浮在水上，赶紧起身四下张望，发现周围已是一片汪洋。原来是潮水涨上来了，想跑都来不及了。

第二天一早，围垦工地上的民工远远望见被潮水淹没了大半的草棚，连连惊呼："完了，那个修车的小鲁肯定是没了！"再定睛一看，才发现小鲁还在，正骑在草棚顶上朝大家招手微笑。

那是一段忙碌并快乐的日子。但好景不长，九号坝周边的海涂围垦工程结束了，人流车流散去，鲁冠球也到了不得不和自己的修车铺说再见的时候。

鲁冠球的第一次创业选择开一间自行车修车铺，与其说是出于少年时期

对自行车的兴趣,不如说是一种基于时代的必然。

1962年至万向集团正式创业起始点1969年,宁围公社的产业结构发生了微小的变化,农业经济占社会总产值的比重从100%下调到约90%,其余10%左右的非农业经济,恰是包括鲁冠球的修车铺在内的铁匠、木匠、泥水匠等原始手工业。依经济学定义,手工业是指使用简单工具,依靠手工劳动,从事小规模生产的工业。与鲁冠球憧憬向往的城市大工业相比,手工业以一家一户个体劳动为单位,一般不雇用工人,分散经营。

中国原始手工业的起源可以上溯至新石器时代的冶炼、纺织与陶器制作,绵延数千年,其命运在20世纪50年代的社会主义改造运动中被彻底转向。

新中国成立后,农业与民族资本主义工商业的社会主义改造如火如荼。农业领域,从互助组、初级社到高级农业生产合作社;民族资本主义工商业领域,从赎买定息到全行业公私合营,两大经济领域的社会主义改造都在1956年宣告基本完成,进展迅猛。尤其是对民族资本主义工商业的改造,最初的设想是1967年完成,结果比原计划大大提前了。

同时期对城乡手工业的社会主义改造,也大致依循了由小到大、由个体到集体、从低级到高级的时代轨迹。截至1956年年底,全国90%以上的手工业劳动者都敲锣打鼓地加入了生产合作社。

虽然都是以生产资料公有制为方向,但是区别于农业和民族资本主义工商业,对手工业的社会主义改造在基本完成之时便有不同的声音。

1956年1月,在第六次最高国务会议上,毛泽东问主持全国财经工作的陈云:为什么公私合营后,北京东来顺的羊肉不好吃了?陈云就"东来顺羊肉"现象引申分析,他认为,对手工业、摊贩等,管理上应该很宽很宽。他们要求加入合作社,也只能是挂个牌子,报个名,登记一下就算了。要长期保留他们单独经营的方式,把他们搞掉了,对人民对国家都是不利的。陈云因此得出的结论是："社会主义社会，长时期内还需要夫妻店。"①

正是由于传统手工业个体经营的特殊习性和百姓生活需求的须臾难离，以及由此带来的政府层面某种程度的默许与容忍，鲁冠球的修车铺才得以在那个"一大二公"的红色年代，如杂草般倔强地悄然生长。他作为"手工业者"的这一次创业失败可以更多地理解为"市场型试错"。在此后章节的描述中，我们可以发现，当鲁冠球的梦想一再扩张到"工厂"时，等待他的将是更为深不可测的意识形态的旋涡。

以修车始，而以造车为终，循着创业人生的恒念，鲁冠球出发了。

被割了"尾巴"

1936年，在广西大瑶山做田野调查受了重伤的费孝通回到家乡江苏省吴江县养病。二姐费达生在当地庙港乡开弦弓村组织农户开设的一间蚕丝加工厂令他备受启发，并据此撰写了中国社会学的经典之作《江村经济：中国农民的生活》，费氏"乡土工业"之路亦由此开篇。

认为"中国农村真正的问题是人民的饥饿问题"的费孝通阐述说，虽然实行土地改革、减收地租、平均地权是必要的，也是紧迫的，这是解除农民痛苦的不可或缺的步骤，但仅仅限于这些方面是不够的，最终解决农民贫困和土地问题的办法，"不在于紧缩农民的开支而应该增加农民的收入"。费孝通分析，一个普通农家的收入有下列几个来源：一、农田上的主要作物；二、辅助作物；三、家禽家畜；四、贩运；五、出卖劳动力；六、乡村工业。要增加农民的收入，"恢复农村企业是根本的措施"。

---

① 《陈云文选》第二卷，人民出版社1995年版，第307页。

民国时期，以晏阳初、陶行知、梁漱溟、卢作孚等人为示范，在中国大地由东到西践行"上山下乡"，实施乡村建设试验，以期复兴濒临崩溃的中国乡村。民国乡村建设运动早期的重点是普及平民教育、科技下乡、改良乡村治理，至20世纪40年代末，一场与乡村建设密切相关的工业化道路选择之辩引发广泛关注，代表人物即费孝通，以及与闻一多、罗隆基一同被誉为"清华三才子"的吴景超。吴景超认为，只有大力发展都市聚集性高质量的工业才能最终救济农村。而费孝通则强调，必须立足于中国千百年人多地少条件下形成的农工相辅的传统经济模式，走乡村工业化之路。

费孝通认为，解决中国农民问题的出路在于发展非农产业

费孝通说，自己的"乡土工业"主张的出发点不是"为了工业着想"，而是为农民和农业着想。费氏"乡土工业"理念明确包括了几个关键要素：一是农家可以不必放弃农业而参加工业；二是发展工业的地点分散在乡村或乡村附近；三是这种工业的所有权是属于参加工业的农民的，是合作性质的；四是这种工业的原料主要是农民自己可以供给的；五是工业所得到的收益能够最广泛地分配给农民。

"乡土工业"的梦想为以后"乡镇企业"的异军突起埋下了一粒种子，在1978年后的改革春潮中开枝散叶，深刻地改变了一代中国农民的命运。

在第一次的修车铺创业黯然失败后，从没有听说过费孝通这个名字的鲁冠球向着"乡土工业"探出了一小步——1962年，他开办了明显区别于传统意义上的手工业的粮食加工厂。

办厂的初衷除了赚钱,主要是为农民提供服务。有一天,一个农妇来找鲁冠球,请这个长得精壮的邻居帮忙把她家的麦子扛到公社集镇上磨成面粉。到了加工厂,他发现排队的人还真不少,一打听,全公社只有这一家厂子,社员家里的大小麦要想脱壳、碾粉,就得赶六七里地,很不方便。

不方便就是机会,就有市场。虽然当年的鲁冠球根本不知道"市场"为何物,但他立即行动起来,说服亲戚投资,筹集了几千元钱,又拉了几个人,买了脱壳机、碾米机、轧麦机。一家完全符合费孝通"乡土工业"五大要素的粮食加工厂就开业了。

这是鲁冠球早期创业中"活"得最久的一次,存活了差不多5年。这一次,他吸取了修车铺的教训,没有出现需求不足的"市场型试错",但是他遭遇了更严重的从娘胎里带来的摆脱不了的致命伤——这是一家与人民公社革命方向完全相悖的个体私营企业。

20世纪60年代中期,"狠批'私'字一闪念"的极端岁月,全国很多地方要求农民献出自留地、宅边地和自有果树,称之为"三献",甚至还严格规定每个农户只能养一头猪,每人只能养一只鸡。小规模但雇工数人、追求盈利的私人粮食加工厂,毋庸置疑属于政治不正确。

这也就决定了加工厂最终的命运。

厂子最初办在宁围隔壁的盈丰公社盈二大队,后来东躲西藏,5年搬了7个地方。工厂要用电,没人给你接,这里刚接上电,那里又被拔掉了。最倒霉的一次,电动机没有固定住,从支撑架上掉了下来,险些砸中厂里的伙计,四处传播后就变成"差点出了人命"。社员们也开始指指点点:"这个工厂不吉利啊!"更糟糕的是政治上的"不吉利"。没过几天,县里派人过来,把加工厂强行关闭了,理由是"割资本主义的尾巴"。

当年的鲁冠球对这个结果是怎么也想不通的:宁围从解放前到解放后很多年都没有办过一家工厂,没有一个资本家,哪来的"资本主义尾巴"?

很多年后,鲁冠球最终以农民企业家的声誉名冠全球。自1986年始,我曾经在新华社任职农村记者——这是一个在今天的媒体界早已消失无踪的记者种类——18年,也因此采访过包括鲁冠球在内的中国几乎所有知名的"农民企业家"。他们是:河南省新乡县七里营刘庄村史来贺、河南省临颍县南街村王宏斌、江苏省江阴市华西村吴仁宝、天津市静海区大邱庄禹作敏、河南省新乡县京华村刘志华、浙江省东阳市横店村徐文荣、浙江省宁波市奉化区滕头村傅嘉良等。

我们不妨以其中两位最具典型性的农民企业家为参照坐标,对比分析他们在同一历史时期与鲁冠球的成长轨迹和成败得失的异同。

黄河边的史来贺(1930—2003)。一生中9次受到毛泽东接见,他曾经与雷锋、焦裕禄、王进喜、钱学森并列,被中共中央组织部誉为"在群众中享有崇高威望的共产党员的优秀代表"。1988年,由中国农村改革元老杜润生提议倡导,史来贺与鲁冠球作为共同发起人之一,推动成立了中国农民企业家联谊会,史来贺与鲁冠球均担任副会长。史来贺所在的新乡县七里营作为第一个人民公社的诞生地,在共和国历史上声名显赫。1958年8月6日,七里营人民公社诞生后的第三天,毛泽东在河南省委第一书记吴芝圃的陪同下,视察了河南新乡七里营人民公社。公社门口挂着一块大木牌,上书"中共新乡县七里营人民公社委员会"。毛泽东说到"人民公社这个名字好"。[①]

长江边的吴仁宝(1928—2013)。中国第一位"功勋村官",中国首富村领路人,全国小康村研究会会长,曾于2005年作为封面人物登上美国《时代周刊》。2018年,改革开放40周年之际,他与鲁冠球一起,作为全国百名功勋人物之一,被中共中央、国务院授予"改革先锋"称号。

在这些企业家的创业早期,黄河边的史来贺、长江边的吴仁宝与钱塘江边的鲁冠球相比,最大的差别在于,他们一开始就踏上了政治正确的高地,优

---

① 《毛泽东生平年表(1957—1961年)》,人民网2013年12月2日。

势与生俱来。

史来贺19岁加入了中国共产党，1952年始担任刘庄村党支部书记，是全国民兵英雄、全国植棉能手、全国特级劳动模范……这是一个20世纪50年代就响遍全国的名字。正如新华社在新中国成立70周年"最美奋斗者"入选事迹介绍中所评价："半个世纪以来，中国大地经历了多少风风雨雨，他领导的村庄始终高举着社会主义旗帜，走在全国农业战线的前列。"60年代后，史来贺曾任河南省委委员、新乡地委书记。

三人中最年长的吴仁宝，1951年加入中国新民主主义青年团（中国共产主义青年团前身），1954年加入中国共产党，同年担任江阴县瓠岱乡人民政府财粮委员，成为国家干部。1957年，瓠岱乡改属华墅乡，吴仁宝担任华墅乡第23高级社（华西村前身）党支部书记。1968年起，《人民日报》等相继走进"农业学大寨"的样板华西大队，吴仁宝名扬全国。70年代，吴仁宝曾以江阴县委书记身份兼任华西大队党支部书记。

鲁冠球一生没有担任过任何政府序列的官职，在此后的章节中会记录，他1972年第一次递交入党申请书，1984年第七次递交后，才被党组织批准入党。在80年代中期成为风云人物之前的近20年时光，鲁冠球一直是徘徊在体制大门之外默默无闻的创业者，没有配置生产力要素的哪怕一丁点政治资源，有的只是一次次撞得头破血流。而唯其艰难，才决定了鲁冠球在1978年后的市场化、国际化之路更坚定、更彻底和更为成功。

值得观察的还有，史来贺与吴仁宝创业早期一战成名，依靠的都是带领农民战天斗地，修水渠、改良土壤、提高粮棉产量，发力于最容易收获政治赞誉的农业领域。20世纪60年代中后期，他们先后尝试进入非农产业，但开办的依然是政治宽容度比较高的集体所有制的社队小五金厂、畜牧场。而不愿种地的鲁冠球从一开始挑战的就是在当年处于暧昧灰色地带的乡村工业，而且是被明确界定为"资本主义尾巴"的个体私营企业，等待他的，只能是再一次的失败。

　　1966年，粮食加工厂破产清算的日子还是来了。机器设备只好折价变卖，仅得原价的1/3。万向集团终身员工王建和鲁冠球是表亲，也是加工厂投资入股的4户人家之一。王建记得当初每户投了500元钱，最后破产时，他就在清算组里："大家算了一个通宵，结果每户人家剩下126元钱，亏了374元。你想想，那时候乡下人多穷啊，一天能挣儿毛钱？300多元已经是天文数字了。"

　　粮食加工厂的"主要领导"鲁冠球欠下了一屁股债。数十年后，许多媒体在报道鲁冠球早年创业血泪史时都有过类似的文字："为了还办厂时借的钱，他把刚刚去世的爷爷留下的一间祖屋都卖掉了，成了人们眼中不务正业的'败家子'。"

　　关于卖祖屋还债的细节，鲁冠球向作家王旭烽做过唯一一次描述："铭心刻骨，我一辈子都不会忘。"颇具戏剧性的过程大致是这样的：先是要从亲戚手里争回属于他的遗产——一间房子，然后再把这房子拆了卖掉。脾气很倔的鲁冠球居然找人打赢了官司，然后摇着一艘木船，一路水行，带了儿个同乡上门拆房。亲戚何曾看到过如此场面，气得儿乎要就地打滚，但房子还是让他给拆了。20多年以后的一次家族葬礼上，亲戚们终于解开心结，与鲁冠球握手言和。

　　卖掉祖屋的那一年，鲁冠球的第一个孩子、大女儿鲁慰芳出生。

戴上了"红帽子"

　　修车铺没了，粮食加工厂没了，祖屋也没了，但鲁冠球办厂当工人的愿望还在。

1967年，鲁冠球又悄悄动手了。这一次，他鼓动6个村民合伙在童家塘开办了一家铁匠铺，主营业务是为乡邻乡亲修理农具。铁匠铺啥都没有，唯一拿得出手的就是鲁冠球在铁器社当学徒时学会的一身过硬的打铁技术。

打铁很苦。鲁冠球在一次接受媒体访谈时向记者伸出了自己的右手，那儿有一块当年留下来的碎铁片："那时候没有淬火设备，两个人一起打铁，看看温度差不多了，'啪'打下来，铁块炸开，碎铁射进另一个人的大腿，他被送进医院，休息了一个月；我右手一挡，挡在手里，我用布把手指缠起来，继续干。铁片就留在那里，几十年了。"

苦一点不怕，真正怕的还是不合法。因为仍然是个体私营企业，"黑工厂"就有可能像粮食加工厂一样被关掉。

左思右想，鲁冠球去找了金一大队的领导。随着行政区划的多次调整变迁，鲁冠球老家童家塘北塘片在人民公社时期已经划归宁围公社金一大队。找领导的意图很明确：为铁匠铺戴一顶集体所有的"红帽子"。鲁冠球曾经对此解释说，1967年这一次，其实只是名分上的"红帽子"，产权归属依然模糊，更准确地说，类似于20世纪80年代初期在浙江温州个体私营企业中普遍流行的"挂靠"。由于铁匠铺所提供的毕竟是农民实实在在需要的农机具维修服务，大队便同意了。一盘点，铁匠铺当时所有的家底一共是1150元钱，连同账本、印章全部上交，铁匠铺也有了社会主义集体经济的名头——宁围金一五金厂。

"归公"后的好处是显然易见的，不再属于"资本主义尾巴"了，可以接的业务比以前更多了。除了农具修理，还接到了钱塘江工程管理局的订单，生产海涂围垦工地上铺设小轨道的零部件。

鲁冠球的金一五金厂得以存活下来，因为它已经是"社队企业"。社队企业的基本定义是——人民公社时期，由公社以及下属的大队或生产队创办并拥有产权的企业。其基本特征有二：在乡村创建，集体所有制。

　　社队企业的兴起,源于人民公社运动。1958年12月10日,中共八届六中全会通过的《关于人民公社若干问题的决议》提出:"人民公社必须大办工业。公社工业的发展不但将加快国家工业化的进程,而且将在农村中促进全民所有制的实现,缩小城市和乡村的差别。……人民公社的工业生产,必须同农业生产密切结合,首先为发展农业和实现农业机械化、电气化服务,同时为满足社员日常生活需要服务,又要为国家的大工业和社会主义的市场服务。"

　　毛泽东在1959年第二次郑州会议上高度赞扬了社队企业,一句广为流传的名言是:"我们伟大的,光明灿烂的希望也就在这里。"①社队企业掀起第一轮高潮。

　　三年困难时期,为了全力恢复农业生产,中共中央提出在国民经济调整阶段"人民公社一般不办企业"的政策,并一度写入1962年9月中共八届十中全会通过的《农村人民公社工作条例(修正草案)》。但由于社队企业发展对农村脱贫的极端重要性,在鲁冠球从修车铺、粮食加工厂到金一五金厂的艰难摸索期,社队企业风雨起落,却生生不息。

　　1975年9月,浙江省永康县人民银行干部周长庚写信给毛泽东,建议改变1962年中央关于社队"一般不办企业"的规定,积极发展农村工业,为剩余劳动力寻找出路。9月27日,毛泽东将这封信批转给邓小平,邓小平将毛泽东的批示以中共中央文件形式发至全国县级以上各级党组织。同月召开的全国第一次农业学大寨会议更是明确要求各地党委采取有力措施,推动社队企业更快发展。

　　据官方统计,截至改革开放前的1978年,社队企业已达152万个,企业总产值493亿元,占农村社会总产值的24.3%。1984年3月,中共中央、国务院转发农牧渔业部《关于开创社队企业新局面的报告》,同意将社队企业改称乡镇企业,并制定了发展乡镇企业的若干政策。无疑,没有社队企业的星星之

---

① 《毛泽东与中国农民问题》,人民网2013年12月25日。

火,就不可能有之后如邓小平所说,作为中国改革破冰的最坚韧力量——乡镇企业的"异军突起"。而彼时,鲁冠球已经是公认的中国乡镇企业第一形象代言人。

但金一五金厂仍然无法令鲁冠球完全释怀。一是产权暧昧,戴上的"红帽子"像是一顶风一吹就可能掉落的"草帽";二是队办企业过于弱势,资源调配上远没有公社层面那么强势。

时代就如同钱塘江大潮,再一次把机会推到了鲁冠球面前。1969年的一天,在萧山县城工作、消息灵通的邻居谢国贤咬着鲁冠球的耳朵告诉他,中央发了一份文件,说每个人民公社可以搞一个农机厂:"你不如来做这个。"可以佐证老谢说法的是,1970年8月25日至10月5日,国务院召开北方地区农业会议,提出为了实现农业机械化,要求大办地方农机厂、农具厂,实现"大修不出县,中修不出社,小修不出队"。

鲁冠球马上给公社打了报告,而工业基础几乎一穷二白的宁围公社领导也正发愁如何贯彻落实中央精神,双方一拍即合。金一五金厂很快从童家塘搬到了邻近县城的公社集镇,挂出的牌子金光闪闪——宁围人民公社农机修理厂。此时,鲁冠球他们全部的家底是7个农民创始人、一只手拉风箱、几把铁锤和几副铁砧火铗,还有收来的废铁、废钢等"原材料",总资产4000元。

1969年7月8日,是万向集团载入史册的创建日。这一年,鲁冠球26岁。

"宁围人民公社农机修理厂"的含金量不在于总资产的多少,而在于其资产完全归公社所有的集体经济性质。它是当年乡村工业所有制的最高政治形态,是真真切切、结结实实的"红帽子"。

资产所有权,即企业产权的转移和让渡,对鲁冠球和他的工厂未来发展的影响是根本性的。

首先是企业的经营权与管理权。1969年7月8日宁围人民公社农机修理厂成立后，公社派来一名干部金宝明担任厂革命领导小组组长，有过"资本主义的尾巴"的鲁冠球为副组长。直到建厂第9年的1978年1月，公社决定撤销厂革命领导小组，他才第一次被真正任命为厂长，但重大事项仍不能由厂长鲁冠球说了算，而是必须向公社领导和公社主管部门请示报告。

其次是企业利润和劳动所得的分配权。仅仅是名分上挂靠集体的金一五金厂的利润和劳动所得明明白白归鲁冠球与他的6个创业合伙人分享，虽然干得很苦，但挣的每一分钱都是自己的。他曾经告诉《三联生活周刊》记者："我个人早就摆脱贫困了。到1969年办农机修理厂时，我已经骑上了158元钱的永久牌自行车，戴着120元钱的上海牌手表，家里听的是48元一台的红灯牌收音机，在宁围信用社有110元钱的存款，当时也算是大户了。"资产完全归公后就变了，他成了领工资的厂领导，干多干少、干好干坏工资都一样："公社党委委员跟我讲好条件的，60元一个月，我拿了5个月。后来说公社党委书记的工资才53元钱，你不能拿这么多，好，减掉我7元，后来很多年都是这个数字。当时，工人男的一个月30多元，女的28元。"

然而鲁冠球心里十分清楚，交出经营权、管理权和分配权，换来的是合法的生存权。这在那个年代，是比什么都要紧的保命的底线。

1984年后，随着人民公社退出历史舞台，由社队企业生长演变而来的乡镇企业登堂入室，搅动一池改革春水。依据所有制分类，乡镇企业有广义和狭义的不同定义：就广义而言，包括乡镇办、村办集体企业和个体私营企业；狭义的乡镇企业专指乡镇办、村办集体企业。作为既往40多年最经典的样本，中国开放看广东的珠三角模式，改革则"花开两朵"：浙江的温州模式与江苏的苏南模式。温州模式的主体特征是个体私营经济，苏南模式无疑是乡镇集体经济独步天下。鲁冠球所在的浙江北部事实上可以视作浙江本土化的苏南模式，20世纪80年代，江苏南部的苏锡常地区和浙江北部的杭嘉湖及宁绍地区，堪称中国乡镇集体经济最为耀眼的双子星。

共性之下，差异微妙且耐人寻味。再以苏南长江边的吴仁宝与浙北钱塘江边的鲁冠球为例：曾经共同会聚于乡镇企业的闪亮大旗下，吴仁宝由始至终浸润着集体经济血脉，传统基因的坚韧与绵延是巨大的优势，也可能成为难以言表的暗伤；几度进退，终于戴上了"红帽子"的鲁冠球冷暖自知。在此后的章节中，我们会读到，当改革春风化雨时，他第一个成为了历史的勇敢者，从承包经营权到产权制度变革一次次地惊险跳跃。分叉与拐点，在起点便已脉络分明。

　　宁围人民公社农机修理厂有7个农民创始人，其中一个与鲁冠球相伴一生，她就是鲁冠球的妻子章金妹。1963年，这个绍兴柯桥的农家姑娘与鲁冠球成婚。那年，正是鲁冠球的粮食加工厂生死难料之时，靠借来的30元钱才办了婚事，想喝杯酸梅汤，口袋里都拿不出7分钱。

　　章金妹再没有离开过宁围农机厂，直至万向集团，并以万向终身员工和金工车间最脏、最累、很多人都不愿干的普通钻床工身份退休。中共杭州市

鲁冠球的妻子章金妹

委原书记厉德馨在他的回忆录中记录过这样一个细节：20世纪80年代的一天，他去万向，鲁冠球陪他到车间参观。在一台机床旁，厉德馨看见一名中年女工在埋头干活，没有同他讲话，鲁冠球也未向他介绍。走过后，一名陪同的人告诉厉书记，她就是鲁冠球的妻子，厂里想照顾她，不让她再在车间里干重活，但夫妻俩都不同意，只得作罢。厉德馨对此大为感慨，倍觉钦佩。

　　鲁冠球和他的万向集团出名后，作为妻子与创始人之一，章金妹从未出

现在被鲜花和掌声簇拥的聚光灯下，默默无闻得几近消失。我反复查阅过万向档案室的公司大事记资料，她的名字只在1992年一栏出现过两次：3月7日，厂职工章金妹在中共宁围乡党委、乡政府召开的"三八"纪念大会上获"十大女标兵"称号；7月3日，浙江省质量工作会议结束，厂职工章金妹荣获省"质量信得过工人"称号。这两次仅有的亮相与她关联的是"工人"和一线操作"标兵"。

对章金妹，鲁冠球曾经向记者叹言有一件憾事：一直没能够陪她一起去看一看春天的西湖。妻子曾几次希望丈夫陪自己去看看春天的西湖，鲁冠球实在太忙，答应了，却总是抽不出身来："别人陪她去，她不肯。我知道，她是希望我陪着去。"

但是在鲁冠球心里，章金妹的分量很重很重。2017年，鲁冠球辞世前最后的日子，他把儿子鲁伟鼎喊到身边："我要干事业，我要经营万向，你妈妈55年，一切都听我的；家里的事，我一切都听你妈妈的。这一次，我若不能过关，身后的事，一切听你妈妈的。"

那年10月30日，鲁冠球追悼会，为他送行的人流走也走不完。

章金妹对大女儿鲁慰芳说："你爸在的时候跟我说过一句话，现在苦一点，现在累一点，现在为了社会多做一点事，将来很多人都会记得你的。现在看到你爸走了以后，有那么多人来，我真的是懂他了。"

女儿记得，妈妈说这番话时，就哭得不行了。

夹缝中的进击

第二部

1969年—1982年

第三章 计划还是市场

什么时候你都不要妄想，要有自知之明，知道自己是什么身份。路不要多跨一步，话不要多讲一句，老老实实做自己的事。我们争不过别人，斗不过别人，但是干，谁也干不过我们。

——鲁冠球

进不了计划的"私生子"

走进今天地处杭州市萧山区万向路1号的万向集团总部，大门的右侧，有一座颇具江南气息的凉亭，绿树环抱。1969年，公社给了刚开办的宁围人民公社农机修理厂84平方米的破旧厂房，原址便是现在的凉亭。从此，鲁冠球再也没有离开过这片土地。

鲁冠球在童家塘的家距离农机厂有5公里，为了全心管好厂子，开办当年，他把全家都搬到了厂房边上一间20多平方米的旧屋，一住就是15年。

20世纪70年代的万向集团前身宁围人民公社农机修理厂

鲁冠球(前排左一)与妻子儿女一起看电视

1971年3月,他的第4个孩子,也是唯一的儿子鲁伟鼎就出生在这间旧屋。

"天上不会掉下馅饼,地上也不可能给你长出金元宝,给你长出财富来。这个没有可能,只有自己的路自己走。干,就是干!"鲁冠球回忆,那个时候,锻工、切割、调度、质量检验都是他自己,筋疲力尽。有一次,他生病了,去医院看病,自行车都骑不动,最后还是厂里一个员工踩着自行车把他送了去。验血结果出来,指标吓死人,医生怎么也不相信,以为是鲁冠球在黄疸指数的数字后面自己加了个零。

鲁冠球得了急性黄疸型肝炎,卫生院开病假条要求他必须立即卧床休息。鲁冠球后来告诉采访他的记者陈晓:"我把病假条塞进口袋又去上班,什么东西都不想吃,就吃腌菜。我们食堂里四大缸腌菜,就是我一个人吃完的。有人骂我假积极,肝炎是传染病,会害人的。我和小孩吃饭都分开,就夫人和我一起吃。金妹说,我不陪你谁陪你?就是这样子,拼命干了两个月,一天都不休息,一身一身地出虚汗。后来我想,如果不这么出大汗排泄,听医生的话只是躺在床上歇着，我可能早就死掉了。"

拼命干，换来的是产值利润真金白银的连年翻番。1969年，农机厂当年产值7800元，利润100元；1970年产值58000元，利润8700元；1971年，产值、利润分别飙升至171511元和10839元。

但麻烦也跟着来了。起初，农机厂生产的农具和农机配件服务半径不过方圆几十里地，客户往往自带原材料，属于来料加工。随着批量生产规模的扩大，农机厂的主要原材料——钢材和煤炭的供给成了大问题。

鲁冠球首先想到的，是多流点汗去"捡"，去"淘"。他们到杭州南星桥铁路货运站附近捡拾从车上撒下来的煤块，或是四处收集因为品质不好、没有烧透而被煤厂丢弃的煤渣，这个叫作"挑二煤"。钢材更不好找，有的是到走街串巷收废品的货郎担家里去买；有的是经县里批准，到废品收购站批发几百斤废钢。一次，鲁冠球和妻子章金妹从杭州城里运回一千多斤废铜铁，满心欢喜。挑拣、过秤、装车，一来二往耽误了时间，没赶上最后一班过江的渡轮。无奈，只得绕道走上游的钱塘江大桥往厂里赶。夕阳西下，暮色苍茫，夫妻俩就像老牛耕田般低头拉着一辆人力板车，汗水落了一地。一路夜行30多公里，回到厂里时，天已经亮了。

从别人的牙缝里"捡"和"淘"终是杯水车薪。出路在哪里？鲁冠球的宁围农机厂虽然有了准生证，但是与大城市里的全民所有制国营企业哪怕是萧山县城的二轻集体企业相比，社队企业仍属于身份卑微的"二丫头"，甚至像"私生子"。在与身份密切关联的原材料供给上，他们一头撞上了望而生畏的大山——"计划经济"。

从亚当·斯密到凯恩斯，自由市场还是国家强力干预的计划经济，引发百年争议。放任式的自由市场未必能替代必要的计划经济，但极端化的计划经济一定是一场灾难。

所谓计划经济，就是根据政府计划调节经济活动的经济运行体制。计划经济体制下资源的分配,包括生产什么、生产多少,都由政府计划决定。新中国成立后,计划经济由设想变为现实,大抵走过了7年。

1949年年底,中央政府就将2858个官僚资本的工业企业收归国有,建立国营工业,其资金总额占同时期全国工业的78.3%,为计划经济奠定了足以掌握国民经济命脉的强大的公有制基础。1950年8月,中央召开第一次全国计划工作会议。1951年1月,中财委颁布《关于统购棉纱的决定》,凡公私纱厂自纺部分的棉纱及自织的棉布,均由国营花纱布公司统购,并为此规定了棉纱有计划分配、销售、加工的办法,民族资本的第一主角私营棉纱厂的产供销被完全纳入国家计划的轨道。

1952年11月,成立了中华人民共和国国家计划委员会。1954年4月,中央又成立了编制五年计划纲要草案的工作小组,"一五"计划很快由国务院通过并提请全国人大一届二次会议审议通过。1954年中华人民共和国制定和颁布了第一部宪法,其第十五条规定:"国家用经济计划指导国民经济的发展和改造,使生产力不断提高,以改进人民的物质生活和文化生活,巩固国家的独立和安全。"这标志着计划经济已成为中国法定的经济体制。

截至1956年年底,随着各地各类民族资本企业在公私合营的喧天锣鼓声中归于湮灭,以及散乱的农村经济在社会主义改造运动推动下逐渐一统于集体经济合作社,系统而严密的计划经济体制在中国基本建立起来。

计划经济的中国式萌生,有学习苏联模式及新中国成立之初必须以高度的集中统一迅速稳定物价、渡过财政难关的特定历史背景,但此后数十年愈演愈烈,加之经济困难、物资匮乏,进而演变为粮票、布票、肉票、肥皂票、理发票泛滥,市场化商品交易销声匿迹的极端计划经济。这一近乎窒息的经济形态一直延续到改革开放早期,其本质特征不仅凸显了政府强制性的计划指令,同时包含了原材料分配等经济活动领域的所有制甄别,即企业公有化程度与获取保护的力度成正比。1979年7月,国务院发布《国务院关于发展社队企业若干问题的规定(试行草案)》,明确社队企业"不与先进的大工业企业争原料和动力,不破坏国家资源"。1981年1月,国务院颁发《关于调整农村社队企业工商税收负担的若干规定》,口吻更为严厉地指出,凡是和大的先进工业争原料,盈利较多的社队企业,不得享受在开办初期免征工商税和工商所得税2至3年的优惠政策,"一律照章征收工商所得税"。

"先进的大工业企业"所指无疑是有着天然优越感的国有企业。处在产业链底端的鲁冠球的农机厂刚刚从生存危机中挣扎而出,又不得不面对如何找米下锅、夹缝中求生的问题。

计划经济严密而僵化,善于发现其缝隙与漏洞便是机会。

1973年春,鲁冠球在萧山县物资局召开的春耕物资调剂会上听到消息,杭州一家国营工厂有300吨的钢材零料,堆放在江苏镇江码头。这批钢材其实是建造军用大炮的炮筒切割下来的料头,国营企业觉得食之无味,只能废弃回炉,对社队企业来说却求之不得,同时又显然不属于和"先进的大工业企业"争原料。鲁冠球立即求助宁围信用社,借了10万元的生产性贷款,从这家国营企业手里买下这批废钢料后,连夜乘火车赶到镇江提货运回。炮筒废料的壁厚有足足6厘米,是上等的锰钢,硬度很高。而章金妹的韧劲比锰钢更硬,她一声不吭花了1年多时间,用电焊把炮筒废料切割成一块块的锰钢片。鲁冠球再带着工人用皮带榔头将之打平,最终生产出了1万把质量上乘的犁刀。

当年,犁刀等农具,包括农药、化肥、种子都是重要的农业生产资料,归属有关部门专营,少量、小范围经销响动不大,1万把犁刀就成了问题。鲁冠球骑上自行车,驮着一大捆犁刀样品出发了。他去了钱塘江对岸的杭州市农机公司——一家负责计划专营全市农机具的国营公司。

小心翼翼地推开杭州市农机公司办公室的门,一双警惕的眼睛和一副不耐烦的腔调:"犁刀?不要!这个东西是要讲计划的,不能瞎来!"

一向说话喉咙榔榔响的鲁冠球压低了嗓音,赔着笑脸。半天过去了,没有用。他继续沉住气:"这样吧,我先把犁刀放在这儿,有空了你们再看看……"

再一次小心翼翼地,犁刀被放在了办公室的角落里。

大半年后的春耕时节,当鲁冠球几乎已经失去了翘首期盼的耐心,杭州市农机公司负责人在萧山县物资局局长的陪同下匆匆而来。这一次,被小心翼翼推开的,是鲁冠球办公室的门,他们是来求助采购犁刀的。原因很简单:为国营农机公司按部就班计划供应犁刀的国营定点企业生产环节出了问题,计划不灵光了。如果因此影响了各地社队的春耕大计,那可就是担待不起的"政治问题"。于是,他们想起了那个乡巴佬大半年前放在角落里积满了灰尘的这一捆犁刀,一检测,质量上乘得不得了。于是,匆匆而来。

此刻,鲁冠球想到的不仅是卖犁刀,还有更重要的是等待下锅的米:"保质保量供应犁刀没问题,能不能给我们提供一些钢材原料? 每年50吨。"

狡黠与忐忑之下,得到的是干脆且肯定的回答。破天荒,计划外的宁围人民公社农机厂的原材料供应,被纳入了国家计划内的安排。

鲁冠球一辈子除了拼命地干工作,没有什么其他爱好,年轻时爱抽烟可以算一项。对他而言,抽烟与其说是喜欢,更多的恐怕是源于压力,焦虑时,一天要抽3包。从19岁创业之年摸上烟,差不多20年后,他突然戒烟了。

戒烟的原因,还是为了拿到朝思暮想的企业生产原材料。

有一年的夏天,鲁冠球带队去了杭州钢铁厂,目的很明确:讨要生产万向节所需的一批特种钢材。两边的人马坐定,艰难的拉锯,鲁冠球焦虑地猛吸着烟。会议室里开了空调,烟雾缭绕,杭州钢铁厂厂长章思明被熏得受不了了,几次起身走出会议室透气。鲁冠球觉察到后,连声表示歉意。章厂长接住了话头:"你要是能保证把烟戒了,我就保证供应钢材。"鲁冠球一听,立即把口袋里的半包凤凰牌香烟掏出来丢进废纸篓:"一言为定! 说话算数,我戒烟!"

第一个采访鲁冠球的《浙江日报》资深记者周荣新在《万向重心》一书中记录了有关鲁冠球戒烟的后续故事。这是在鲁冠球戒烟几年后的4月,他去北京参加全国劳模表彰大会归来,省领导在杭州大华饭店接见了浙江劳模代表。交谈中,时任浙江省省长薛驹递给鲁冠球一支烟,并亲自为他点上。鲁冠球觉得却之不恭,就吸了一口,然后就捏在手里任其自燃。过了一会儿,薛驹又递了一支,这次他把烟悄悄地放在了茶几上。知道鲁冠球数十年抽烟史的薛省长注意到了这个细节,事后对人说:"老鲁有什么心事? 遇到什么困难了吧? 我看他烟都没心思抽,有机会你们了解一下。"

"曾经有人问我,我现在最想的是什么——我想抽烟! 特别是在精神压力大的时候。但我已经多年不抽烟了,假如有一天我不当厂长、董事长了,这烟我还是要抽的!"回忆起自己戒烟的点点滴滴,鲁冠球哈哈哈笑了。

笑声背后,几多辛酸。

靠"市场"说话

计划管得了原材料,计划内的原材料救得了生产,但无法保证让企业活下去。一句话,工厂生产的产品必须变为商品,必须卖得出去,以换取企业扩大再生产再循环所需的利润。

鲁冠球出发了,却如此艰难。

想进政府的门领会最新政策,进不了;想到大学查找技术资料,被拒绝;想前往北京灵市面,买机票要省级机构身份,坐火车卧铺得有县团级证明。一次,鲁冠球带几名员工直奔兰州参加产品交易会,火车硬座颠簸40多个小时,疲惫不堪,偏偏还因为座位纠纷与一帮人发生了争执。结果惊动了乘警,被喊到警务车厢问话,上来就问鲁冠球,是不是党员?"不是,是企业厂长。"再问,是不是国营企业?"不是,是乡下的社队企业。"乘警说,这年头,你不是党员,不是国营企业,就是坏人。于是,鲁冠球一直被扣住,到了兰州站才被放。

但无论多艰难，还得去冲，去拼，去闯。胶南一战，他们终于赢了。

1979年，鲁冠球听说在邻近山东青岛的胶南县要举办大型的全国汽车配件订货会，立即用两辆卡车满载当时厂里的龙头产品汽车用万向节，星夜兼程赶到胶南。参加这次订货会的有几万客商，场面火爆得很，但一打听情况，鲁冠球的心就凉了：因为不是国营企业，更不是国家定点厂家，连订货会的代表证都弄不到，也就没有资格进场设摊。鲁冠球并不甘心，反正是乡下农民企业，被人瞧不起惯了，从来就没指望过坐上轿子抬着，进不了正式交易会场，那就在场外骡马市摆个地摊。时任中国汽车零部件工业公司副总经理陈光祖回忆，鲁冠球后来找了浙江省汽配协会周会长介绍，终于还是挤进了门口设有警卫的正式交易会场设摊。鲁冠球告诉陈光祖，场内都是国营大厂，对他们这家社队小厂侧目而视，甚至有人故意从楼上拿洗脸水往他身上泼。正值寒冬，冰冷刺骨，"但我就是站着不动，看你能把我怎么样！"

1979年，鲁冠球挤进在山东胶南举办的全国汽车配件订货会，此为其摆出的展位

几万客商的订货会人潮涌动，但奇怪的是，3天过去了，成交并不踊跃甚至有些冷清。鲁冠球派员工四下打探摸底，发现问题症结在于价格。国营企业的买方和卖方都是依照计划行事的，没有得到千里之外上级领导的指令同意，双方在购买价格上的讨价还价都只是兑不了现的空谈，更谈不上成交了。曾经备受国营

企业同行奚落的鲁冠球看出了门道,乡下人的工厂虽然土里巴叽,但好处就是可以自己拍板,自主定价。他立即决定按照机械工业部核定的价格全线下调20%,并派员工连夜四处张贴降价广告。第二天,订货会平地刮起"鲁旋风",他们的摊位前客商蜂拥而至,几天内就签订了售价212万元万向节的合同,超过了当年预计总产值的2/3。鲁冠球一算账,降价之后虽然利润薄了,但出货总量冲上去了,仍有钞票可赚。

胶南一战,鲁冠球凯旋,不仅手握大把订单,更重要的是扩大了企业和品牌的行业知名度。但那一刻的他肯定还不懂得"市场"的概念,不知道打赢这一仗,自己已经实现了从"厂长"到"企业家"的第一步惊险跨越。

"企业家(entrepreneur)"一词源于法语,依据经济学定义,企业家就是"冒险事业的经营者或组织者"。"创新主义经济学之父"约瑟夫·熊彼特认为,企业家的本质在于"创造性破坏",是能够"实现生产要素的重新组合"的创新者。而冒险、创新的企业家,必须植根于深厚的市场土壤和环境。就如同英国经济学家哈耶克在其名著《致命的自负》一书中关于社会发展规律的经典阐述那样:"社会文明进步的扩展秩序并不是人类的设计或意图造成的结果,而是一个自发的产物……人们不知不觉地、迟疑不决地,甚至是痛苦地采用这些做法,使他们共同扩大了利用一切有价值的信息的机会,使他们能够在'大地上劳有所获,繁衍生息,人丁兴旺,物产丰盈'。"哈耶克所说的自发扩展秩序的背后,正是孕育企业家生长的市场的力量。

厂长生产的是产品,遵从计划,受命于指令;企业家自主生产经销的则是商品,追逐利润,勇于冒险,善于创新,两者无疑有着天壤之别。1979年胶南一战中,鲁冠球身上企业家精神的闪现,既是社队企业夹缝中求活路的被动选择,也是其市场意识的自我萌发。

数千年来,以内在基因与共同的行为方式维度观察,中国很早就滋长了庞大而绵延不绝的商人群体,而企业家的出现则是百年来西风东渐的洋务运动之后的事。至1956年,伴随着民族资本企业经过"和平赎买"式公私合营的社会主义改造,企业家作为一个阶层消散于无形。其再次崛起已是20多年后的改革开放时期,时间的坐标指向了1984年。

企业史研究学者吴晓波认为,1984年是当代中国的"公司元年"或者说"企业家元年"。这一年,柳传志在中关村的一间传达室里创办了日后的联想;王石在深圳成立了万科的前身现代科教仪器展销中心;张瑞敏将一家濒临倒闭的集体电器企业改造为青岛电冰箱总厂,"海尔"展翅欲飞;李经纬借力大洋彼岸的洛杉矶奥运会,"东方魔水"健力宝横空出世。

1984年,企业家及其公司的中国式苏醒,原因在于他们作为市场经济主体的基本权利开始逐渐回归:生产要素的相对自由配置、产品价格的决定、人事任免、奖金分配、利润安排等,这一切,恰是打开市场之门的金钥匙。

与柳传志、王石、张瑞敏、李经纬这些城市型企业家、创业者相比,乡下人鲁冠球的市场化实践无疑要更早一拍。1984年之前,甚至是改革开放之前,最早春心萌动的,是从农村发动并从农业渗入工商业的乡村能人。这一后来被称作"农民企业家"的群体大抵有三类来源:政经合一的基层政权带头人、社队小工厂的厂长、乡村个体劳动者。在此后很长一段时期,风雨跌宕、大浪淘沙,农民企业家群体出现了泾渭明晰的分化:一些人与其说是企业家,不如说更像农民;一些人则告别农民意识,成长为真正意义上的现代企业家。鲁冠球是后者的最典型代表。

对鲁冠球来说,在其创业早期,要不要"市场"不是时髦的理论争议,而是生存与发展的必需。作为勇敢的践行者,他谨慎却大胆地舒展开了市场的翅膀。

——1980年10月,鲁冠球的工厂正式组建了有别于计划包销、强化企业自主经销能力的供销科。次年8月,厂部公布实行供销员浮动工资和费用包干制度,即按省区将任务承包到人,并根据销售量、销售价格及货款回收期限,确定上不封顶、下不保底的计酬奖惩。后来,又规定每个供销员一年要向厂部反馈市场信息20条,并纳入承包合同。

——以市场为导向,以经济效益为目标,推进多样化生产策略。由最初的农机具起步,市场需要什么就瞄准什么,生产领域逐步延展到农用拖拉机配件、喷油嘴、轴承、失蜡铸钢、万向节等等。工厂的招牌也随着产品的多样化而不断变更,除"宁围农机厂"外,陆续成立了"宁围轴承厂""宁围失蜡铸钢厂""宁围万向节厂",多块牌子一套人马,依市场起落而进退。

——突破社队企业"为农型"定位基础上就地取材、就地加工、就地销售的"三就地"自我束缚,产品市场销售半径悄悄却坚定地持续扩张,从宁围、萧山、杭州、浙江进而到全中国。以万向节为例,1980年全国市场占有率已上升至17%。

按照经济学定义,所谓市场就是商品交换关系的总和,而市场经济则是指通过市场配置社会资源的经济形式。无论是市场还是基于市场的市场经济,都必须遵循价值规律。新中国成立后很长一段时期,作为计划经济的硬币的另一面,市场经济遭到全面否定和抛弃,两者的边线被视作社会主义与资本主义的分水岭。市场和市场经济的回归,成了中国改革开放最艰难亦是最根本的破冰。

1981年11月召开的第五届全国人民代表大会第四次会议,第一次正式提出经济体制改革的目标是"计划经济为主、市场调节为辅"。消失了30年的"市场"重新进入官方话语。

1984年10月,中共十二届三中全会通过《中共中央关于经济体制改革的决定》,强调社会主义经济是"公有制基础上的有计划的商品经济"。这一重大突破的背景,是彼时个体私营企业已大量涌现,僵死的理论难以回答鲜活的实践。

1992年春,邓小平在南方谈话中说:"计划多一点还是市场多一点,不是社会主义与资本主义的本质区别。计划经济不等于社会主义,资本主义也有计划;市场经济不等于资本主义,社会主义也有市场。计划和市场都是经济手段。"[①]一语定乾坤。同年10月,中共十四大确定中国改革的方向是建立社会主义市场经济体制,发展市场经济已成共识。

2013年11月,中共十八届三中全会审议通过《中共中央关于全面深化改革若干重大问题的决定》,要求建设统一开放、竞争有序的市场体系,"使市场在资源配置中起决定性作用"。

摸索、渐进、完善,以社会主义市场经济为取向的改革积跬步至千里,而数十年前鲁冠球们跌跌撞撞的市场化生存拼杀,恰是这漫漫长路中的第一道霞光。

"那时候,我们就像是'少林寺的和尚——打赤膊拳头出身',几乎没有一天安生日子。"鲁冠球对那段逆境求生的岁月感慨万千,他用四句话做了形象的比喻——从"穷"字里逼出来,从"田"字里跳出来,从"卡"字里冲出来,从"干"字里站起来!

也正是在"逼出来、跳出来、冲出来、站起来"中,他的工厂逆境飞扬:截至1979年,宁围人民公社农机修理厂创建10年后,总资产已达382万元,产值316万元,员工总数400人,分别飙升了352倍、404倍和56倍。

为什么是万向节

1979年开春,钱塘江畔一望无际的芦苇仍旧满目枯黄。江边风大,奇冷。鲁冠球的心却从没有这么火热过。

[①]《在武昌、深圳、珠海、上海等地的谈话要点》,《人民日报》1993年11月6日。

后来鲁冠球回忆说,那一天,他做出了自己近50年经营生涯所有重大决定中第一个最冒险的决定:将厂门口的4块牌子摘掉3块,只剩下1块——"宁围万向节厂"。

被摘掉的3块牌子分别是:宁围农机厂、宁围轴承厂、宁围失蜡铸钢厂。那一年,鲁冠球36岁,他的工厂已经10岁了。此前10年,鲁冠球不敢奢想什么宏图大业,最紧要的是活下去。他的办厂方针还是接到什么活练什么摊,凡是和铁沾上一点边的,自己的能力可以达到的,统统干,产品眼花缭乱,大门口的招牌终于也挂到了4块。

而现在,他决定清理门户,"收拢五指、捏紧成拳",只生产万向节了。当时还是草根创业者的鲁冠球何以这么灵光地做出咬定万向节的决策? 那一刻又发生过什么? 这成了许多追访者的难解之谜。

1995年5月15日,鲁冠球的万向集团迎来了一位尊贵的客人——时任中共中央总书记、国家主席、中央军委主席江泽民。

走在设备先进的车间里,江泽民一边仔细察看,一边向身旁的鲁冠球提了个问题:"老鲁,你当时为什么看中了万向节这个产品呢?"

鲁冠球脱口而出:"当时,选中万向节并不是科学的决策。"

江泽民饶有兴趣地扭过头来,谁也不知道鲁冠球接下去会说什么。

鲁冠球无非是在实话实说:"最初只是社会上需要什么我们就生产什么。"

"那么是拍脑袋决策喽?"江泽民笑了起来。

鲁冠球也笑了起来:"是拍脑袋。不过拍脑袋之后,我们还是认真分析了市场的。"[1]

1979年,改革开放春光乍现,中国乡村许多数十年来一成不变的东西正

---

[1]《中国模范生:浙江改革开放30年全记录》,浙江人民出版社2008年版,第27—28页。

悄悄起变化。

早在"四人帮"被粉碎的1976年年底，全国已经有了10.62万个社队工业企业，当年产值达到了243.5亿元。农业部在那一年组建了人民公社企业管理局，整个中国大陆除西藏之外，省级社队企业管理机构相继成立。

两年后的1978年末，全国有94.7%的公社和78.7%的大队办起了企业。社队企业发展到152万个，当年社队企业总收入493亿元，占人民公社、生产大队和生产队三级组织经济总收入的29.7%。

在浙江，虽然官方仍严令禁止，但农民自发的包产到户已暗潮涌动；以服务30里地范围内农业机械化为名创办的社队企业，纷纷突破笼子，日渐明目张胆地向与国营工业争原料、争市场的各种加工领域顽强地渗透。

松动引发的变革，开始透出第一缕阳光。向来有着极好嗅觉的鲁冠球发现，大干一场的机会来了。

干什么，怎么干？问题还是没解决。左思右想，鲁冠球想明白了两个基本的方向：一是投资方向上，千家万户能做的不做，国家指定给国营企业做的不做，没有技术含量和附加值的不做；二是经营方向上，放弃粗放型小而全的多样化生产模式，集中人力物力，创拳头优势产品。用他自己的话来说，就是变"游击队"为"正规军"，变"游击战""麻雀战"为"阵地战"。

多元化还是专业化？这是几乎所有企业都会面对的一道选择题。两者并非黑白分明的两面，如何选择取决于不同生存周期的竞争力。企业草创期，产品多样性生产无疑有助于分解生存风险；而企业成长期，收拢成拳的专业化就会成为提升竞争优势的必然选择。按照现代广泛运用的美国社会学家利伯曼有关"专业化"标准的定义解释，所谓"专业"，就应当满足产业分工范围明确、运用高度的理智性技术、从事者个人或集体均具有广泛自律性、拥有应用方式具体化的理论纲领等基本条件。1979年，创业10年的鲁冠球和他的企业已经走到了从草创期步入成长期的拐点。但多元化与专业化的选择不会一成不变。在此后章节的记录中，你会看到，20世纪90年代，已进入成熟期的高速发展的万向集团再次呈现出专业化基石之上关联性、全产业链多元化的全新姿态。

思路已明,剩下的问题是,作为专业化取向的拳头优势产品又是什么? 鲁冠球想到过自行车。那是他年少时最神往的工业制成品,是足以让自己的梦想飞起来的东西,何况中国是"自行车王国",当年老百姓最大的奢望就是买辆自行车,销路自然不愁。但一摸底发现,自行车生产门槛不高,全国大小厂家早已蜂拥上马。

鲁冠球转而瞄准了汽车万向节。

几乎决定了鲁冠球此后创业史全部命运的万向节是何物? 这只看上去并不神奇的貌似十字架一样的零件,是汽车传动轴与驱动轴上的连接器,因为它在旋转中可以任意地变换角度,所以被称为万向节。正是这只看上去并不神奇的万向节,将鲁冠球推上了飞向世界的大道。他的命运从此与现代汽车大工业紧紧相连,并最终成为福特、通用、克莱斯勒等国际巨头邀请名单上的贵客。

鲁冠球对万向节并不陌生。1971年,他就和技术员一起成功试制出了"丰收35型"农用拖拉机万向节。与汽车万向节的相遇,则是1974年的事了。那年,萧山县农机公司提供了一只希望加工的样品,拿到厂里,懂行的工人一看就说,这是"跃进"牌汽车上用的万向节。再一打听,国营杭州汽车制造厂曾经把组装3.5吨"跃进"牌汽车配套的万向节生产计划指标给了国营杭州汽车配件厂,但后者折腾了两年没有下文。鲁冠球立即向杭州市机械局立下了军令状:"3个月出样品,拿不出认罚!"

"跃进"牌汽车是南京汽车制造厂于1958年3月研发成功的中国第一款轻型载货卡车。鲁冠球带人赶到南京讨要产品图纸,碰了一鼻子灰:"社队企业? 不可能!"不给图纸就自己干! 鲁冠球专门成立了"万向节试制会战班",调集精兵强将啃硬骨头,几个月后就拿出了5套样品并被杭州市机械局和杭州汽车制造厂鉴定合格。

1979年，促使鲁冠球横下一条心的是一篇重要文章。向来有读报习惯的他看到《人民日报》上有篇题为《国民经济要发展，交通运输是关键》的社论。社论说，国家在安排1980年国民经济计划时，汽车的货运指标要达到5.4亿吨。有专家建议，必须缓解铁路运输的紧张局面，大力发掘公路运输潜力。看到这，鲁冠球眼睛一亮：5.4亿吨的年货运量，而万向节又是汽车上的易损零部件，平均行驶2万公里就要更换，这个市场该有多大！

但鲁冠球还是觉得不踏实，他决定和当时的厂党支部书记祝炳善一起去趟北京。这也是他第一次千里迢迢的首都之行。在他的心目中，那里有毛主席，还有一座金灿灿的天安门。

硬着头皮，鲁厂长就像5年前小心翼翼地迈进杭州市农机公司一样，小心谨慎地迈进了北京中国汽车工业总公司的大门。他可能是第一个敢于踏入那个大院的农民厂长。

北京的老同志颇有修养，见了他的那张皱巴巴的介绍信也没瞧不起。不过关于万向节的生产情况，老同志说，全国已经有56家工厂在生产万向节，而且基本上是很厉害的国营企业，产品差不多呈现饱和状态了。

鲁厂长心里一惊，失望地夹起皮包准备说再见。快要出门了，老同志突然对他们说了一句话："目前市场上饱和的万向节，是供应国内汽车生产的。国外进口汽车上所需的万向节技术要求很高，横断面必须平滑如镜，磨掉一根头发丝的1/6就不行了，而且利润又薄，所以没有一家国内厂家愿意生产，也生产不了。"老同志迟疑了片刻说："如果你们愿意试试，那么，无疑是为国家填补了空白，节省了外汇，是为国家在做贡献啊。"

见过大世面的老同志还随口给出了一大串背景数据：目前，全球家用轿车社会保有量，美国就有1.6亿辆，日本有0.9亿辆，联邦德国有0.2亿辆，世界各国总量不下4亿辆，每年仅维修一项，就需要2.2亿套万向节，市场前景极为广阔。

鲁冠球听了这番话，简直不相信自己的耳朵，这可真是天上掉下一个大馅饼了。他毫不犹豫地说："行,我们来搞吧。"

这下,轮到人家老同志不相信自己的耳朵了。

一个巨大的决心就在这一刻产生——在遥远的南方,在一个

20世纪70年代,鲁冠球(左三)与早期创业者们开会商量工厂发展

谁也不知晓的钱塘江畔络麻和棉花地中的小工厂里,他们准备大干一场了,他们要造多少大型国营企业都不敢碰的洋人汽车上的万向节了。

选择万向节,根本上是市场说话,是市场的选择。于是,1979年开春的那一幕就此定格:农机厂、轴承厂、失蜡铸钢厂的招牌不见了,赫然写着的是"宁围万向节厂"几个大字。

为了专业化生产万向节,被砍掉的其他产品仅农机配件一块每年的产值就有70多万元,想想都肉痛。肉痛之后,更大的麻烦来了:来自各国的进口汽车万向节型号很多,技术和工艺保密,图纸、资料、技术参数一片空白。怎么办?经过进一步的市场调查,他们得知,当时中国的进口汽车都集中在天津港入关,于是就通过天津海关搞到了进口汽车的型号名录和去向,再派人按图索骥,天南海北分路跟踪。每当千方百计找到一种进口汽车时,就恳求驾驶员允许他们趁晚上休息时间,爬到汽车底盘下拆卸出万向节,依照实样画成草图,再赶在早晨出车前把万向节装回去。很多次,他们的怪异要求和举动被不相识的驾驶员误以为是遇到了坏人或者精神病。

千辛万苦带回草图,便一种型号一种型号地试制。试制出样品,再对号入座找到原车辆装上试用,保证上门服务,免费安装,只是再次恳求驾驶员反

馈使用情况，提出改进意见。正是用这种最原始的方式，花最笨的功夫，半年后，进口汽车的系列型号万向节研制成功并通过了行业鉴定。"那半年，几乎是蜕了层皮，甚至可以说是脱胎换骨。"鲁冠球想起了"之"字形环绕着家乡，留下了磨难也孕育了无限希望的钱塘江，他将自己的产品取名为"钱潮"牌万向节。

"这些农民是怎样办起2000万家企业、解决1亿人就业的？他们如何选择产品？到哪里获得技术诀窍？启动资本从哪里来？是如何取得辉煌成绩的？"新加坡前副总理吴庆瑞在中国沿海考察乡村工业后发出了这番由衷的感慨。

吴庆瑞是新加坡执政党人民行动党的创始人之一，曾先后担任李光耀内阁的财政部部长、副总理，被誉为"新加坡经济发展之父"，为新加坡经济起飞立下了汗马功劳。应邓小平的邀请，1979年吴庆瑞第一次到中国访问。邓小平会见他时表示，希望他退职后接受聘请，担任中国国务院的经济顾问。几年后，卸任副总理的吴庆瑞正式受聘为中国沿海开发区经济顾问，此后6年中，吴庆瑞每年两次前来中国考察。令这位毕业于英国的博士最为困惑不解的是，中国乡村工业"奇怪崛起"背后的真相究竟是什么？

从以上描绘中，我们可以发现，包括左冲右突的鲁冠球在内的农民企业家，在浙江、在中国，是一个庞大的群体。改革开放春潮涌动之初，乡村工业化风暴的来临及最终的大获成功是一种无法阻挡的必然。但就其中的某一个体而言，从何处出发，往哪里去，能否抵达激动人心的彼岸，则充满太多不确定的偶然。置身于计划与市场的边界，他们忐忑却勇敢地摸着石头过河。

农民也应该成为具有较高文化素质的人,一个生活在现代社会环境中的"文明人"。要努力把长期小生产经营过程中的松散的农民队伍建设成为具有力量和纪律的产业工人队伍。

——鲁冠球

3万套废品事件

1980年初秋,鲁冠球干了一件轰动萧山全县的事。

那年11月,安徽芜湖发动机厂寄来一封措辞极为客气的"告状"信,说是有少数的万向节轴套出现了裂纹,提请注意。鲁冠球急坏了,喉咙吼得梆梆响:"快把合格产品送到芜湖去,把不合格产品换回来。快去!快去!"许多厂里的元老级员工清楚地记得,当年30多岁的鲁厂长嗓门大,脾气也大,训起人来整座楼里都能听到他的声音。经调查,问题出在热处理车间。一些工人为了追求产量,擅自在淬火后缩短回火时间,以致影响了部分产品的质量。

"不合格产品安徽有,江苏有没有? 山东、河南会不会也有?"心急火燎的鲁冠球立即派出30多名供销人员火速奔赴28个省、市、区走访用户,凡是不合格的,哪怕是只有微小瑕疵的产品统统背回来。一清点,足足有3万套,在仓库里堆成了小山包!

在小山包前,召开了一场"压力山大"的现场会,全厂中层干部和全体工人都来了。鲁冠球的话很重,一个字一个字击打在员工的心上:"这些不合格产品损害了'钱潮'品牌的声誉,更是对国家、人民的犯罪! 从今天起立下'军规'——以后凡是只能'将就'的产品,一律按废品处理。"他一声令下,将价值43万元的3万套万向节全部打包装车,运往废品收购站,6分钱一斤,一个不剩。

现场会气氛异常凝重,一片沉默,一些女工忍不住流下了眼泪。

损失掉的不仅仅是价值43万元的产品。现场会上,鲁冠球还宣布,作为一厂之长,他首先要为废品事件负责,提请厂部扣除自己的半年奖金。由于产量和利润被严重拖累,全厂职工此后6个月同样没发奖金。

"一个企业如果守不住质量关口,就是自杀!"鲁冠球说。废品事件牺牲的是奖金,敲响的是质量第一、信誉第一的警钟。有研究者分析认为,鲁冠球是产权意识最早觉醒的中国企业家。而事实上更为重要的是,从他身上体现出的作为企业存在基石的质量意识、诚信理念的觉醒。

在改革开放后中国企业发展史的经典案例中,由"鲁冠球卖废品"最容易联想到的是著名的"张瑞敏砸电

鲁冠球(左三)在车间细致检查产品质量

冰箱"事件。1985年,刚刚就任集体企业青岛电冰箱厂厂长的张瑞敏接待了一位来买电冰箱的朋友,但左挑右选都有各种毛病,无法让人满意。送走朋友,他把仓库里的700多台电冰箱彻底检查了一遍,结果发现有76台存在不同程度的问题。其他厂领导建议将这些问题电冰箱当福利低价处理给职工算了,也不浪费。张瑞敏顿时把喉咙吼得梆梆响:"我要是允许把这76台电冰箱卖了,就等于允许你们明天再生产760台、7600台次品。"他抡起铁锤一声令下,76台电冰箱被砸成了废铁。不少职工心疼得流泪。当年一台电冰箱800多元,相当于一名普通工人两年的工资。多年后,这把铁锤被国家博物馆收藏。

"张瑞敏砸电冰箱"与"鲁冠球卖废品"何其相似,都是唤醒全员质量意识的开篇,差别仅仅在于,鲁冠球卖废品的43万元相当于800多名普通工人2年的工资,发生的时间早了差不多5年。

所谓质量意识,即一个企业从领导决策层到每一个员工对产品质量和质量工作的认识和理解的程度,将极大地影响和制约企业的质量行为。质量意识古已有之,但现代意义上的系统且制度化的质量意识,则发源于工业革命后20世纪初期美国大工业流水线的勃兴。日本及日本企业1946年至1954年开始引进学习美国的统计质量管理体系,1955年至1970年期间普及全面质量控制,并自70年代始,把质量管理的理论与制度方法推向了近乎完美的新高度。具体包括:无次品的质量管理观念;以消费者为导向;注重产品的适用性;重视人的素质和现场管理。与"质量日本"相伴随的,是1970年日本国内生产总值跃居世界第二,以及80年代中后期力压美国的巅峰时代。

在改革开放早期冰河初融的中国,质量意识并非最早萌生的种子。以鲁冠球所在的浙江为例,强烈的摆脱贫困的原始冲动之下,千百万民众及草根创业者首先抉择的,是用更快速、更粗野、更有效的商品买卖流通打捞财富的第一桶金,并成就市场大省的传奇。为此,浙江南部穷得只剩下勇气的温州人操着奇怪的方言出发了,他们行色匆匆地奔走于大江南北,身后浩浩荡荡尾随而至的,是五光十色的各类小商品。与"鲁冠球卖废品"几乎同一时期,温州已崛起470多个大小专业市场,10万农民购销员遍布全国。"温州的经验在市场",市场搅活一池春水,也裹挟着泥沙俱下,假冒伪劣一时成为温州的代名词,鹿城的假皮鞋、苍南的假商标、永嘉的假广告、瑞安的假汽摩配件……铺天盖地。黑龙江鸡西煤矿甚至由于温州市乐清县柳市镇的伪劣低压电器漏电,引发严重的瓦斯爆炸,多人死伤。中南海震怒了。这直接导致1990年国务院办公厅史无前例地为柳市一个镇"单独发文"——《关于温州乐清县生产和销售无证、伪劣产品的调查情况及处理建议的通知》。国家七部委以及省、市、县三级政府联合组织了近200人的工作组、督查队开赴柳市,进行了长达5个月的治理整顿,堪称"大地震"。

温州人质量意识的觉醒,已是1994年。当年5月,温州市委、市政府在温州市体育馆大张旗鼓地召开了"质量立市"万人誓师大会,会场上触目惊心的巨幅标语是:"质量是温州的生命。质量上,则温州上;质量下,则温州衰!"同年,温州市政府颁布了全国第一部有关质量立市的地方法规——《温州质量立市实施办法》,开列了停业整顿、吊销营业执照、禁止担任企业法定代表人、依法追究刑事责任等见血封喉的"撒手锏",誓将假冒伪劣斩尽杀绝。

可惜,这一时刻比鲁冠球的3万套万向节废品事件迟了整整14年,温州和温州人不得不用一代人的努力为自己洗尽污名,重归正途。

质量意识及质量行为在温州、浙江乃至中国的姗姗来迟,除了企业与区域经济社会发展阶段性的内在逻辑因素外,还与以下两方面密切关联:

——短缺经济陷阱。改革开放初始,百废待兴,生产与生活资料极其匮乏,哪怕质量低劣的产品同样供不应求,正如张瑞敏所言,"纸糊的电冰箱也能卖出去"。劣币驱逐良币效应成为必然。

——"技工贸"还是"贸工技"的发展路径之辩。所谓"技工贸"即技术(科研环节)—制造(生产环节)—贸易(流通环节);而"贸工技"则是贸易(流通环节)—制造(生产环节)—技术(科研环节)。两者都兼具了3个共同的生产力环节,先后顺序却不同,"技工贸"强调技术进步优先,"贸工技"追崇流通型快速扩张。在中国企业界,任正非的华为与柳传志的联想被普遍认为分别是"技工贸"和"贸工技"成长思维的典型模式。两种路径模式本无优劣之分,适者为上,但假如过度仰赖营销为王并长期偏好,就必然酿成大问题。再以浙江为例,相当程度上,浙商更多挥洒的是浪迹天下、行商坐贾的商人气质,而非坚韧创新、工匠型笃守的企业家秉性。从某种意义上说,浙江的财富不是"造"出来的,而是"卖"出来的。从游走全国数以百万计的浙商,到以义乌为代表的密如蛛网的市场体系,及至新兴的互联网公司,浙江商业力量的发育与成熟,足以傲立天下。作为崇尚并长袖善舞于"贸工技"的区域群体,如何驱除假劣产品阴云,真正推动浙江制造嬗变为浙江创造乃至浙江智造,很长时期仍是浙商之痛。

作为质量意识与质量行为的先行者,鲁冠球必须有前瞻的睿智和壮士断腕般的极大的决心。为了整治工厂,彻底扭转质量低劣的生产状态,张瑞敏1984年上任后就制定了13条规章制度,其中一条是"不准在车间随地大小便",今天读来觉得匪夷所思。事实上,当年的张瑞敏是幸运的,他面对的好歹是大城市青岛的城市工人。而包围着鲁冠球的,却是朴实、善良但无比散漫的农民兄弟。

经济学视角下的质量管理向来有"三大要素"之说,即:人、技术和管理。而广义的质量概念不仅指产品质量,还涵盖了工作质量、服务质量以及人的质量。人,无疑是质量意识与质量行为的核心。

从田间洗脚上岸进了万向节厂,农民们渴望挣更多的钱,然而不希望失去千百年与生俱来的一份惬意自在。由家里到工厂那段穿越庄稼地的泥土路上他们可没闲着,手握一枝甘蔗,一路大嚼一路吐甘蔗皮,走到车间门口,一枝甘蔗恰好啃完。

热爱啃着甘蔗上班的"工人"看不懂图纸,不会用千分尺、游标卡尺,全面质量管理的英文缩写字母"TQM",他们只认识中间一个字母"Q",还是从扑克牌上学会的,读作"皮蛋"。他们也知道鲁厂长对产品质量要求很高,出了问题被抓住是会砸饭碗的,为了不让鲁厂长发现,干脆就把次品废品悄悄扔到厂子外面的小河里、草丛中。

山东胶南一战,鲁冠球尝到了市场化低价策略的甜头。1980年后10年间,全国钢材涨价1.3倍,煤炭更是平均提价5倍,宁围万向节厂的产品定价却始终基本不变。但他深知,价格竞争策略必须建立在优质的基石之上,否则便是自寻死路。办厂早期,万向节厂就成立了在乡间闻所未闻的质量管理小组,鲁冠球亲任组长,并从各车间抽调了一大批爱厂如家、真抓敢管的工人做质量管理员,总人数占全厂员工的18%,远高于一般企业5%左右的要求。此后数十年,万向一直保留着一个传统:每周上报质量报告。这是一份"报忧不报喜"的周报,每个车间、分厂生产制造单元的负责人必须把每周发现的质量问题汇总报告。这份周报最终会送到鲁冠球的案头,无论多忙他都要过目,有时会批示后再下发。

产品质量服务于人又决定于人,而人的改造何其之难! 在《乡镇企业是建设社会主义新农村的奠基石》一文中,鲁冠球认为:

> 中国农村之所以人口素质低下,主要是受制于落后的教育设施,贫乏的科学技术以及薄弱的文化事业。如何改变这个状况? 只有乡村企业才能较好地完成这一历史使命。有了文化教育和科技的基础,我厂才得以从一家简单手工劳动的小企业,发展成为一个现代规模的出口产品基地。每一位农民,没有任何理由因为一个"农"字而减少或放弃自己对文化乃至文明的追求。

千百年中国式超稳定乡土文化的厚重,注定了改造农民长路漫漫,而且，必须从改造自己开始。带头不再吸烟，不再随地吐痰，甚至不再高声训斥人……点点滴滴的细节中，农民鲁冠球变了。改造农民队伍与自我改造，将伴随鲁冠球此后漫长的创业史。

管理至上

鲁冠球一直记得一位美国企业家对自己说过的话："落后的技术可以用先进的管理来弥补，而落后的管理是任何先进技术也弥补不了的。"他多年潜心研究西方和日本的管理模式，尤其佩服日本京都陶瓷株式会社创始人稻盛和夫的管理哲学。他深知，对人、对产品质量、对利润创造的管理，必须置于严格而系统的标准与制度之中。

难能可贵的是，"向管理要效益、求发展"的理念和新生的宁围万向节厂的成长几乎是同步的。对鲁冠球来说，管理至上不是被动的尾随或是时髦跟风的标签，而是一种企业家属性的禀赋、直觉甚至是偏执。

1979年，鲁冠球听到消息，机械工业部将在全国56家生产万向节的企业中筛选3家最优秀的工厂，作为国家定点的万向节生产基地。而这一筛选必须通过标准严苛的整顿和验收。当年，全国生产万向节的非国营乡村社队企业只有宁围万向节厂一家，而社队企业不在机械工业部管辖范围，就连这次整顿验收的文件都拿不到。一句话，没有与国营厂同台竞争并被选入国家定点厂的资格。

鲁冠球没有退缩。他发挥社队企业机制灵活的优势，悄悄派了个"密使"，辗转地人托人，通过国营厂对国营厂的名义，把那份整顿条例"弄"到了手。进不了考场，就来个场外自学答题。

整顿条例足足有400多项细则，涉及企业基础管理的方方面面。鲁冠球领着厂里的员工下死功夫,对照400多项要求逐条研究,逐条整改,整改的原则是"四先四后":先生产后生活,先质量后产量,先上学后上班,先制度后制造。他们取消了原定的厂房、宿舍、食堂等建造计划,把钱拿来建产品检测中心,办职工业余培训学校。同时,就像梳头发般一点一滴全面整顿完善操作守则、质量保障等规章制度。"那是一次真正的脱胎换骨,万向节厂里里外外换了个模样。"鲁冠球回忆说。

20世纪70年代管理严格而整洁的万向节厂厂区

1980年12月,由省、市、县三级组成的验收团来了。按照机械工业部整顿验收的12项标准,整整一个星期,经过严格的核查、挑剔的追问,宁围万向节厂居然得了99.4分,中了状元!这个乡下的编外考生与青岛、广州的两家国营老大哥企业平起平坐,一起被中国汽车工业总公司列为全国仅有的3家万向节定点专业厂。

企业管理的核心内涵,就是对企业生产经营进行计划、组织、指挥、协调和控制等一系列的行为和制度设计,这是社会化大生产的客观要求。按照业务功能划分,包括计划管理、生产管理、采购管理、销售管理、质量管理、财务管理、人力资源管理、统计信息管理等,几乎涵盖企业运行全系统、全流程。

从全球范围而言,企业管理萌生演变历经了三个阶段:18世纪末至19世纪末的传统管理1.0,特征是管理职能与体力劳动的分离,资本拥有者依据个人经验管理企业;20世纪20年代至40年代的科学管理2.0,特征是资本拥有者与管理人员的分离,管理人员将管理经验系统化,逐步形成完整的科学管理理论;20世纪50年代至今的现代管理3.0,特征是从对经济活动的定性管控发展为定量分析、数理决策,并在各项企业管理中广泛运用电子计算机。企业管理理念与方法要等到20世纪80年代中后期才开始进入中国,而具有自身特色及文化底蕴的中国式现代企业管理的衍生与成熟,则是步入21世纪之后的事。

鲁冠球创业早期,中国只有工厂没有企业,更没有企业家及企业管理的概念。与此关联,他每天听到的是一句富有大时代气息的口号——"抓革命、促生产"。

1963年5月,毛泽东在杭州会议上谈及部分干部围绕处理阶级斗争与生产关系问题上的困惑和顾虑时,第一次指出:"要使阶级斗争和社会主义教育有利于生产。'四清'、'五反'的结果,一定会有利于增加生产。"[①]1965年9月,《人民日报》一篇报道文章的标题正式出现了"抓革命、促生产"的提法。1966年8月8日,中共八届十一中全会通过《关于无产阶级文化大革命的决定》(即"十六条"),其中第十四条即"抓革命、促生产"。1967年,"抓革命、促生产"占据《人民日报》显著版面的频率达到了高峰,当年,在标题中共计出现126次,正文中更是多达1267次。

口号排山倒海、震耳欲聋,鲁冠球却不为所动。他坚持认为,人总是要吃饭的,离开靠得住的管理,工厂就会靠不住。那时候,鲁冠球的企业管理谈不上系统科学,但强化管理的意愿和方向明确且坚韧。以人力资源管理为例,早在1971年,经再三争取公社同意,鲁冠球就在工厂里悄悄试行了奖金制度,明确规定:超产数量在20%以内的,提取超产值的28%作为奖金;超产数量20%以上部分,提取超产值的15%作为奖金。由于来自外界的议论压力很大,奖金的评定和发放只到车间、班组集体层面,而没有直接量化到员工个人,即便如此,奖金制度的推行对提高全厂职工的收入与干劲仍然作用神奇。

---

① 《毛泽东传(1949—1976)》下册,中央文献出版社2003年12月版,第1317页。

但"造反派"们看不下去了，他们以"抓革命"的名义接管了工厂，鲁冠球被勒令"靠边站"，每天分配到的工作只是跑腿去车间给人送信。他的罪名是"奖金挂帅，利润挂帅；不抬头看路，埋头生产搞资本主义"，并通知他要随时准备被拉出去批斗。在职工大会上，"造反派"自信地说："他鲁冠球不在位，没了奖金，难道我们就办不好工厂了？"不幸言中！鲁冠球"靠边站"短短十几天后，厂里的原料断货了，产品卖不出去了，工人们也不干了。无奈之下，厂党支部书记祝炳善一再坚持恳请，鲁冠球复出。

与奖金风波密切关联的，是更为紧要的员工基本薪酬分配制度的变革。1969年宁围农机修理厂建厂之初，公社决定向国营企业学习，全厂上下实行8级固定工资制，即职工工资额固定，按月出勤结算发放。这一阶段差不多两年时光的固定工资制又短暂地出现过前期和后期的调整：前期是"劳动在厂，分配在队"，职工工资由农机厂交所在生产队计工分，按工分计酬参与生产队分配，职工本质上就是在厂里干活的农民；后期改为职工在厂里领取工资，再向生产队买口粮。

1971年，在顶住各方压力试行奖金制度的同时，鲁冠球又向固定工资制动刀，推出了收入浮动的计件工资制。1974年，汽车万向节成为主导产品，由于万向节工序多、品种多，计件难以做到公平合理，便将计件折算成计工时，实行计时工资制。

在导致鲁冠球"靠边站"的奖金风波平息几年后，奖金制"东山再起"，这一次奖金的评定和发放不再止步于车间、班组，而是直接向员工个人量化激励：每名工人完成月度计划任务可得基本计时工资；如超额10%，增发3元奖金；超额20%，增发6元奖金；因受公社授权确认的奖金总额限定，超额20%以上部分奖金减半发放，即如果工作量超额30%，只能得奖金7.5元。1979年，鲁冠球再进一尺，他递交的"优质高产低消耗综合奖惩制"的报告得到了宁围公社工业办公室的批准，厂里又增设了生产计划超额奖、产品优质超额奖、节约费用奖、设备维修奖、工夹模具奖、安全奖、年度奖、特殊贡献奖8项奖金分配类别。同时,奖金列支的总额控制也被允许开了个口子,改为年度奖金总额与产值、利润同比例浮动挂钩。至1982年,万向节厂职工的薪酬结构发生重大变化,奖金等浮动收入第一次在薪酬总收入中占据一半以上,达56.6%,而固定性工资收入则下降到了43.4%。

在这一时期的企业人力资源管理制度变革与安排上,鲁冠球的实践有两个鲜明特征:不迷失于意识形态色彩浓郁的形而上的口号,重在以利益调动劳动者积极性;充分体现多劳多得原则,在分配上拉开档次,激发你追我赶的企业活力。在那段革命至上的激情岁月,太多的人被大时代的浪潮击打得难辨东西,直到20世纪80年代中期,中国企业如何打破大锅饭、落实多劳多得仍是引发广泛争议的改革话题。以此为镜,鲁冠球在这一领域的认知与摸索,恰如早产的新生儿,鲜活而弥足珍贵。

从镇江码头捞回炮筒废料、胶南交易会降价20%抢得市场份额,到捏紧成拳,专业化生产进口汽车万向节,鲁冠球的成功靠的是市场的力量。但他并不无端地排斥计划,尤其在企业内部管理采取的严密计划方面,甚至比国营企业更像国营企业,他绝不容忍任何农民式的散漫。

1971年,在试行奖金制和计件工资制的同时,鲁冠球又开始了他的"计划经济"实验:厂里制定了清晰量化的年度生产任务,然后按月度把任务分解到各个车间。为了确保计划不折不扣地落实,又配备了专职统计员,细化到每天汇总生产进度,严格按计划生产。

精细的对内计划管理并不只是停留于井井有条的报表数据,而是浸润到了企业运行的每一个角落。

许多参观者都会对万向节厂虽然简朴但异常整洁的厂区环境留下深刻印象,包括一处处生产工艺的细节控制:在每个存放产品货架的支撑脚处,都会有一个直角型符号来标记货架摆放的准确位置,无论从哪个角度看,货架和产品永远摆放得整整齐齐;生产车间的每一个门把手都使用特殊材料制成,而不用金属,就是为了防止多次开关门后,磨掉的细微粉末对产品生产造成哪怕是千万分之一的损害。

一次,有记者问鲁冠球,办企业这么多年,你最乐意干的事情是什么?"我的回答是,我最乐于与企业管理中的难题打交道。"鲁冠球解释说,在顺风顺水的时候,一家企业就像是灌满水的池塘,深浅不知。而当外部情况一吃紧,企业遭遇困难的时候,好似池塘里抽干了水,鲤鱼也就露出了脊背。所以,好的企业管理就比如是在日常的每时每刻,你都要精心打理池塘的环境,注意塘坝牢不牢固,水干不干净。不然的话,等出了事就来不及了。

花钱"买"大学生

自1969年的宁围人民公社农机修理厂、1975年的萧山宁围公社万向节厂、1984年的杭州万向节厂、1990年的浙江万向机电集团公司,到1993年最终定名为万向集团,数十年间十易其名。企业变大了,变强了,变洋气了,它不再是宁围公社的、萧山县的、杭州市的、浙江省的,而成为中国的万向集团。

一切变化的背后,最根本的是人的进化,是小农的蜕变。

1978年时,根据企业年报数据,宁围万向节厂335名员工,只有1名中专生,6名高中生,65名初中生,小学文化程度的占79%,甚至有的还是半文盲。初中二年级就辍学的鲁冠球已经算是高学历了。

1997年,鲁冠球应邀前往位于美国路易斯安那州新奥尔良市的杜兰大学发表演讲。

"全世界都知道,美国是装在汽车轮子上的国家,美国人民创造了汽车文明,在座各位应该都会开车。我认识汽车文明是从生产汽车零部件万向节开始的,在此之前,我所生活的家乡连一条能开汽车的公路都没有。"鲁冠球说,自己来自中国农村,创办的是一家连员工也都是农民的乡村企业。"在这里,我特别想说明的是,中国乡村企业奉献给社会的不仅仅是商品,更大的贡献在于提高中国农民的素质,为中国农村培养一批比他们的先辈更幸运、更能干、更有宽阔视野的经营人才。"

说这番话时,鲁冠球知道,发展乡村企业绝不能抛下农民,而是要和农民兄弟一道进步。要做到这一点,唯一的途径就是不断地学习,在学习中自我改造。

从1981年开始,鲁冠球就在厂里开展了为期数年的全员培训工程,最初开设了3个文化班、5个技术班和1个企业管理班。为了调动大家的学习积极性,厂部制定了很多颇有点"农民气息"的土办法:每到课一次奖0.5元,旷课一次罚0.5元,一学期全勤奖5元,期中考试及格奖5元,年终优秀学员奖10元。几年后,学习奖惩规定进一步细化和升级:凡本厂35岁以下职工,文化程度初中尚未毕业者(包括"文化大革命"期间毕业需要补课者),均应对位入座,参加小学、初中补课学习(不得以低报高)。无正当理由不参加学习者,工资缓调3个月到半年;不属调资对象者,罚款30元。特别强调要重点抓好30岁以下职工的文化补课。屈波在《鲁冠球管理日志》一书中描述上述奖惩办法时感慨:"那时,鲁冠球恨不得拿鞭子把所有人都赶进课堂。"到1991年,全厂培训人次达到了职工总数的5.3倍,考试合格率90%以上。

手里"拿鞭子"的鲁冠球第一个逼赶的是他自己。那些年,他每周两次去钱塘江北岸的浙江大学进修经济管理专业课。浙江大学管理学院教授邢以群回忆:"80年代初,鲁厂长就聘请了我们学院的王爱民教授当他企业的顾问,而且经常大老远地赶来旁听王老师的课,从不迟到。"不仅他自己,有时还带着厂里很多中层干部浩浩荡荡地来听课。30年后的2000年12月,鲁冠球和娃哈哈集团公司董事长宗庆后等25位著名企业家及学者型官员一起,成为浙江大学MBA特聘导师。

散漫且低文化素养的农民队伍，并不只是当年的鲁冠球所面临的困扰。在浙江，数以百万计的第一代草根创业者群体中普遍存在所谓的"二八"现象，即80%出身农民，80%为初中以下文化水平。就具体文化程度而言，50%小学，30%初中，10%高中，大学几乎为零，还有少数为文盲。中小企业老板尚且如此，更不用说打工的员工了。

改变的路径有二：一是提升存量，二是注入相对高质量的新鲜血液。就在1980年，万向节厂在鲁冠球的一再坚持下做出规定，今后新员工进厂的门槛必须是具有高中以上文化水平，而且必须实行公开招考。这一年，厂里在宁围公社范围内择优招聘了50名高中毕业的农家子弟，最终有3人不合格，进厂的是47人。

曾经担任鲁冠球秘书16年的莫晓平就是这47人中的一人。他记得，自己并不算是当年应聘者中考试成绩最好的，后来被选为厂长秘书的重要原因应该是文笔好，字写得比较漂亮。他还记得，那次考试的作文题目是《我的一天》。参加招聘考试应该是莫晓平第二次来到万向节厂。他回忆，第一次是上一年。当时，在学校当老师的大哥被万向节厂请到厂里来写标语，内容是"质量就是生命""加快技术进步"之类的。因为自己字写得不错，就跟着来帮忙，写一天标语可以领1.86元。莫晓平对万向节厂的第一印象是：厂不大，但很整齐干净，而且看上去蛮有文化气息。

跟随鲁冠球身边多年，莫晓平记忆中的鲁厂长从来都是乐天派，如果说有什么是他一直感到焦虑的，那就是：人怎么进步？人才从哪里来？

"长期以来，农民在土地上劳动，习惯于春种秋收当年见效，不大肯花一时见不到成果的本钱。这种只管眼前、不顾长远的小农'短视症'对企业成长是很不利的。"鲁冠球曾经在多个场合反复地说，不大范围地造就知识人才，企业总有一天要被淘汰。智力投资是企业的一项最基本的"基建工程"，这其实和农民种地的道理是一样的，给庄稼浇水一定要浇根。

面向全公社招考高中毕业生后不久,鲁冠球再次决定面向全县择优录用高考落榜的高中毕业生,考试很严格,还规定了分数线的硬杠杠,不上线的坚决不录取。因为万向节厂当年已经小有名气,招考消息在县广播站的喇叭里一吆喝,报名者如潮。其中,有一个是鲁冠球的外甥女,结果差了2分。鲁冠球心一横,不取。表姐夫登门求情,他还是不松口。

最后公布的44名录用名单中,好多都是外乡人。这下子,宁围的、金一的、童家塘的老人们不乐意了:办个厂子不就是为了让大家伙有口饭吃嘛,你这么搞不是成了"肥水流入外人田"?鲁冠球半点也不退让:"万向节厂不是招亲,是招人才。只要你是人才,别说是外乡人,哪怕是外县人、外省人甚至外国人,我都要!"

这44名知识型新员工很快被分别推荐到浙江大学、浙江农业大学、浙江工学院、吉林工业大学等5所院校继续读书代培,他们的学费、路费、住宿费、医药费和助学金全部由厂里承担,每年要花8万多元。一年后,招考办法又做了进一步改进,万向节厂出资与萧山县的一所全日制中学定向联办职业培训班,对全县高考落榜生进行"先培训、后招工"。

在万向节厂档案室,建厂数十年间的各类文件、制度规定、媒体报道剪报十分齐全,其中一类被称作"厂长手令"的档案尤为独特。所谓"厂长手令"即由鲁冠球手书的决定、建议、提醒等指令,厂办秘书负责落实,执行结果报告厂长。"厂长手令"涵盖的范围很广,对象不一,有的发给全厂职工,有的发给一个或数个部门,也有的发给某一个人。"厂长手令"是高度个人化的行政指令,折射的是一定阶段鲁冠球最为关切的人与事。在历年的"厂长手令"中,内容涉及人才队伍建设与使用的比例相当高。有一年,鲁冠球发布了当年的一号"厂长手令":"各下属企业、部门新提升副经理级的干部,必须是大专毕业或相当于大专毕业学历以上者。若指令生效后仍使用不符合规定人员的,要严厉追究此项工作负责人的责任。"

为何要为此发"厂长手令"？为何是一号？为何态度这么严厉？"我心里急呀！过去我们是在小河里游泳，船老大就可以了；今后要到钱塘江甚至是大海里去开船，没有眼界宽、懂管理的船长怎么行？"鲁冠球说。

懂管理的人才不好找，懂技术的人才更稀缺。那些年，懂管理、懂技术的人才基本不在乡村企业，而是深藏于国营大厂和科研院所。于是，大抵从20世纪80年代初开始，广东、福建、苏南以及鲁冠球所在的浙北地区，"星期日工程师"现象日盛。这一中国式转型期经济学现象的词条可以释义为：国营大厂和科研院所的技术人员利用周末休息或节假日业余时间，应乡村企业之邀，提供技术辅导、产品开发等服务并获取报酬。1995年5月1日，中国政府决定实行每周五天工作制，此前，周末休息只有星期日，所以，这一现象被称作"星期日工程师"。广东省科委曾做过一项调查，当年广州的一些院所有8%至10%的科研人员兼职"星期日工程师"。新华社《瞭望》周刊的报道称，在上海，这一人群鼎盛时期达2万余人。苏南、浙北的很多厂长都随身揣着一张"联络图"，上面密密麻麻地记着"星期日工程师"们的家庭地址、联系电话，一遇到技术难题，随时电话求教或干脆开着车上门请人。

虽然对特定阶段乡村工业发展的作用有目共睹，但游离于体制边缘的两面性给"星期日工程师"打上了浓重的灰色印记，甚至有人因"技术投机倒把罪"被关进监狱。直到1988年1月，国务院专门下发了文件，"允许科技干部兼职"，至此，激烈的争论才尘埃落定。

鲁冠球当然也不会错失良机，他一次次地带领职工开着厂里的破旧吉普车，还租了一辆"上海"牌轿车四处抢人才，或者说"抢财神"，同时又聘请科研机构、高等院校的专家组成顾问团。抢人才借梯上楼的确解渴，见效快，但鲁冠球发现外来的和尚好念经，却终究是外来的和尚。从长远来看，人才不能靠抢，必须培植人才生长的肥沃土壤。他的目光紧紧盯上了那个时代的天之骄子——大学生。

1977年，中国恢复了中断10年的高等院校招生考试制度，但欠账10年，大学生一时成了需要国家统一分配的战略物资,乡村企业根本轮不上。鲁冠球又开始焦虑了,可谓日思夜想。

1984年春,时任国务委员兼国家经济委员会主任张劲夫来到万向节厂考察。当时,从杭州市区到万向节厂的路况很差,萧山县城边拐弯,要沿着一条尘土飞扬的乡道走几十分钟才能抵达。考察后,张劲夫赞不绝口:"真想不到这么穷乡僻壤的地方藏着大奇迹!"

鲁冠球(左二)向前来视察的张劲夫(右一)"讨"大学生

临别时,张劲夫问鲁冠球有什么困难。鲁冠球想都没想就提了一个要求:"能不能给我们几个大学生?"这让张劲夫犯了难,此前,浙江全省乡镇企业还从未有过分配到大学生的先例。

"我们买也可以啊,就当作我们向国家付的培养费,一万元一个都没问题。"鲁冠球急了。

张劲夫笑了:"这个建议倒是可以考虑。"他随即嘱咐陪同的浙江省同志想想办法。

几个月后,时任中共浙江省委副书记陈法文打电话告诉鲁冠球,这一年,省里为乡镇企业第一次特批了8名大学生,可以给万向节厂开个口子,留出4名。鲁冠球大喜过望,立即向教育部门支付了总计2.4万元的"培养费"。

是宝贝,就得有宝贝的待遇。鲁冠球要求厂行政部门赶紧为4名大学生腾出两人一套的宿舍,铺上舒服的床,还给每人配备了一辆高档的"永久"牌自行车,寓意留人留心长长久久。对大学生工作生活安排的每一个细节,鲁冠球都要亲自过问,甚至包括宿舍里桌椅够不够,有没有台灯。

大学生落户万向节厂的这一年,浙江省有关机构举办了浙江"万人赞"厂长(经理)评选活动。主办方给当选人每人奖励了一台当年的稀罕之物——彩色电视机,获奖的鲁冠球自己没舍得用,而是把彩电搬到了大学生宿舍。

鲁冠球这一阶段对人才的极端重视,首先基于企业面对激烈市场竞争寻求生存壮大的内在冲动,其次也暗合了历史脉动的必然性。1978年3月,在邓小平的主导下,召开了有6000人出席的全国科学大会。邓小平以中共中央副主席、国务院副总理的身份发表重要讲话,他力排众议,明确提出了"科学技术是生产力""四个现代化,关键是科学技术的现代化""知识分子是工人阶级的一部分"等论断,彻底否定了长期以来蔑视知识、敌视知识分子的"文化大革命"思维。大会闭幕式上,又宣读了中国科学院院长郭沫若的书面讲话《科学的春天》。这篇引发巨大反响后来被收入中学语文课本的讲话结尾激荡的是时代的心声:"'日出江花红胜火,春来江水绿如蓝'。这是革命的春天,这是人民的春天,这是科学的春天! 让我们张开双臂,热烈地拥抱这个春天吧!"

除了与大时代同频共振,鲁冠球对知识文化的认知与实践的特定意义还在于:相对于同时期的中国企业界,见识更深,行动更早;其见识和行动并不仅限于功利地提高企业的效益及利润,而是更多、更全面地立足于包括全体员工在内的人的素质的提升进化。

20世纪80年代中期,鲁冠球就率先提出了著名的"两袋投入"理论,从物质、精神、文

鲁冠球(左三)与第一批进厂工作的大学生谈心

化多维度地清晰阐述了推动人的进步与积极性调动的辩证关系。所谓"两袋投入",包括"口袋投入"与"脑袋投入"。"口袋投入"即尊重员工的劳动价值,严格执行按劳分配,依他们贡献的大小决定报酬的多少。"口袋投入"是基础,但不能解决所有问题。好比有些运动员吃兴奋剂,越吃越想吃,越吃剂量越大,人最终会被扭曲。因此,"脑袋投入"的重要性就凸显出来了,即千方百计提高员工的科学文化素质,并引导他们爱国家、爱共同富裕的企业集体。鲁冠球用农民式语言做了个比喻:这就像农民种田,先要有一块肥沃的土地,然后播下良种,才会有好的收获。员工的文化程度高一些,他们对先进思想的接受、文明行为的养成就会快一些。只有"两袋投入"的有机结合、互为作用,才能真正实现人的成长提升。

鲁冠球对人的"两袋投入"的厚重价值,将会在万向集团此后数十年的发展史中日渐显露出来。

反对"狼性文化"

先把时间轴拉到2008年10月。

由美国次贷危机引发的全球金融风暴袭来,大洋彼岸的万向集团开始感受到了刺骨的寒意。当月,企业订单从50亿元减到35亿元,且持续下滑。2008年全年,完成利税30.68亿元,比上年下降18%,这对创建以来连续150多个季度没有出现过亏损的万向集团来说是第一次。

危机深不见底,然而鲁冠球首先想到的是2.2万名员工怎么办。"我搞了40多年企业,危机从来没像现在这么严重过。但无论如何,我们不裁员、不减薪、不降福利!"鲁冠球的态度异常坚定,"只要企业还在运转,就决不抛弃一名员工。不能在企业发展需要员工出大力、流大汗的时候说他是主人,而当发生困难就不作数了。现在是企业的冬天，我们留住了员工，也就留住了春意盎然的明天！"

万向集团拿出多年的积累，压缩其他开支，当年所有员工的年终奖金照发，福利照发。没有订单，就组织员工培训、开运动会……

再把时间轴拉回1980年。

那一年，万向节厂还很小，有员工400多人。只要不出差、不开会，鲁冠球每天清晨7点准时到厂。他喜欢去车间走走。他几乎叫得出每一名员工的名字，和大家的互动经常是给一个微笑，问一声好，说一句表扬，或是亲切地拍一下肩膀。他交代秘书，如果基层员工有事向他投诉，无论是工作方面的还是生活方面的，不管事情大小，都要上报给他，甚至可以直接到办公室敲他的门。有时候，秘书都觉得是鸡毛蒜皮的小事，鲁冠球却办得很认真。他告诫秘书，员工是万向节厂的根，厂里的每一分收入，都是靠这些一线工人一个个零件磨出来的，对他们好一点是应该的。

从创业早期，鲁冠球就想明白了一点，员工是企业的资本，而不是成本的代名词。在不同的场合、不同的文章中，他反复说过这么一段话："要真心对待每一个人，要学会把每一名员工当作一个独立的市场、一个特别的客户、一份稀缺的资源、一笔宝贵的资产来爱护，来经营。要关心他们的想法、尊重他们的个性、重视他们的需求，为他们创造机会、搭建舞台，帮助他们成长。"

鲁冠球每天骑着自行车、戴着一副耳机式半导体收音机去上班

从起点出发，直至半个世纪后，

万向集团有了巨大的变化,但从来不变的有一点——让员工快乐,是企业最大的社会责任。

1987年,万向节厂提出了一句著名的口号:"想主人事,干主人活,尽主人责,享主人乐。"其核心即"工人是企业的主人"。事实上,对万向节厂而言,这不是一句年度口号,而是贯穿始终的企业理念。

在新中国历史上,"工人是企业的主人"这样的提法并不陌生。鞍山钢铁厂是当时中国最大的钢铁联合企业,1960年3月,中共鞍山市委根据鞍钢治厂经验,向中央上报了《关于工业战线上技术革新和技术革命运动开展情况的报告》。毛泽东看后非常兴奋,并做了重要批示,将鞍钢经验高度概括为"在远东,在中国出现"的"鞍钢宪法"。[①]"鞍钢宪法"的核心之一是"两参一改三结合",即:干部参加集体生产劳动,工人参加管理;改革不合理的规章制度;在生产、技术、管理等改革与改进上实行领导干部、技术人员和工人相结合。大力弘扬工人阶级主人翁精神的"鞍钢宪法"深刻影响了一代中国企业。

与"鞍钢宪法"相比,万向节厂乃至万向集团数十年所坚持的"主人翁精神",无疑有了新的时代内涵。20世纪80年代,鲁冠球去欧洲考察,一位外国同行告诉他说:"当一切烟消云散之后,企业仅仅是由人组成的。"他深以为然。

在长期的思考和实践中,鲁冠球认识到,将农民队伍改造成现代产业工人群体只是手段与过程,弘扬员工的"主人翁精神"也不仅仅是为了壮大这个群体的力量,从每一个个体意义上催生员工队伍"人"的成长和身心进化,才应该是这项工作的真正内核。另外,在此后的章节描述中,你可以强烈地感受到,万向集团倡导的"主人翁精神"并非助推"东风压倒西风"式的斗争与对立,更没有什么所谓暴力美学的"狼性文化",而是以深入骨髓的理念以及包

---

① 《"鞍钢宪法":60年前的勇敢探索,历久弥新的"中国方案"》,新华社客户端2020年3月25日。

括产权安排在内的制度架构,努力打造企业家、管理者和产业工人群体共存、共融、共赢的"利益共同体",其本质是可持续的企业治理的现代化。

如果说从万向节厂到万向集团绵延生长的是一棵大树的话,那么时时处处尊重人、关爱人、激发人的点滴故事,就是这棵大树上无数片鲜活的绿叶。

故事一:为了提高职工队伍素质,1985年,万向节厂实行提前退休政策。由于涉及部分老员工,政策执行得十分谨慎。一些年龄较大的员工办理了提前退休手续,并给予足额的补偿。如果老员工家中有初、高中毕业文凭的子女,可以顶替进企业工作。还有一些老员工调整了新岗位,凡是因为不适应新岗位而影响了按劳计酬收入者,一律保留原工资待遇。

故事二:产品质量由专职检验员把关天经地义,万向节厂却在1988年开展了以工人自检为主的"信得过"活动,车间则负责考核自检与专检的相符率。如果工人一个月内每天都达到相符率100%并控制一定的废品率,就能得到奖金;连续3个月达到标准,厂部授予"信得过职工"称号。如果一个班组每名职工都成为"信得过职工",厂部即授予"信得过班组"称号。"信得过班组"和"信得过职工",将得到大张旗鼓的表彰。

故事三:作为一家百年成熟产业的零部件企业,重大发明和技术突破不易,生存发展之道是无所不在的小发明、小革新。一项由员工方国平发明的先进生产工艺正式被万向集团以他的名字命名,并由此形成可复制推广的制度。巨大荣誉的背后便是巨大的尊重。

故事四:一名刚进厂几个月的大学毕业生意气风发,洋洋洒洒写了一篇题为《关于万向集团前景战略与思考》的万字雄文。文章被摆上了鲁冠球的办公桌,他逐字逐句认真阅读,读出的不是轻狂,而是员工的热爱与责任。很快,这名员工就被调入集团总部委以重任……

鲁冠球认为,信任是最低的成本,对员工情感与物质的投入,一定是一家企业回报最高的投资。因为关爱和尊重,从来就是人与人、人与企业彼此互动的共同体。于是，在万向集团，你还会听到很多这样的故事。

故事五：1988年，6万套出口美国的万向节已运抵口岸，突然接到外商传真说发现"混针"，即有不符合规格的滚针。12名员工主动请战连夜赶赴口岸，夜以继日连续干了40天，将全部万向节中的600多万根滚针一根一根盘检，最终找出了120多根"混针"。虽然只占五万分之一的"混针"依然在规定允许的范围之内，但员工将之看作落入自己眼里的沙子，决不放过。

故事六：1993年冬天，一批产品正准备运往上海港出关，天降大雪，封了路，如果等待，就会严重影响合同约定的交货时间。公司车队队长、驾驶员们比鲁冠球还心焦，一致要求尽快装车起运。货物装完已是半夜，又给车轮安上防滑链，立即出车。一路上，车队以每小时5公里的速度爬行，驾驶室太冷，就在路边找地方取暖，然后继续开。平时几个小时的车程，他们足足花了几十个小时，将货物准时运抵上海港。外商连连赞叹："鲁，你的员工真好！"

……

再将时间轴拨到全球金融风暴前后。2009年3月8日，正在北京参加全国"两会"的全国人大代表鲁冠球接受了中国企业家调查系统秘书长李兰的专访。专访话题是"危机时刻，企业如何对待员工"。

李兰：在这场危机最紧张的时候，您是如何缓解压力的？

鲁冠球：那段时间，我进行了激烈而反复的思想斗争，发现自己对很多东西都没法控制。我从2008年10月份开始睡眠不好，压力很大。主要是自我心态的调整，危机不是一天两天的事情。万向集团经过40年的积累，还是积聚了一定的实力，最坏的打算就是损失多一些。

李兰：在遭遇困难的时候，企业是如何考虑员工问题的？

鲁冠球：我们和员工的命运是紧紧连在一起的，荣辱与共，也只有这样才能调动他们的积极性。遇到了危机，订单下滑，一开工就亏损，那员工的工资怎么办？我们心里没底，员工心里更没底。现在是员工最需要我们的时候，我们决定，企业再困难，底线就是一不裁员、二不减薪、三不减福利。什么叫"员工的主人翁地位"？就要在这个时候体现出来，一个企业最怕的是人心涣散。

李兰：您认为无论顺境逆境，企业领导者身上应该具备哪些基本素质？

鲁冠球：我认为是责任和感恩，这是中国文化的精华。西方人对冒险、创新谈得比较多，但是在中国，尤其是经营企业，不能缺乏相互关心的意识。更重要的是讲求"以人为本"，用实际行动去尊重人、善待人，只有这样，才能换取对方真心诚意的付出。

李兰：对他人的尊重与善待是一种对人性的深刻理解和本性使然，将其深化到企业文化、团队建设等层面，会产生怎样的效果？

鲁冠球：我认为是形成了一种不抱怨、不服输的企业文化，从而大大促进了企业创新。大家都知道，创新中一定会有各种困难，难免遇到失败，如果你抱怨、责备员工，他们就会被困难吓退，失去创新的动力和勇气。反过来，只有建立在尊重、善待的基础上，坚持对员工的尊重、对失败的宽容，才能激发他们的创新活力和冒险精神。

曙光在前

第三部

1983年—1998年

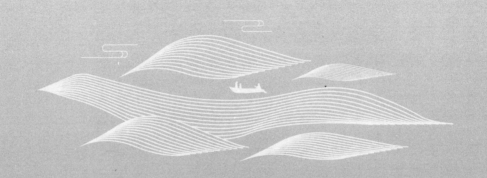

第五章

最重要的一次签字

搞改革是要担一点风险的。即使"摔了跟头",也要"抓把泥",给别人提供一点经验教训。

——鲁冠球

我要承包

在万向集团大事记中,1983年3月14日是一个特殊的日子。关于这一天,大事记留下了这样一段文字:鲁冠球厂长个人风险承包企业,与宁围人民公社经联社签订了为期3年的承包合同,合同由萧山县司法局公证处公证。

这一天的合同签约缘起于几个月前的一次大会。

1982年年底,萧山县召开千人参加的全县工业经济大会,县委书记做报告,鲁冠球坐在了第一排。县委书记说,当前,农村联产承包责任制已经取得全面成功,粮食大丰收,农民很高兴。在乡镇企业,承包责任制也可以试一试。

鲁冠球一听很激动，马上站起来，大声说："我来试试，我要承包！"

很多年后，鲁冠球回忆，那天县里开完大会回到家，他把存放多年的老酒拿了出来，请大家喝："我是真的高兴啊！"

1983年3月14日在厂部会议室签订的合同全称是"联利计酬厂长承包合同"。万向节厂因此成为浙江省乃至全国第一家实行个人风险承包的乡镇企业，这应该也是鲁冠球半个世纪创业史中分量最重也最为关键的一次签字。

当代中国改革的破冰与承包制的推行生死相依。

承包制起于农村，是中国农民的创造。1978年11月24日晚，安徽省凤阳县梨园公社小岗生产队的18位农民代表悄悄齐聚于社员严立华家的一间草屋，写下了冒死包产到户的一纸契约。这份摁满红手印的契约被收藏进中国革命博物馆，也炸响了决定中国改革命运的农村家庭联产承包责任制的第一声春雷。

家庭联产承包责任制，是指中国农村现阶段普遍实行的农户以家庭为单位，向集体组织承包土地等生产资料和生产任务的农业生产责任制形式。其基本特点是在保留集体经济必要的统一经营的同时，集体将土地和其他生产资料承包给农户，承包户根据承包合同规定的权限，独立做出经营决策，并在完成国家和集体任务的前提下分享经营成果。具体形式主要有"包产到户"与"包干到户"两种类型。包干到户在承包责任上比包产到户更为彻底，中国改革之初绝大部分地区农村采用的是包干到户的形式，也叫"大包干"，即承包户在向国家缴纳农业税、交售合同定购产品，以及向集体上交公积金、公益金等公共提留后，其余产品全部归农民自己所有。农民把这种承包方式通俗地称为"保证国家的，留足集体的，剩下都是自己的"。

事实上，比小岗村包产到户早22年的1956年，浙江省温州市永嘉县在当时主管农业的县委副书记李云河等人的推动下，包产到户探索就已如火如荼地展开。但这一行动很快便招致严厉批判，李云河被定为"大砍社会主义旗帜"的右派分子，被开除党籍，撤销一切职务，下放劳动。1998年7月，永嘉县上塘镇"纪念永嘉农村包产到户42周年"会场，中共中央书记处农村政策研究室原主任、中共农村问题研究元老杜润生致辞："今天，历史出了头了，它出来作证，告诉永嘉的同志们，1956年的那次行动是正确的，是必要的，是值得肯定的。永嘉县是我们中国包产到户的先驱者。"

虽然带有浓厚民间色彩的永嘉实践比小岗村早了22年，然而至少从浙江官方观察，1978年后的联产承包责任制春潮在浙江姗姗来迟。

1982年1月1日，中共中央批转了国家农委起草的《全国农村工作会议纪要》，即著名的1982年中央"一号文件"，以党的文件第一次明确肯定包产到户、包干到户属于社会主义性质。人民公社化运动以来20多年你死我活的激辩与抗争就此谢幕。当年8月，中共浙江省委在杭州召开全省农村工作会议，主题十分明确——研究确定完善农业生产承包责任制的措施。此次会议之后，家庭联产承包责任制才开始有领导、有组织地被普遍推行到农业生产水平较高、"集体经济不容动摇"的浙江中北部，半径涵盖鲁冠球的万向节厂所在的杭嘉湖平原等地。在浙江农口部门官员的记忆中，由于春耕秋收的农业节气之故，数十年间，全省农村工作会议的召开从来都在每年冬季的年末。只有1982年的会议，被破例提前到了夏季举行。唯一的解释是：已经迟到了，不能再迟到了。

几乎同时，新华社于1982年8月21日以《"双包"责任制是治贫致富的"阳关道"》为题播发的一则消息足以为这一解释佐证。消息称，中共十一届三中全会以后逐步兴起的包产到户、包干到户的农业生产承包责任制，现在已经在全国74%的生产队广泛推行，势不可当。

家庭联产承包责任制在农村和农业领域的巨大成功，奠定了承包制在中国改革史尤其是早期改革史上不可撼动的标杆意义，甚至产生了"一包就灵"

的传奇神话。这一理念要随着20世纪90年代产权变革的深化才得到重新认识。

1983年前后，天翻地覆的农村和农业改革胜局已定，中国改革的主场顺势推进至城市经济及工业经济领域，承包制能否再次复制农村"大包干"的辉煌一时成为最大的悬念与期待。然后，这一份期待和可能的荣耀毫无疑问地被首先交给了国营企业。

于是，改革人物马胜利登场。

马胜利原本是河北国营石家庄造纸厂的业务科长，1984年，这家工厂已经连续3年亏损，成了无人敢接手的烂摊子。46岁的马胜利站出来了，他在厂门口贴出了一张题为"向领导班子表决心"的大字报，高调宣称如果把工厂交给他承包的话，年底上交利润誓将上级下达指标翻两番，工人工资翻一番，"达不到目标，甘愿受法律制裁"。戏剧性的结果是，第一年承包期满，马胜利完成的利润居然比他大字报中夸下的海口还要翻一番！1987年，被赞誉为"中国企业承包第一人"的马胜利高歌猛进，创办了中国马胜利造纸企业集团，宣布要在全国20个省市大规模承包100家造纸企业，将承包进行到底！同年3月，国家经委、中共中央组织部、全国总工会联合召开全面推行厂长负责制工作会议，要求全国所有的国营大中型工业企业当年内要普遍实行厂长负责制，将其作为企业的根本制度。1988年，国务院发布《全民所有制工业企业承包经营责任制暂行条例》。

很显然，包括鲁冠球的万向节厂在内，后来被称作乡镇企业的农村社队企业并不在官方吹响承包制冲锋号的第一方阵，但没有被赋予更大的期待有时候恰恰意味着有以更大的活力和自由率先突围的可能性。更何况，社队企业与家庭联产承包责任制的首创者农民群体血脉相连。

另外值得观察的是，如同比海尔的张瑞敏砸电冰箱早了5年一样，发生在1983年春的鲁冠球个人风险承包乡镇企业，比马胜利声名远扬的承包事件早了1年，而比1990年4月中华人民共和国农业部令第16号正式颁布《乡镇企业承包经营责任制规定》,更是早了整整7年。

鲁冠球迈出风险承包的第一步,首先基于改革者的敏锐和勇气,也与外部环境的变化带来的对改革探索的容忍度提高密切关联。20世纪80年代,国家层面的《中华人民共和国经济合同法》及《国营工厂厂长工作暂行条例》颁布施行。宁围公社管委会也专门制定了1983年的6号文件,以期通过进一步改革推动乡镇企业的"责、权、利"三者相结合并激发活力,从而为上级管理机构做出更大的利润贡献。鲁冠球的承包经营愿望与他们的诉求一拍即合。

反复磋商推敲后签订的这份承包合同共计4条22款。合同首先规定承包期为3年(自1982年12月26日至1985年12月25日止),承包者对企业利润负责。1982年,万向节厂毛利润为152万元,在公社要求承包第一年比上年提高11.8%,此后两年每年递增10%(即1983年为170万元,1984年187万元,1985年205.7万元)的基础上,根据承包者鲁冠球自愿,要求再向上浮动10%(即1983年为187万元,1984年205.7万元,1985年226.27万元)。

合同的奖惩以承包者个人财产为抵押。如超额完成利润承包额,承包者可得到超额利润数5%的奖励;未能完成承包利润数,由承包者赔偿未完成数的2%。承包期间职工工资全员浮动,浮动工资为毛利润的27.6%。在毛利润扣除所得税后,60%留给企业作为生产发展基金,40%上交宁围公社经联社。

为了兑现这一条款,鲁冠球拿出自留地里价值2万元的龙柏等苗木做抵押。原本,全家精心养护了好几年的这批苗木是准备卖了建新房用的。

承担了风险和责任换来的,是作为承包者的厂长鲁冠球获得了相对过去更大的经营管理权:

——厂行政领导班子按德才兼备原则,由厂长选拔组成(须报公社管委会备案);车间主任、科长由厂长任免。

——厂长有权招用临时工、合同工以及其他需安排人员。招用人员

70%由承包者自行招用，30%由公社经联社统一安排（招用名单均须报经联社备案）。

——在承包期内，对有特殊贡献的干部职工，厂长有权予以晋级，每年晋级总额不得超过职工总数的1%；对违反厂纪厂规的干部职工，厂长有权进行行政处分与经济处罚。其中，厂长有权辞退合同工与临时工，开除正式职工须报经公社审批。

——打破"大锅饭"，浮动工资中可提取25%由厂长直接奖励给对企业发展有较大贡献的干部职工，其余75%按承包分配制度发放。承包者超额完成利润，可提取超额数的5%，由承包者奖励给有贡献的干部职工。

——允许在毛利润中提取1%作为企业业务费，由厂长从严掌握使用。超支部分由承包者负责，不得在企业财务中列支。

这一承包合同双方签章后，由萧山县社队企业局、工商局和宁围公社管委会共同审查验证，并经萧山县公证处公证生效。中国社科院工业经济研究所等机构曾组织"八五"期间国家社会科学重点课题"全国百家大中型企业调查"，课题组对鲁冠球1983年"第一个吃螃蟹"的个人风险承包合同有这样的一番评价："合同把原来企业与宁围公社之间的那种行政等级依附和超经济强制关系，转变为一种经济层面的契约关系，即签约双方法律地位是完全平等的，只要经营者能够实现资产增值，宁围公社就没有权力与理由干预企业的经营活动。于是，相对独立的企业自主决策权就有了制度性保障。"

企业自主决策权获得制度性保障的效果是显而易见的。在1983年至1985年的第一轮承包周期，万向节厂的年均产值增长高达55%，利润年均增长更是飙升到76%。

同样的承包制，体现于小农式耕作和大工业经济的一个重要差异是，前者调动的是农民自然人单一层面的劳动积极性，而后者必须激发精英管理者与一线工人两个层面的活力。

在鲁冠球签下"联利计酬厂长承包合同"的同时，1983年，万向节厂兼采联产承包责任制和原有计件、计时工资制所长，推行了面向全厂员工的联利计酬浮动工资制。这一与承包制相配套的基

1984年，鲁冠球（右一）参加萧山县宁围乡首次万元户表彰大会

本工资制度，其核心就是将全体员工的利益和企业的利益紧密连接，共荣辱，同进退。具体操作上，即根据承包合同，企业工资总额比重占企业毛利润额的27.6%，员工收入按企业毛利润高低同向浮动。

为了把压力和动力分解到每一个人，万向节厂的员工工资分配将劳动效益、工作贡献与工资挂钩，采取了细致精准的"四、五、六"组合式结构。即四种工资形式：基本工资、职务工资、超产工资、奖励工资；五种分配类别：生产一线人员、供销人员、后勤人员、科技人员、管理人员；六种奖励形式：节约奖、建议奖、荣誉奖、质量奖、安全卫生奖、科技奖。

联利计酬工资制实行后，每年都会有优化微调，但一个不变的基本取向是，坚决打破平均主义，鼓励按劳分配、多劳多得。实践中，鲁冠球对按劳分配的社会主义分配制度有自己的再认识。"我们要重新理解按劳分配中'劳'这个字的含义，这个'劳'不是劳动量，而是劳动效益。"他由此认为，按劳分配绝不是按劳动量分配，而是按劳动效益分配，真正做到"多效益多得，少效益少得，无效益不得"。

从劳动量到劳动效益，勾画的是鲁冠球从厂长到企业家的惊人一跃。

企业家归来

承包制的表象是利益再分配,其本质则是权力再分配,即通过承包制,实现企业自主权的回归,进而实现企业家的回归。

前述"八五"期间国家社会科学重点课题"全国百家大中型企业调查"课题组归纳发现,实行承包前,万向节厂拥有相对较大的经营决策权,这也是其创立以来发展较快的重要原因。除此之外,四方面的自主权受到上级政府机构的很大限制:

——劳动人事权。企业主要干部的任免基本由宁围公社定夺。企业没有招聘正式工或辞退员工的权力,招工要先向公社提出申请,由公社统一分配指标,重点照顾本公社生活困难户、计划生育户等,再通过社员的抽签来决定。

——生产管理权。企业对内部的生产计划、生产品种和生产工序等,可以自行设计和安排,但涉及报废产品及设备等事宜,须报请公社审核。

——发展投资权。基层政府对涉及企业投资与扩大生产规模有严格的控制,企业购买设备甚至一台电扇,均须审核批准。如1982年5月11日,万向节厂申请开支3507.6元,用于建造花池,美化厂区环境,而宁围公社在6月1日的批复中,同意开支的上限仅为2000元。此前,企业因为未经批准修建厂区围墙和传达室,受到公社的严厉批评。

——分配奖惩权。公社在这一方面的控制尤为严格,就连学徒工满师后的工资等级评定和员工丧葬费开支等,均须报公社批准。

回忆承包往事,鲁冠球感慨,承包前后最大的变化,就是"我的权一天比一天大起来了"。

留存档案显示，承包前的 1982 年，万向节厂全年有各类报告 46 份，其中上报公社的 26 份，占总数的 56.5%。而到第一轮承包周期结束的 1985 年，全年有各类报告 37 份，上报基层政府的仅 3 份，占比大幅下降到 8.1%。这 3 份的其中一份，还是厂长鲁冠球以个人名义要求修改承包合同里涉及他自己的奖励比例与办法的申请。

鲁冠球因为首倡承包迈出的一小步，却是中国企业家的关键突破。对企业自主权的不懈追索，几乎贯穿了改革开放早期的全过程。

为了做大财富蛋糕，各级政府对来自企业的这一强烈愿望给予了理解甚至明确的支持。1978 年 12 月，中共中央召开了决定中国改革命运的中国共产党第十一届中央委员会第三次全体会议，会议公报即明确指出："现在我国经济管理体制的一个严重缺点是权力过于集中，应该有领导地大胆下放，让地方和工农业企业在国家统一计划的指导下有更多的经营管理自主权。"次年 5 月，国务院宣布，首都钢铁公司、天津自行车厂、上海柴油机厂等 8 家大型国营企业率先进行扩大企业自主权的实验。截至 1979 年年底，以"放权"为核心的国企改革风起云涌，试点企业达到了 4200 家。

此轮改革引发强烈共鸣的标志性事件，是鲁冠球签下承包合同一年后的 1984 年 3 月 24 日，《福建日报》头版头条刊登了一封呼吁信《请给我们"松绑"》。

事件的发生是戏剧性的。3 月 22 日，福建省经济委员会在福州召开"福建厂长（经理）研究会成立大会"，主角是 55 名福建省国营骨干企业的厂长、经理。大会的主题原本是围绕搞活企业交流经验，不料很快便"跑偏"了，一场"交流会"变成了"诉苦会"，"松绑"放权呼声震天。被呼声所感染的福建省经济委员会副主任黄文麟决定把政治风险抛到一边，第二天，以他为主起草，由 55 名厂长、经理联名，向时任福建省委书记项南、省长胡平写了一封公开信《请给我们"松绑"》。

信中说："我们认为放权不能只限于上层部门之间的权力转移，更重要的是要把权力落实到基层企业。为此，我们怀揣冒昧，大胆地向你们伸手要权。"厂长、经理们请求的企业自主权与鲁冠球一年前签下的承包合同的条款何其相似：企业自行任免一般干部的人事权；企业自行支配奖励基金并随税利增减浮动的分配权；允许企业自行销售产品并自行定价；实行厂长、经理负责制。

当天下午，黄文麟直奔福建省委，斗胆将这封信送到了福建省委书记项南的案头。项南立即做了批示，并为第二天《福建日报》头版头条刊登的报道亲自撰写了编者按："在福州参加省厂长（经理）研究会成立大会的55名厂长、经理，3月22日写信给省委领导同志……情词恳切，使人读后有一种再不改革、再不放权，就真是不能前进了的感觉。本报记者认为有必要将这封来信公之于众。"

一周后，《人民日报》在显著位置报道了来自福建厂长、经理们的呼声并同样加配了分量很重的编者按。各地党媒纷纷转载，福建"松绑"事件迅速发酵成为时代的大声音。财经学者吴晓波认为，在企业史上，这是中国企业家第一次就经营者的自主权向资本方——政府部门提出公开的呼吁。它之所以会滚雷般地引发全国性的轰动，实在是因为这种声音已经被压抑得太久太久了。

以承包制为主要制度载体，为企业争得经营管理自主权的抗争、奋击与摸索，一直延续了改革开放的前20年。在各级政府的政策鼓励范畴以及媒体舆论的聚光灯下，在这一进程中高度活跃且显得有些许悲壮的主角无疑是国有经济。而事实上，同时期从侧翼迂回、暗度陈仓，并最终收获大面积成功的却是社队企业，也就是此后强势崛起的乡镇企业。这与社队企业从降生之日起便挣扎在计划经济的边缘，较少得到体制的滋养——体制的滋养与体制的束缚力度成正比——有关，也与鲁冠球等企业家们的改革勇气有关。

1984年5月21日，《浙江日报》头版头条刊发了记者李丹和他的两名同事撰写的报道鲁冠球的第一篇人物通讯《鲁冠球成功之路》。

在长达5000字的通讯中，对鲁冠球赢得企业自主权的巨大成效有这样一段描述："鲁冠球有了这些自主权，真可谓如鱼得水。他大刀阔斧地把科室管理人员和车间主任一下子缩减了44人。在位的，每个人都有职有权，个个都立'责任状'；在工人中间实行全浮动工资，多劳多得；设立合理化建议奖、'奖学金'，以及一整套严密的规章制度，从而大大调动了全厂上下的积极性。经过一年努力，产值增加350万元，利润完成了264万元，都创造了历史最高纪录。"

该通讯的结尾，高度赞扬鲁冠球是一个"敢于打破旧秩序的弄潮儿"。许多今天看来顺理成章的事，在当年却属于大逆不道，对旧秩序的突破，又是何等的艰难。

完整意义上企业家的诞生或称之为"回归"，需要具备三方面的条件：一是遵循市场经济规律，用市场之手组织生产配置资源；二是拥有人事、分配、经营管理等企业自主权；三是正如诺贝尔经济学奖获得者、芝加哥经济学派代表人物科斯所说，"清楚界定的产权是市场交易的前提"。三者的内在逻辑则是：只有拥有企业自主权才能走市场经济之路；只有拥有了立于法律基石之上的清晰的产权，企业自主权才能得到根本的保障。因此，为企业自主权而战的承包制肯定不是企业家回归的终点。在稍后的章节中，我们就会读到鲁冠球将如何为明晰企业产权再次踏上征途。

《浙江日报》头版头条刊发第一篇报道鲁冠球的人物通讯《鲁冠球成功之路》

改革不可能一步登天，承包制也不可能一蹴而就。1987年，鲁冠球将承包进行到底，在万向节厂内部开始试行二级承包，从过去的向上要求放权，到向下放权。具体操作上，即：在厂内划分出小核算单位，对各分厂、车间实行独立核算，并与各分厂、车间签订承包经营合同。以车间为例，承包经营责任制涉及产出、质量、物耗以及设备完好程度四大体系，同时也把相应的分配奖惩权与人员使用权赋予承包者。

在承包合同签约会上，鲁冠球大声地承诺："凡有利于企业发展，有利于职工生活水平提高，对国家有贡献的事，你们都有权去干，自主地去闯；凡是企业有的自主权，你们都拥有；凡是在发展中遇到的困难，你们都可以来总厂找我。"

曾经吃够了没有自主权苦头的鲁冠球知道，只有充分放权、授权，才能激活更多人的积极性，"变千斤重担一人挑，为泰山压顶众人扛"。

1992年12月21日，万向再接再厉，宣布了机构改革的重大方案。主要内容是将万向节总厂与已成立两年的浙江万向机电集团公司分离，分离后的万向节总厂与其他独立核算单位并列。包括万向节总厂、各分厂及各下属公司在内的独立核算单位与集团公司签订承包合同。进一步完善后的承包责任制把利润定额承包转为效益递增承包，即把以往的完成利润承包指标获基数奖金，利润超出部分按定额比例提成奖励，调整为利润超基数累进式提成计奖，超额越多提成比例越高。

1992年的承包方案与1987年版本的最大区别在于，集团所属的各独立核算单位已经不再仅仅是被内部核算的考核单元，而成了真正面向市场、自主经营的独立经济实体。本着"企业的权力归企业，企业不能解决的问题归集团"的原则，原本集中于集团和总厂的产供销、人事及分配权力，全部下放给所属企业。同时，集团作为企业决策与管理的指导、协调、监督机构，成立万向集团管理委员会。

回顾万向承包制改革从1.0、2.0到3.0的演变渐进，鲁冠球总结认为，贯穿其间不变的主线就是一个关键词:放权、放权、放权,从而让"人人头上一方天,个个都是一把手",为培养和造就企业家群体培植最肥沃的土壤。

从社队企业、乡镇企业,到21世纪后成长为被广泛认同的极具中国特色的民营企业,其动力源于农民创业主体强烈的摆脱贫困的原始渴望,其路径在于包括承包制及此后的产权变革等在内对传统计划经济体制一次次的猛烈冲击,而其成长的标志则是一大批乡村能人在这一过程中进化为初步拥有现代企业家精神的时代领跑者。

有作为,才有地位。曾经散落山谷、卑微、寂寞却倔强生长的野百合,终于等到了属于自己的春天。

1983年2月,农历春节期间,邓小平改革开放后第一次来到浙江。时任中央浙江省委副书记薛驹在《浙江改革开放30年口述历史》一书中回忆,当时,小平同志刚刚结束苏州的小康问题调研之行。他很兴奋,认为苏州已经基本实现了小康。在杭州西湖国宾馆,他询问在座的几位浙江省委领导:"你们有什么打算? 到2000年能不能翻两番,达到小康水平?"

时任中共浙江省委书记铁瑛汇报说,浙江的发展速度比江苏快,按目前情况,浙江应该可以翻三番。

邓小平马上追问:"有什么办法,拿什么做保证,抓哪些工作可以达到?"

铁瑛伸出了五根手指头:"我们省委主要抓这几方面的工作——抓思想解放,抓改革,抓科技教育,抓轻工业的发展,还有就是发挥我们的优势,抓乡镇企业。"

薛驹认为,改革开放初期,浙江省委对乡镇企业发展尚未引起重视。1984年,省委大力调整充实了全省各级乡镇企业局的干部队伍,开始把做大乡镇企业作为农村工作的一项重要任务。

1988年1月,邓小平又一次视察浙江。已升任中共浙江省委书记的薛驹告诉他,从1982年到1987年,全省GDP增长了两倍。邓小平连声赞扬:"你们发展得很快噢,一个浙江变成了三个浙江!"

当薛驹解释,浙江经济发展首先得益于乡镇企业的迅猛崛起,在全省工业总产值中,已经"三分天下有其二"时,邓小平指出:这是我们没有预料到的,是农民自己的创造。①

就在半年前的1987年6月12日,邓小平会见南斯拉夫共产主义者联盟中央主席团委员斯特凡·科罗舍茨时,做出了被载入史册的著名论断:"农村改革中,我们完全没有预料到的最大的收获,就是乡镇企业发展起来了……异军突起。"②

几乎同一时期,邓小平在北京钓鱼台国宾馆会见了意大利共产党创建人之一陶里亚蒂的遗孀、国际共产主义运动著名活动家、意大利众议院议长利昂尔德·约蒂。他对约蒂说:"你们到农村去看了一下吗? 我们真正的变化还是在农村,有些变化出乎我们的预料。农村实行承包责任制后,剩下的劳动力怎么办,我们原来没有想到很好的出路。……发展新型的乡镇企业,这个问题就能解决。"邓小平还向外国朋友建议,可以到浙江去看看乡镇企业。③

到浙江去看看乡镇企业同样是邓小平的一个心愿。

1992年12月,邓小平改革开放后第五次也是最后一次来到浙江。他依然非常关注乡镇企业的发展,视察期间,当听到时任浙江省省长葛洪升汇报全省乡镇企业已达500多万家,职工2500多万人,当年总产值1500多亿元,比上年增长46%时,满意得连连点头。

12月22日,随行考察的国家科委副主任、邓小平女儿邓楠前往万向集团公司。时任鲁冠球秘书的莫晓平回忆,浙江省委将万向集团公司列入了小平同志那些天视察的日程安排,邓楠前来就是为此做踩点踏勘。可惜,由于连日阴雨,邓小平最终未能成行。这成为万向人创业史上永远的遗憾。

---

① 《光荣与艰辛——1949—2009浙江要事录》,人民出版社2009年版,第247页。
② 《邓小平文选》第三卷,人民出版社1993年版,第238页。
③ 《邓小平文选》第三卷,人民出版社1993年版,第251—252页。

跌宕改革者

鲁冠球第一次签下承包合同的第二年12月，浙江省企业管理协会、浙江省厂长研究会、浙江人民广播电台推出了浙江省"万人赞"厂长（经理）评选。这是浙江省第一次有影响的有关企业家——在当时仅称作企业经营者——的评选，可能也是全国首个类似的评选活动。共有63人参评，最终15人当选。海盐衬衫总厂厂长步鑫生获得54300票，列榜首；以"青春宝"名扬海内外的胡庆余堂关门学徒、杭州中药二厂厂长冯根生列第二；鲁冠球以43000票居第三。

高票当选浙江省"万人赞"厂长（经理）的步鑫生（左）、冯根生（中）、鲁冠球（右）

原浙江省广播电视厅副厅长、浙江人民广播电台台长张桂芝回忆，当时63名候选人逐个在电台早晨的"新闻和报纸摘要"与晚上的"全省新闻联播"节目中发表5分钟的广播演讲，介绍改革经验和计划。活动反响强烈，不到一个月收到近5.9万张选票。当时的浙江省委主要领导在省委全会扩大会议上专门谈及："最近省广播电台举办的'万人赞'厂长（经理）评选，一大批厂长发表演说，这些人中有些有文凭，有许多没有文凭，但同样是人才。"

步鑫生、冯根生、鲁冠球，一个城镇集体企业的裁缝、一个国有医药企业的学徒、一个乡镇企业的打铁匠，3位影响了浙江企业40多年发展走向的企业家，代表各自的"所有制成分"，在杭州的人民大会堂为这次评选召开的经验介绍大会上所做报告的题目是同一个："我是怎样以改革精神办厂的"。

自此，企业家——浙江新生财富阶层的最杰出代表，作为一股日渐强大的社会力量，真正开始走进我们的视野。十多年后，又汇聚成为"浙商"这一独特的中国商业文化概念。

浙江当年为何要举办"万人赞"厂长（经理）评选？因年代久远，难以找到更多的直接史料。不过，如果联系1984年发生的一系列事件，便不难理解。

1984年年初，邓小平巡视经济特区深圳、珠海，中国的大开放格局由此迅速扩散。当年4月，中央决定开放首批14个沿海城市，其中浙江有两个：宁波、温州。

3月24日，福建国营骨干企业55名厂长、经理的呼吁信《请给我们"松绑"》在《福建日报》头版头条刊登。后来，3月24日一度被命名为全国"企业家活动日"。

5月，由民间组织的"世界新技术革命浪潮和中国改革研讨会"在合肥召开，邀请了当时的改革先锋人物凤阳县县委书记翁永曦、海盐衬衫总厂厂长步鑫生、鞍山无缝钢管厂厂长王泽普等。这次会议以一个响亮的名字广为流传："全国改革者大会"。

9月3日至10日，第一次全国性的中青年经济科学工作者学术讨论会在浙江莫干山举行，史称"莫干山会议"。这次会议日后被称为"经济改革思想史的开创性事件"，为20世纪80年代的改革提供了许多重要思路。

10月20日，中共十二届三中全会召开。会议通过的《中共中央关于经济体制改革的决定》突破了把计划经济与商品经济对立起来的传统观念，提出社会主义经济是"在公有制基础上的有计划的商品经济"。

一系列重大事件透射出的关键词是:加快改革。加快改革,呼唤锐意改革的厂长;改革,也最终成就了一代企业家的成长。

步鑫生、冯根生、鲁冠球,正是在这样的大时代背景下跃出了地平线。他们都因为锐意改革出了名,却有着各自不同的改革者气质,也因此在改革的方法、路径上有各自不同的选择,进而拥有了各自不同的企业家命运。

至少在1984年,三人中名声最响亮的无疑是海盐衬衫总厂厂长步鑫生,甚至有研究者将1984年定义为中国改革史上的"步鑫生年"。

海盐衬衫总厂按所有制属城镇集体企业,其前身是1956年组织起来的缝纫合作社。直至1975年,全厂固定资产仅2万多元,年利润5000元,职工连退休金也领不到。1977年,步鑫生任厂长,这个裁缝出身的精瘦男人很快亮出了火药味十足的一整套改革"撒手锏":学习农村联产承包责任制,在车间实行"联产计酬"。你做多少衬衫,就拿多少工钱,"上不封顶、下不保底",大锅饭没了;慵懒的职工被毫不手软地辞退,铁饭碗砸了。骂声不断,厂子的效益却越骂越好。习惯于独往独来的步鑫生还擅自改组厂工会,越权撤销工会主席职务,引发巨大争议。

争议人物往往是新闻人物。1983年11月,新华社层级最高的内参《国内动态清样》以《一个有独创精神的厂长》为题,刊发了有关步鑫生的调查报告。时任中共中央总书记胡耀邦从成堆的"内参"中注意到了特点鲜明的"问题人物"步鑫生,并写下了一段批示:"海盐衬衫总厂厂长步鑫生解放思想,大胆改革,努力创新的精神值得提倡。对于那些工作松松垮垮,长期安于当外行,做一天和尚撞一天钟的企业领导干部来讲,步鑫生的经验应当是一剂治病的良药。"[1]

---

[1] 《改革者步鑫生的身后,有一群少为人知的知青人》,《浙江日报》2018年7月3日。

新华社很快将根据这篇内参改写成的长篇通讯向全国发了通稿，胡耀邦的批示则作为该通讯的"编者按"。各地所有党报都在头版甚至头版头条予以登载。此后，胡耀邦又连续两次做出批示，1984年2月，新华社再次播发长篇通稿，大力倡导步鑫生的"改革创新精神"，"向步鑫生学习"的热潮平地而起。从1984年3月9日到4月15日，仅新华社就播发了关于步鑫生的报道27篇，共计3万多字。时任新华社社长穆青事后说，全国宣传步鑫生的广度和力度，仅次于当年对焦裕禄、雷锋的宣传。他被全国政协选为"特邀委员"，他用过的裁布剪刀被收入中国历史博物馆。

步鑫生大红大紫。从全国各地潮水般涌来的参观取经者几乎堵塞了通往海盐县城武原镇的狭窄沙石路，最多时一天竟达数万人。有关方面甚至规定："只有师、局级以上才能面见步鑫生本人，其他人一律听录音。"步鑫生不无得意地幽默了一把："干脆将我弄到动物园买票参观算了！"

前来"参观学习"的人潮中，在一辆不起眼的面包车里，便坐着兴冲冲的鲁冠球。1984年5月，揣着两张《人民日报》，鲁冠球带着他的部下开进了海盐县城。

厂门口，已经挤满了焦急地等待接见的参观者。鲁冠球的面包车理所当然被门卫拦下："步厂长今天很忙。"几番交涉，门卫松口了："要不，你们的车子绕厂区开一圈吧。呼吸这里的空气，也算是学习过了。"

幸好，从厂里走出两个和鲁冠球熟悉的《浙江日报》记者。引荐之下，步鑫生皱着眉头一摆手："那就见见吧。"

偌大的会客室。见面，握手，坐定。一方是虚心学习，一方是意气风发："要改革啊。现在，国有企业如猪，要靠人家喂；我们集体企业如鸡，好的时候有人撒一把米给你，糟的时候也得自己找食吃；你们乡镇企业如狗，从来就是天生地养……"

云里雾里，15分钟。在回来的路上，鲁冠球脑子里一直盘旋着一个疑问："步厂长整天这样谈改革，到底还有多少时间干改革？"

在一轮参观考察风潮之后，步鑫生的光环越来越令人敬畏。他开始被赞誉为"中国城市经济体制改革的先行者"，受邀到全国各地的工厂、学校、机关、剧团甚至部队巡回演讲。既然是"全国最知名的改革厂长"了，经营上就得大手笔。步鑫生的"大跃进"开始了：总投资80万美元全国规模最大的西装厂、现代化的领带生产线、投资130万元的印染分厂……一个和"改革厂长"名声相匹配的"一条龙服装生产托拉斯"迅速崛起。然而，金灿灿的辉煌背后，是产品大量积压、资金链断裂。到1987年11月，海盐衬衫总厂负债已达1014.46万元，亏损268.84万元，而全厂的资产总额仅1007.03万元，资不抵债，实际上已经破产。1988年1月，上级领导来到衬衫总厂，宣布免去步鑫生厂长职务，他陡然跌落谷底。

免职后一个月，步鑫生没有和任何人告别，黯然离开家乡。他先在上海创业，随后北上，承包了北京一家亏损的服装厂，再出关至辽宁盘锦，甚至还漂泊俄罗斯。

步鑫生困兽犹斗，鲁冠球却依然挂念着他。1990年7月，鲁冠球派人北上，找到正孤居北京、身患疾病的步鑫生，并捎去一张便条："事已至此，病有医治，事有人为，老天会怜惜，不必多虑。望你有时间南行一趟。"此后两年，鲁冠球按月给步鑫生寄去500元的生活费。

1992年元月，步鑫生在给鲁冠球的一封信中说："尽管我已年过六旬，我还不死心，我别无他求，但愿有机会再出山办厂。能否实现，我自己也难预测。"

1993年，步鑫生受人之邀，到秦皇岛创办以他名字命名的步鑫生制衣公司。这成为他办厂梦想的最后一站。

2001年，步鑫生从制衣公司退休。他选择定居在上海，而不是老家海盐，因为那里会让他想起太多伤心的往事。

"咱们是靠办厂子吃饭的，离了这一点，真的一钱不值。"鲁冠球一直记得步鑫生亲口和自己说过的这句话。

冯根生比鲁冠球年长10岁，和步鑫生同年。

1949年1月，杭州解放前大约100天，14岁的冯根生走进位于吴山脚下河坊街胡庆余堂的黑漆大门，成为红顶商人胡雪岩一手创建的百年药铺的关门学徒。

1972年7月，杭州西郊桃源岭下，胡庆余堂制胶车间扩建为杭州第二中药厂，车间主任冯根生担任了这家只有26万元固定资产、谁都瞧不上眼的小厂厂长，直至将其打造成中国中医药行业规模最大的现代化企业。2010年，冯根生退休，整整39年，他应该是新中国成立后浙江乃至中国企业史上任职最久的国营企业经营者。

冯根生与鲁冠球的命运交集始于1984年，原因是改革。这一年，准备大刀阔斧干一场的杭州市把杭州第二中药厂和杭州电视机厂确定为国营企业改革的试点，乡镇企业试点样本则是鲁冠球的万向节厂。中共杭州市委原书记厉德馨回忆，当年给了他们两人很大的"特权"，有事可以越级直接找市委、市政府主要领导，可以参加市里召开的各种会议，并在会议上发表意见，同市级各部门对话。

冯根生说干就干。

1984年，杭州第二中药厂在全国国营企业中第一个实行了全员合同制和干部聘任制，打破了"铁饭碗""铁交椅""铁工资"。

1985年，冒着极大风险，从医药主管部门手里夺回原料采购权、生产计划权、产品销售权，初步成为自主经营的市场主体。

1991年，面对上级部门计划生育、植树绿化、消防安全等名目繁多的针对国营厂长的考试，冯根生率先"罢考"，引发轩然大波。《人民日报》以《考试没个完　厂长叹苦经》为题报道，在全国范围再次掀起一轮"为厂长松绑"的大讨论。

1992年，成立杭州第二中药厂的母体公司中国青春宝集团，将杭州第二中药厂与泰国正大集团合资,并让外方控股。冯根生独辟蹊径的母体保护法,实现了保护品牌、国有资产增值与曲线搞活机制的"三赢"。

大胆改革带来的是企业的快速发展,为冯根生赢得了鲜花和掌声。1988年,他被评为首届全国优秀企业家,共20人当选,全部为国营企业当家人,其中4人后来官至副部级。2003年,获奖15周年时,冯根生费尽周折,找寻这20名当年的当选者再聚首。但大多数已被时代的浪潮所吞没,病的病、退的退、逃的逃、死的死,被抓的被抓,依然在岗的仅有冯根生和青岛双星的汪海、烟台港务局的朱毅。从企业家的角度看,冯根生属境况最好的一人。

第二年,这项评选向非国营企业开了一条缝。1989年3月,鲁冠球作为第二届全国优秀企业家当选人赴北京参加中国企业家协会成立10周年大会,中央主要领导为20名当选企业家授奖。

冯根生与鲁冠球的企业家命运在很多年后再次交集。澎湃新闻记者徐益平曾记录了这样一段故事。2002年7月,杭州召开工业兴市大会,鲁冠球、冯根生以及娃哈哈集团公司董事长宗庆后被杭州市政府分别奖励了300万元,轰动全国。2002年年底,3人与时任杭州市市长茅临生上了央视经济频道的《对话》节目。在节目中,鲁冠球主动谈及1984年的那次评选。他说,自己这些年获得的奖励中印象深刻的有两次,其中一次就是浙江省"万人赞"厂长(经理)评选,奖品是一台14英寸彩电。鲁冠球透露,彩电他没有拿回家,而是送到了厂里的大学生宿舍,"一方面因为当时还没有这个承受能力,不敢拿回家去;第二个,大学生要留得住,得有好的环境"。

冯根生倒是把彩电拿回家了。他在节目中坦言,身为国营企业厂长,自己收入不高,那时,14英寸彩电非常稀罕,"拿回家舍不得用,想孩子结婚时用",因为怕被偷,还把电视机藏在床底下。但这台彩电最终并没派上用场。"过了三四年,14英寸彩电就被淘汰了——我们国家的变化太大。到现在,这台彩电还在我家原箱保留着,作为一个纪念。"他说。

作为改革者和优秀的企业家,冯根生与鲁冠球惺惺相惜。鲁冠球尊称比自己年长的冯根生为"大哥"。《中外管理》杂志在采访中曾经问鲁冠球最钦佩哪位企业家,鲁冠球回答:"冯根生和我互相钦佩。人与人之间都是相互信任理解,相互钦佩的。"而当《经济观察报》记者追问冯根生同样的问题时,冯根生回答:"成功的企业家我都钦佩。比如万向的鲁冠球,我们两个是很好的朋友。"

2015年6月6日,步鑫生病逝于海盐;2017年7月4日,冯根生病逝于杭州;2017年10月25日,鲁冠球辞世于杭州萧山。

2018年12月,鲁冠球与步鑫生分别获得改革者的最高荣誉,被中共中央、国务院授予改革开放40年全国百名改革先锋人物荣誉称号。鲁冠球的颁奖词是"乡镇企业改革发展的先行者";步鑫生的颁奖词是"城市集体企业改革的先行者"。

综观其一生,鲁冠球和冯根生都是将信念与奋斗写到生命尽头的"常青树"。相对于更睿智、坚忍,更懂得进退和顺势而为,并兼顾企业、社会乃至国家利益,把成功推向最大化的鲁冠球,冯根生个性更倔,更张扬。恰恰,他身处的是国有企业。晚年时的冯根生曾多次说过:"我不承认我自己是棵常青树,我只是个国企幸存者。我当然有遗憾。人怎么能没遗憾呢?太多想做的事做不了,因为国有企业不是你一个人说了算的……全是国有资产,不是我个人的。我就是国有企业的一个保姆。等我退了,什么都带不走。"

冯根生壮心不已,却多了一份悲凉。

与鲁冠球、冯根生相比,步鑫生更像一颗流星。彼时,"向步鑫生学习"陡然升温,实在是暗合了特殊背景、特殊需要。1982年,与改革的空前活跃相伴随的,是所谓个体私营企业四处出击"挖墙脚",以及民间流通抬头、"倒爷"横行等混乱现象。中央开始了两年治理整顿,并严厉打击"经济领域犯罪活动",国内空气转为沉闷异常。如此氛围之下,实在需要一位如晴天炸雷般的破局者。冒冒失失、浑身长刺的步鑫生恰到好处地出现了,他的种种苏联英雄夏伯阳式的"缺点",正是打破改革僵局的有力武器。他不红都不行。

但是,步鑫生如同流星般地闪耀,也如同流星般地湮灭。

地处杭州市教工路浙江工商大学的浙商博物馆二楼展区,为三个最著名的浙商"失败者"——步鑫生、第一个造汽车的温州首富叶文贵、第一个"以私吃公"买下6家国有与集体商店的桐庐县私营老板陈金义——专门设立了一个题为"英雄背影"的板块。2013年12月2日,步鑫生从上海回了趟老家海盐,并顺道第一次也是唯一一次参观了浙商博物馆。在"英雄背影"展区,端详自己当年做厂长时的老照片,步鑫生思绪万千,激动不已:"改革都是被逼出来的。"

失败者同样值得致敬。改革就是一个大胆探索的过程,不一定每次都能成功,但不探索,永远不会成功。步鑫生现象留给鲁冠球的,是长久的思考:

——做任何事情,永远都不要头脑发热、冲动一时,否则你就走不远;

——改革不仅需要勇气,同样需要讲求方法,积跬步至千里;

——企业家的本质是"创造性破坏",但更应该成为赢得各方尊重的建设性力量。

企业家要赚钱,但决不做钱的奴隶。企业家注定是要创造、奉献、牺牲的。

——鲁冠球

乡土奇葩

少说多做、埋头苦干的鲁冠球,开始引起媒体越来越浓厚的兴趣。

1983年8月17日,《浙江日报》刊发了题为《萧山万向节厂高标准整顿企业,狠抓影响经济效益的薄弱环节》的报道,这应该是鲁冠球和他的万向节厂的名字第一次变成铅字。1985年,鲁冠球又被发行量高达500万份的"中华第一刊"新华社《半月谈》杂志评选为年度"全国十大新闻人物"。

但关于鲁冠球的,甚至是关于中国乡镇企业宣传报道的巅峰之作,无疑是1986年4月10日《人民日报》头版刊发的由新华社记者李峰、林楠采写的

刊发于《人民日报》头版的新华社长篇通讯《乡土奇葩》

8000字的长篇通讯《乡土奇葩——记农民企业家鲁冠球》。这篇报道同时配发了《人民日报》编者按以及新华社评论员文章，其规格之高、分量之重极为罕见。

自《乡土奇葩》始，一个散发着浓烈时代气息的概念——"农民企业家"扑面而来，颇具争议却最终收获广泛认同。

《乡土奇葩》奠定了鲁冠球作为全国性重大影响力人物的长久地位。鲁冠球在此时被纳入全国视野，被选为典型人物，源于他风险承包合同的惊险一跃。1983年至1985年首轮承包期间，鲁冠球应得承包奖金共计44.9万元，这在"万元户"便是富人标签的年代已属天文数字。但他把这3年的个人奖金几乎全部奉献给了企业集体以及捐建了宁围乡中心学校，有关这一内容我们将在下一个章节做详细描述。因此，《乡土奇葩》报道鲁冠球的核心关键词正如这一长篇通讯第三段落小标题所清晰揭示的——"在共同富裕的道路上"。

中共杭州市委原书记厉德馨在《我与鲁冠球的交往》一文中回忆，"这篇通讯是薄一波同志提议采写的"。

1983年10月11日，中共十二届二中全会通过了指导性文献《中共中央关于整党的决定》，确定从同年冬季开始为期3年的整党，这也是改革开放后第一次自上而下的全面整党。该《决定》将整党的任务概括为16个字：统一思想、整顿作风、加强纪律、纯洁组织。《决定》指出，"整顿作风，就是发扬全心全意为人民服务的革命精神,纠正各种利用职权谋取私利的行为,反对对党对人民不负责任的官僚主义"。

薄一波担任了中央整党工作指导委员会常务副主任,主持日常工作。一次,他在听取浙江省委的整党工作汇报,了解到鲁冠球的事迹后十分重视,当即指示新华社采访报道。

新华社国内新闻编辑部主任李峰和浙江分社记者林楠很快赶到了万向节厂。林楠回忆,那是1986年2月,两人扎下身去采访了整整20天,其中有几天就睡在了晚班工人的宿舍。天气奇冷,但鲁冠球的事迹让他们觉得心里很热。

4月8日,薄一波看了通讯原稿后写下了长长的批语:"我建议推荐一下鲁冠球事迹,是因为他的所作所为完全合乎党所号召的'使一部分人先富起来'的政策。一是他很讲求实际,是带领群众致富;二是他有理想,把创业的目标、实现四化联系起来,走'通往共产主义的路就在脚下',时刻不忘自己是为共产主义忘我劳动。我看李峰、林楠两位记者写的这篇通讯是实事求是的,很好! 建议快发。在月前发出去,有助于像浙江省这些沿海地区农村整党工作的开展。"根据薄一波的批语,《人民日报》撰写了编者按。

《乡土奇葩》用了这样一段文字开篇:"西子湖畔的春天,竹笋在没人注意的地方破土而出。鲁冠球从他那偏僻的家乡走上了杭州人民大会堂的讲台,给全市机关党员干部讲授党课。这个农民'万元户'、企业家党员,用他的创业史和思想的果实,把'通往共产主义的路就在脚下'这个大主题讲得有声有色。"

"通往共产主义的路就在脚下",正是鲁冠球演讲稿的总标题。不久,杭州市委整党办公室将这份演讲稿印发给了全市农村基层党组织。中共杭州市委为此配发的按语对鲁冠球精神做了高度概括:要学习他胸怀远大理想和搞好本职工作紧密结合起来的共产主义忘我劳动的精神;学习他勇于改革、开拓创新、坚毅不拔、努力攀登的精神;学习他识大体、顾大局,正确处理国家、集体和个人的三者利益关系,努力为国家多做贡献,带领群众致富的高尚风格。

共同富裕,不仅是时代对鲁冠球的期待,同样是时代对乡镇企业的期待。

1983年前后,随着农村联产承包责任制的大获成功,中国改革开始转向城市经济体制改革领域。从中央到地方,都对国营企业寄予了厚望,大量的资源倾斜,产生了一批典型人物和典型经验,但国营企业依然举步维艰,自身健康壮大并进而带动全社会走向富裕的美好愿望更是其难以承受的。与此同时,联产承包责任制解决了吃饱肚子的问题,随之而来的巨量农村剩余劳动力的出路又成为了天大的难题:涌进城市,国营企业及城镇集体企业完全无力消化,甚至有可能压垮脆弱的城市支撑体系;留在乡村,无异于将其丢弃在了基础更为脆弱与更为绝望的井底,小康目标何以实现?

恰逢其时,野草般疯长的乡镇企业跃出了地平线。

对乡村工业化念兹在兹的费孝通,在他的名著《江村经济》问世近50年后,再一次欣喜地发现了乡镇企业这一"充满希望的新生事物"。

新华社《瞭望》新闻周刊原副总编辑林晨回忆,1983年,费孝通回到老家苏州吴江调研小城镇。《瞭望》经济组资深编辑张智楚得知后,便游说他将调研成果在《瞭望》发表。1984年年初,以《小城镇　大问题》为题,《瞭望》分四期予以刊发。之后,张智楚又几次随费孝通在江苏各地下基层再调研,并帮助整理文稿,最终促成费孝通同年在《瞭望》上连续发表了《小城镇　再探索》《小城镇　苏北初探》《小城镇　新开拓》等重要文章,在全国引发巨大反响,并直接推动了小城镇建设纳入国家改革视野。

在《小城镇　再探索》一文中,费孝通第一次提出了"苏南模式"的概念:"苏州、无锡、常州、南通这几个地方乡镇工业的来历和发展机遇类似。到20世纪80年代初江苏农村实行家庭联产承包责任制的时候,苏南的农民没有把社队企业分掉。在改制过程中,乡镇政府和村级自治组织替代先前的人民公社和生产队管理这份集体经济,通过工业保存下了集体经济实体,又借助上海经济技术的辐射和扩散，以乡镇企业为名而继续发展。苏、锡、常、通的乡镇企业发展模式是大体相同的，我称之为苏南模式。"

费氏提出的"苏南模式"有四重经济学与社会学内涵：一是农村工业化，这延续了费孝通"江村经济"式的桃花源理想主义，期望走农村工业化之路帮助农民普遍脱贫致富；二是离土不离乡，农民无须挣扎于城市底层，而是就地实现向产业工人的转化；三是小城镇再造，以一场轰轰烈烈的农民造城运动，为农村工业化和农民现代化搭建平台；四是以工补农，用快速财富累积的工业反哺农业，形成乡村经济自身造血的良性循环。

在长期的田野调查中，费孝通确信，"中国农村真正的问题是人民的饥饿问题"。而"苏南模式"的核心价值，恰恰在于以乡镇企业为组织载体，可以大面积地安置农村剩余劳动力，并联动新农村建设，最终实现共同富裕。这是多么激动人心的画卷！

从狭义的地理层面看，苏南包括江苏南部的苏州、无锡、常州，但从广义的经济学、社会学意义的"苏南模式"看，即可涵盖长江北岸的南通、扬州以及浙江北部鲁冠球所在的杭州、嘉兴、湖州等地区。

坚持"苏南模式"的方向，肩负共同富裕的政治责任，对万向节厂这家优秀的乡镇企业而言是历史的必需。鲁冠球认为，"无工不富"应该是大家富，万向节厂就如同"火种"，"这把火要烧到工厂围墙外面去，让全乡人民逐步富裕起来"。

对此，《乡土奇葩》一文做了清晰的记录：这几年，万向节厂的技术和资金作为伸向墙外的结瓜之藤，在全乡帮助农民办起了9家分厂，安排了上千剩余劳动力；全乡108名复员转业军人被优先招工进厂，鲁冠球又筹划要把全乡的残疾人组织起来，让他们参加厂里力所能及的辅助劳动；现在，全乡每十个人中，就有一个是干万向节厂的活儿，拿万向节厂的工资，大有成为"万向节乡"之势；万向节厂还在百里之外村民耕作不便的围垦盐碱地，动工建设了一个有300亩土地、200亩水面的农业车间；宁围乡为走共同富裕之路服务的乡中学教学楼、农民文化宫、敬老院等"八大工程"中，都有万向节厂的贡献。

《乡土奇葩》长篇通讯收尾的文字热情洋溢而温暖："如今，乡里乡外都知道，大约有一半人家住上了小洋楼的宁围乡，沾了农民企业家鲁冠球办厂的光，享了党和政府开放、改革政策的福，日子过得像刚吐红的花苞苞。"

截至《乡土奇葩》刊发的1986年年底，全国乡镇企业总数已飙升到1515万家，吸纳农村劳动力近8000万，年度缴纳税金170亿元，实现总产值3300亿元，占全国总产值的20%。其崛起之神速、活力之勃然，令同时期左冲右突、举步维艰的国营企业相比之下显得黯淡无光。

虽然早在1984年3月，国务院就发出了通知，将社队企业统一改称为乡镇企业，有了正式的名分且体量已不容小觑，但至少在当时，乡镇企业仍然被普遍认为与国营经济争原材料、扰乱市场秩序、假冒伪劣频发，是靠不住的乡下"野小子"。而《乡土奇葩》用如此之高的规格、如此之重的分量高度肯定、热情歌颂鲁冠球与他的万向节厂，其值得解读的意义在于为在一些人心目中形迹可疑、灰头土脸的乡镇企业"记了功""正了名"。此后数十年的大量事实使我们确信：没有乡镇企业就没有民营企业，没有作为主体力量的民营企业，中国改革会走向何方或者能走多远将成为巨大的悬念。

共同富裕，为新生的乡镇企业在争议声中与中国特色社会主义找到了最大的公约数，获得了至关重要的政治合法性。很多年后，随着社会主义市场经济改革的深化，产权变革的水落石出，我们发现冀望乡镇企业尤其是乡镇集体企业制度化、体系化地直接分担乡村治理与建设的功能，肩负起亿万农民致富的政府性职责，既违背其作为市场主体的基本定位，事实上也是其不可承受之重。然而，在特殊历史时期的特定语境下，这一选择却是正确且必需的。在本书后续章节的描述中，我们还会发现，在真正市场化、企业化的基石之上，共同富裕始终是鲁冠球创业理念与实践的主轴甚至信仰，并成为他自我人生超越的动能以及万向基业长青的关键奥秘。

厉德馨认为，是薄一波为《乡土奇葩》一锤定音。在此前后，他还在党报上读到了陆定一同志在无锡大谈发展乡镇企业必要性的一则消息："这两件事给我留下了深刻印象：两位老一辈无产阶级革命家几乎同时关注和赞美乡镇企业，乡镇企业大概到了出头之日。"

承包奖金风波

在《乡土奇葩》刊发前两年，鲁冠球个人风险承包的奖金该不该拿、怎么拿，就已引发了一场轩然大波。

1983年，实行承包制第一年的万向节厂收获的辉煌业绩出乎所有人的预料：完成年度毛利润361万元，比合同约定的187万元高出93%！依据承包合同，鲁冠球个人应得奖金为8.7万元，是当年全厂职工人均工资收入1758元的49倍多。

人心难平了，社会舆论炸了。结算尚未公布，一份措词严厉的反映材料已经有人递上去了，理由很吓人：万向节厂承包不合理，应予取消，奖金不能兑现，否则就是典型的"两极分化"。中央有关部门把这封信批转浙江方面处理，并建议征收个人所得税。1980年9月，第五届全国人民代表大会第三次会议首次通过及公布了《中华人民共和国个人所得税法》，但实施对象仅限于对外籍人士征收。直到1986年9月，国务院发布《中华人民共和国个人收入调节税暂行条例》，才开始在本国公民范围内统一征收个人收入调节税。这意味着，彼时征收鲁冠球承包奖金的个人所得税并无法律依据，此举更多传导的是平衡社会分配的官方姿态。

收到中央有关部门的批转后，浙江方面的处理意见十分明确：合同应当兑现，撕毁合同是不能被允许的，浙江省政府同时要省财政厅研究具体解决办法。杭州市方面的态度更为斩钉截铁：兑现合同事关党的政策的连续性和严肃性，不容动摇。个人所得税问题必须先立法再征收，不能在法无可依的情况下只征收鲁冠球一个人的所得税。

争议之中，事件迎来转机，戛然而止。原因是鲁冠球自己的一封信。

1984年1月初，正在北京参加会议的鲁冠球接到厂里会计打来的电话，得知了奖金结算的最终结果，他辗转反侧，晚上都睡不好觉。几天后，他从北京京丰宾馆给宁围乡政府寄了一封信："我愿意将承包超额利润分成部分全部献给企业，发展生产和进行智力开发，使企业办得更好。"乡政府接受了鲁冠球的建议，但作为对他特殊贡献的表彰，另行奖给了鲁冠球8700元。

此后两年，鲁冠球的奖金事件持续刺激着许多人的神经。承包第二年，万向节厂实现利润超过了承包指标224万元，鲁冠球应得奖金11.2万元。他用其中的1.2万元包揽了上级下达的任务但全厂没有买足的国库券数量，其余10万元捐献给乡里兴办教育事业。1986年6月，用这笔捐资建造的宁围乡中心学校落成，时任浙江省省长薛驹与分管文教的副省长李德葆专程前来剪彩，薛驹还题写了校名。

承包第三年的毛利润超额承包指标更是达到了惊人的500万元，鲁冠球可以分到奖金25万元。1985年底，鲁冠球在和乡政府商议制定第二轮承包方案时主动要求，将第一轮三年承包合同中的"厂长个人承包"改为"以厂长为代表的集体承包"，而"超额利润的5%归承包者"这一条款，则修改为"承包者奖金从优"，且承包者奖金不高于全厂职工平均数的3倍。根据鲁冠球个人建议，1985年承包合同结算亦参照第二轮承包方案执行，因此，当年度鲁冠球原本可以分到的25万元全部划归企业用于扩大再生产，他按"承包者奖金从优"的新条款奖励分配。

鲁冠球承包奖金引发的强烈关注，与"让一部分人先富起来"的大时代冲击波密切关联。

1983年1月12日，邓小平在同国家计委、国家经委和农业部门负责人谈话时说："农村、城市都要允许一部分人先富裕起来，勤劳致富是正当的。一部分人先富裕起来，一部分地区先富裕起来，是大家都拥护的好办法，新办法比老办法好。"①

这是邓小平第一次在公开讲话中提出"让一部分人先富起来"的著名论断。早在改革开放伊始的1978年12月，邓小平在中央工作会议上就明确表达了这样的意思："在经济政策上，我认为要允许一部分地区、一部分企业、一部分工人农民由于辛勤努力成绩大而收入先多一些，生活先好起来。"②

1992年的那个春天，深圳仙湖公园，邓小平铲土种下一棵榕树。当旁边有人向他介绍广东人喜欢在家里栽种"发财树"时，邓小平接过话头："让全国人民都种，让全国人民都发财。"③毫无疑问，长期积贫之下，中国的改革是带着强烈的忧患意识上路的。"如果在一个很长的历史时期内，社会主义国家生产力发展的速度比资本主义国家慢，还谈什么优越性？"

改革，从先富者破局。但是当财富喷涌而出时，如何看待先富者成了一个绕不过去的棘手难题。"傻子瓜子"年广九是生逢其时的标志性人物。

年广九，安徽省怀远县人，幼时便逃荒要饭流落芜湖，9岁起跟随父亲摆水果摊，叫卖街头。1963年，商贩年广久因投机倒把罪被判处有期徒刑一年。出狱后，继续以偷偷摸摸炒卖瓜子为生。改革开放伊始，他抓住了迅速做大的机会，将小作坊扩张成为雇工百人的私营企业，年利润也飙涨到近乎夸张的100万元。

很快，有人把年广久的雇工问题反映到上面，认为"年广久是资本家复辟，是剥削"。随后，安徽省委派专人到芜湖调查年广久并上报中央，中央农村政策研究室将此事向邓小平做了汇报。1984年10月22日，邓小平在中央

---

① 《1983年1月12日："允许一部分人先富裕起来"》，人民网2008年12月9日。
② 《邓小平提议从恢复按劳分配到允许"先富"》，邓小平纪念网2019年1月16日。
③ 《没有公平就失败了——写在邓小平同志诞辰110周年之二》，《人民日报》2014年8月20日。

顾问委员会第三次全体会议上点了年广久的名："让'傻子瓜子'经营一段,怕什么? 伤害了社会主义了吗?"①

邓小平又一次点名年广久,是1992年春的南方之行时："农村改革初期,安徽出了个'傻子瓜子'问题。当时许多人不舒服,说他赚了一百万,主张动他。我说不能动,一动人们就会说政策变了,得不偿失。"②同年,已经在监狱里关了30个月的年广久被宣布经济犯罪罪名不成立而获释。

年广久事件的表象是所谓的"雇工剥削",根子是其因为"剥削"发了财,先富起来了,而且富得惊人。中国改革的原始动能源于脱贫致富,但始终被反复追问的是:先富起来的人是如何致富的,以及能否实现共同富裕?

"让一部分人先富起来"与先富带后富,进而实现共同富裕,是邓小平改革致富观彼此依存、不可分割的两个部分,如同一个硬币的两面。1985年8月28日,他在会见津巴布韦非洲民族联盟主席、政府总理穆加贝时,曾发出了振聋发聩的警示:"如果导致两极分化,改革就算失败了。"③

邓小平在这一时期关于"先富"与"共同富裕"辩证关系的重要思想,写进了1984年10月中共十二届三中全会通过的纲领性文件《中共中央关于经济体制改革的决定》:"只有允许和鼓励一部分地区、一部分企业和一部分人依靠勤奋劳动先富起来,才能对大多数人产生强烈的吸引和鼓舞作用,并带动越来越多的人一浪接一浪走向富裕。"

创造财富以及实现财富的社会性均衡化,不仅是中国使命,也同样是世界命题。鲁冠球的承包奖金事件吸引了越来越多好奇的目光。

1986年4月18日,《乡土奇葩》刊发后一周,由外交部组织的美国、苏联、日本、联邦德国、澳大利亚等12个国家37家通讯社的43名记者到万向节厂联

---

① 《邓小平:让"傻子瓜子"经营一段,怕什么?》,央视网2019年9月20日。
② 《邓小平文选》第三卷,人民出版社1993年版,第371页。
③ 《邓小平文选》第三卷,人民出版社1993年版,第139页。

合采访。他们共同的新闻兴奋点在于：鲁冠球作为有着强烈的摆脱贫困欲望的农民企业家，为什么要拒绝金钱？

20世纪80年代，鲁冠球（右）在大会上分享改革经验

法新社记者事后播发的新闻标题是：《一位对共产党的哲学做出新解释的中国厂长》。鲁冠球在接受法新社记者采访时给出了这样的解释："如果我的收入与工人的收入悬殊，就会出现紧张关系。而我希望工人努力工作，如果他们看到我比他们拿的多得多，他们就会失去自己是工厂主人翁的感情，这对于事业是不利的。"

1985年仲秋，在1500人参加的萧山县经济工作会议的讲台上，鲁冠球更为详尽地阐述过自己放弃40多万元巨额奖金的原因。就在上一年的全县经济工作会议上，萧山县委、县政府还做出了向鲁冠球学习的决定。

"'通往共产主义的路就在脚下'绝不是一句空话，而是要坚持不懈，在实际行动中有所作为。"鲁冠球对自己做出的选择阐述了四方面的思考："第一，我承包万向节厂的目的，是为了增强企业自主权，把生产搞上去，这是我的事业、理想和追求。如果只是为了钱，我可以去搞别的，不一定要冒个人承包这个风险。第二，承包取得的成就，不是我一个人的功劳，主要是靠党的政策、全厂职工的苦干、社会各界的支持。第三，生产条件发生了变化。这3年，用集体的积累更新设备，花了306万元，还增加了300多个劳动力。签订合同时没有考虑这些，不够完善。第四，我们是全乡人民集体所有的社会主义企业，分配上应体现按劳分配和共同富裕的原则，分配上一定要承认差别，但差距又不能太大。否则，即使企业发展了，最终企业也会倒霉。这一大笔奖金我不拿，这不是我识时务、要小聪明，而是一个共产党人的觉悟，我是应该这么去做的。"

会场掌声震荡。

中国改革的本质从来不是一场浮华的高高在上的意识形态运动，而是以千百万民众为主体的朴素的脱贫致富的伟大长征。同样，如何创造财富以及如何公平地分配财富，将极大地考验改革者并决定改革的成败。

基尼系数是国际公认的衡量一个国家或地区居民收入差距的常用指标，其数值含义是指在全部居民收入中，用于进行不平均分配的那部分收入所占的比例。基尼系数数值越高意味着收入差距越大，0.4为贫富差距的警戒线，这一数值的上升与社会动荡正相关。

官方数据显示，1978年，中国的基尼系数达0.317。随着农村联产承包责任制的推行，农村活力与农民收入显著增长，1984年基尼系数降至0.257，为改革开放40余年的最低点。此后，数值不断升高，并自1994年始超越0.4的警戒线。

走共同富裕之路，是站在改革起点的那个时代的需要，也日渐内化成为鲁冠球长久的思考与实践自觉。

鲁冠球曾担任第九、十、十一届全国人大代表，在中国最高政治殿堂，作为企业家的他发出的声音很少与企业利益有关。2003年春，北京"两会"召开，鲁冠球郑重提交的是《关于正视当前经济社会中"仇富""嫌贫"现象的建议》。

字里行间，鲁冠球不无几分焦虑。他认为，"仇富"与"嫌贫"是一对孪生的癌细胞，如不及时根除，势必影响中国现代化的进程。"仇富""嫌贫"是在经济高速发展过程中容易出现的两种极端的民心、民情。对这种极端的情绪不加以化解和诱导，往往会构成一些破坏性的社会心态，产生叛逆、敌对、暴力等一系列引发社会不稳定的行为，给国家和社会特别是百姓安居乐业带来重大危害。鲁冠球为此提出了三点建议：

——建立和完善相应的法律，使公有制财富创造者和持有者以外的公民,不论财富多少,都纳入法律保护的范围。同时,加大对私有财产保护的普法宣传力度,形成一种社会共识。

——强化和重视公众舆论与媒体对"仇富""嫌贫"两种社会情绪的引导,避免矛盾激化,调和社会冲突,倡导以富帮贫、扶贫的社会风气。

——在全党和全国人民中,适时开展一场思想领域的精神文明教育,使"仇富"者找不到社会的共鸣点,"嫌贫"者找不到社会的生存点。这是十分重要的一次新的思想解放运动。

"说一千道一万,化解'仇富''嫌贫'社会矛盾对立的唯一正路,就是在观念和制度上推动共同富裕。"2009年,鲁冠球在接受《三联生活周刊》采访时,说了这样一番意味深长的话,"一定要周围都好,你的企业才会好,农民都富裕起来了,你的富裕才会持久。为什么过去地主被打倒? 他是少数人。"

衙前寓言

从鲁冠球的家乡宁围东去10多公里,有一个普通的江南小镇萧山衙前,鲁冠球每次陪妻子章金妹回绍兴柯桥娘家时都会路过。

但衙前的不普通之处在于,100年前,这里曾经诞生了中国共产党创建的第一个农民协会,掀起了最早的一场由中国共产党领导的波澜壮阔的农民运动。

这一历史性事件与一位几乎已经湮没无闻的人物沈定一有关。

沈定一是衙前人,出身于富甲一方的官僚大地主家庭。清光绪二十七年中秀才,1904年任云南楚雄府广通县知事,后调任武定知州、省会巡警总办。因帮助中国同盟会发动河口起义而被人告密,被迫赴日本避难,在东京加入同盟会。辛亥革命爆发,他参加了光复上海的武装起义,在沪创立"中华民国学生团"并自任团长,受到孙中山的嘉奖。

沈定一人生最华彩的时光自1920年始。据《中国共产党浙江历史》第一卷记载,1920年8月,陈独秀在上海发起建立了中国第一个共产党早期组织——上海共产主义小组。15位成员中浙江籍的共7人,除沈定一外,还包括《共产党宣言》中文全译本首译者陈望道,以及邵力子、沈雁冰、俞秀松等。

作为中国共产党第一批党员,沈定一很早就认识到"中国机器工人不多,农民在国民中占最大多数,中国的革命,应该特别注意农民运动"。1921年4月,中国共产党的第一份党刊——《共产党》月刊第三期上刊发《告中国的农民》一文,文中说:"中国农民占全国人口的大多数,无论在革命的预备时期和革命的实行时期,他们都是占重要位置的。设若他们有了阶级的觉悟,可以起来进行阶级斗争,我们的社会革命、共产主义,就有了十分的可能性了。"沈定一还提出了土地革命的口号,号召农民团结起来,自己解放自己。他认为,共产主义者不能消极等待农民的觉悟,应该积极、主动地把共产主义思想灌输到农民中:"我们要设法向田间去,促进他们这种自觉呀!"

沈定一决定到田间去,发动农民。

1921年4月,沈定一辞去陈独秀在广州创办的《劳动与妇女》杂志主编一职,回到家乡衙前。他腾出自家的数十间屋子创办衙前农村小学。他戴着农民的毡帽,穿着农民的土布短衫,说着农民的土话,站在草庵戏台上告诉农民"世界是劳动者的世界,你们应该争回被夺的权利"。

1921年9月27日,衙前农民协会在衙前东岳庙成立。由沈定一撰写的《衙前农民协会宣言》《衙前农民协会章程》,公开提出了"本会与田主立于对抗地位""世界的土地应该归农民使用,由农民所组织的团体保管分配"等政治主张。

衙前农民协会展现的是一幅波澜壮阔而激动人心的画卷——"大地敞着胸襟,欢迎我们下锄头铁耙造就锦绣。人人生活在这锦绣堆中,全仗农民的气力"。

衙前农民协会就像野火一般，迅速燃遍了萧绍平原。短短两个月间，周边共有82个村子的10多万贫苦农民组织了农民协会，并于11月24日，成立了衙前农民协会联合会，以减租抗租为主线的农民运动轰轰烈烈地席卷浙江大地。地方官绅惊恐万分，他们控告沈定一"以共产主义煽惑愚众"，并派出大批军警强力镇压。农协主要领导人之一李成虎被捕，1922年1月24日于萧山县狱被凌虐致死，衙前农民运动宣告失败。《中国共产党浙江历史》第一卷的史料透露，1922年6月，中共中央执行委员会书记陈独秀在写给共产国际的报告中称："浙江方面，组织80个农村的农民协会反抗地主，被军警解散，死伤数人。"

历史的诡谲在于，一位拥有无垠良田的"大地主"，满腔热忱地号召农民起来，革自己的命。但其改良主义的秉性，决定了当农民运动演变为暴力抗争时，他便很快抛弃了农民兄弟。随后，沈定一倒向了以反共著称的国民党"西山会议派"，参与杀害中共党员的"清党"运动，沦为革命的罪人。

1928年8月28日，沈定一在赴莫干山会晤同为"西山会议派"的戴季陶后的返途中，被枪杀于衙前车站。原因至今成谜。

站在中国共产党成立100周年的今天回望，早期共产党人领导的"全国农运的发轫者"衙前农民运动告诉了我们什么？变化了的是什么？不变的又是什么？无疑，百年历史的两端，不变的是我们必须高度关切农民，农民命运的背后就是中国的命运，过去是，今天还是。有关农民命运的"天问"是如何摆脱贫困，正如费孝通所言，"中国农村真正的问题是人民的饥饿问题"。同样紧要的是，摆脱贫困不仅关乎农民个体，更需惠及每一个农民，必须是普遍且公平的共同富裕。

这是共产党人不变的初心，是共产党人不变的使命。

而变化了的则是：100年前，我们希冀用财富分配实现社会公平；100年后，历经数不清的腥风血雨、旋涡挫败、经验教训，我们深知，只有共同创造财富才有可能共同分享财富，真正实现和谐的可持续的共同富裕。

农民想要富起来，就要跟着共产党走。这一念头，鲁冠球从朦胧到清晰，直至坚定。

1972年11月16日，29岁的宁围人民公社农机修理厂革命领导小组副组长鲁冠球写下了第一份入党申请书。鲁冠球在表明自己的入党动机时说："党的最终目的是实现共产主义，而我誓为共产主义奋斗终生。"

1973年5月4日，鲁冠球递交了第二份入党申请书。宁围人民公社金一生产大队革命领导小组的调查意见是，鲁冠球"胆大心活"，但"比较急躁"。

鲁冠球1972年递交的第一份入党申请书

1981年3月11日，鲁冠球再一次递交了入党申请书。一直"被考察中"的他写道："现在我是政治上很幼稚的人，对党的知识很贫乏。在主观世界的改造上，需要有党的正确指教和自己的刻苦努力，这样才能使自己在政治上不至迷失方向，做一个真正为人民做一点有益的工作的人。这是我想了好久才做出的答案。"

1984年3月5日，在递交第一份申请书近12年后，鲁冠球递交了第七份入党申请书："我已多次申请要求入党，已经组织长期考验。……故再次申请，要求批准我参加中国共产党。"

同年4月19日,鲁冠球被正式批准入党。萧山县委组织部部长为他主持了入党仪式,县委书记费根楠特地赶来祝贺。"这一天,比我自己的生日还要记得牢。"鲁冠球说。

鲁冠球(左)和党支部书记祝炳善在研究工作

1970年9月,宁围人民公社农机修理厂建立了党支部。第二年,祝炳善担任厂党支部书记,和鲁冠球在一个办公室面对面共事了10多年。鲁冠球形容两人的关系是"两个脑袋,一个目标,有商有量,有滋有味"。1979年那次前往中国汽车工业总公司,最终下决心专业化生产进口汽车万向节的决定性的北京之行,就是两人同行"有商有量"的结果。

1989年,祝炳善退休,鲁冠球接任厂党总支部书记。直至2017年10月辞世,他最为重要的两个职务首先是万向集团党委书记,然后才是万向集团董事局主席。

作为"我们完全没有预料到的最大收获",20世纪80年代中国乡镇企业异军突起。作为迄今乡镇企业最具标杆意义的人物,鲁冠球亦随之异军突起,他收获了能收获的几乎所有政治荣誉:全国优秀乡镇企业家终身成就奖、中国最佳农民企业家、全国优秀企业家、全国劳动模范、全国五一劳动奖章、中国改革风云人物、中国最受尊敬的民营企业家终身成就奖……很多年,全国性的大小评奖如果鲁冠球缺席,其权威性可能就会遭到怀疑。

1986年11月,鲁冠球作为全国优秀共产党员代表来到北京,参加中共中央组织部召开的全国优秀党员、先进党支部事迹交流会,并做了《为国争光,为民造福》的重点发言。他穿着特意让妻子去萧山县城请最好的裁缝做的一套中山装。那是一个令人难忘的会议，他的发言很受关注，还得到了邓小平的亲切接见。此后，他又连续当选党的十三大、十四大代表。

中国革命博物馆曾派员前来鲁冠球的企业寻找最有历史价值的"改革文物"，就如同安徽凤阳小岗村那张摁满血手印的"生死契约"一样。他们开出的长长的文物征集清单包括：鲁冠球1969年企业初创时的铁匠铺照片；1986年，国务院将其列为中国第一个万向节出口基地的文件；1987年，美国合作方舍勒公司为表达对这位"农民企业家"的由衷敬意，赠送的一尊铜鹰；杭州万向节总厂正式被国务院命名为国家一级企业的证书；鲁冠球的有关日记、照片……

从1969年的打铁铺到声望卓越的国际级行业巨头，数十年挺立潮头且如鱼得水般游走"政经"两界的鲁冠球及其万向集团，即使在全国范围内考察亦称得上是十分罕见的样本。无疑，鲁冠球是懂得"讲政治"的重要性以及"如何讲政治"的企业家。但是在此后章节的描述中我们可以看到，对鲁冠球而言，讲政治的本质，并不是为了深谙怎样与政府打交道，察言观色以获取政治利益，而是由此找准个人进化与企业成长的方向。我们还可以发现，鲁冠球终其一生，没有为自己谋求过什么显赫的官方职务与政治地位，他总是忠实地坚守自己农民企业家的身份，以稳健的实践、朴素的语言和恰到好处的敏锐思维，扮演起远远超越企业微观操作层面的思想者的角色。

只有初中二年级文化程度的鲁冠球至少发表过论文100多篇，几十次在全国各类学术评比中获奖。当中国企业面临起落沉浮的重要关口，我们总能听到鲁冠球发出的"大声音"：

——1988年，鲁冠球提出了"企业利益共同体"的新概念，第一次对乡镇企业这种新型企业组织结构进行了系统的勾勒。

——1989年，鲁冠球撰写的《中国乡镇企业分配方式初探》荣获全国企业改革十年创新奖，《论实践中的兼并》荣获中国企业家论坛改革征文二等奖，另一篇《虚事要实办，一步高一层》更被评为《半月谈》思想政治工作创新奖特等奖。这在当时的经济理论界已属于最高荣誉。

——1991年，鲁冠球根据万向节厂自身在股权改革上的经验，大声呼吁为乡镇企业"松绑"，倡导"股份改革是乡镇企业走向规模经营的有效途径"。

——1992年，新一轮经济高潮骤然而至。鲁冠球的一篇《老虎出山好，猴子照样跳》，将国有企业与乡镇企业"虎跃猴跳"的改革锐气和自信刻画得痛快淋漓，一扫农民厂长们的恐慌和疑云。

——1994年，鲁冠球理性归纳了乡镇企业在制度创新上的三个阶段，多次撰文认为要"加快乡镇企业与现代企业制度接轨"。同年，鲁冠球还提出了备受瞩目的"西进计划"。当大多数企业紧盯东部沿海掘金之时，万向集团前瞻性地宣布，将投入巨资拉动西部与东部沿海共赴小康之路。6年后的2000年，中共中央、国务院制定实施"西部大开发战略"。

曾经有许多研究者对鲁冠球长盛不衰的企业家周期背后的政治取向与政治人格颇为着迷，有人说他是"不倒翁"，有人赞叹他是"常青树"。其间的奥秘显然不是在纯粹经济学意义的"企业家宝典"中能找到标准答案的。

有一年，时任新华社记者的朱国贤曾以《鲁冠球"常青树"之谜》为题记录了造访鲁冠球的过程。双方的一段对话耐人寻味

记者：你是第一代农民企业家里少数风采依然的"幸存者"之一。在数十年的创业中，你最重要的保养秘诀是什么？

鲁冠球：那就是不断地反思和超越自己。小心翼翼，去掉草莽气，呼吸新空气。

记者：那主要是靠自律了。

鲁冠球：就是靠自律。我们这些创业者是很奇特的，说有人管我们，似乎谁都可以来管一下；但是说没人管，又往往两头着空，事事要自己拿

主意、担风险。

记者:也就是说,是处于一种权力的真空状态?

鲁冠球:是的,做人和做企业都必须学会自控,要有自我警觉心。我一直认为,唯有企业常青和不倒,才有企业家的常青和不倒,为了企业的利益和前途,企业家应该牺牲一切。

记者:你觉得这样的牺牲要到怎样的程度?

鲁冠球(沉吟片刻):记得小时候听过一个传说,我现在常常会想起它。故事讲的是古代有一位炼剑高手,为了炼就一把天下无敌的宝剑,他不惜投身火炉,与剑熔为一体……

第七章

世界，我们来了

所谓企业国际化，就像我们引以为自豪的西湖水，正因为与钱塘江相连，钱塘江又与大海贯通，西湖的水才活了，才清澈了，杭州才无愧"人间天堂"的美名。

——鲁冠球

第一次出口

对外面世界的憧憬和渴望，应该是鲁冠球在小学毕业那年的大上海之行就埋下了种子。

1979年，当厂长鲁冠球决定捏紧成拳、专业化生产进口汽车万向节的时候，他已经知道，外面的世界不等于高楼大厦、车水马龙、霓虹闪烁，而是意味着更苛刻的标准、更过硬的质量、更精尖的技术，当然还有更宽阔的视野、更精彩的企业未来。

这一年，鲁冠球开始了小心翼翼甚至颇有些盲目的尝试，万向节厂四处参加各种进出口交易会、展销会。因为盲目，收效亦可谓惨淡，仅仅在东南亚市场零星收获了几十套、几百套万向节的小额订单，既做不大，也走不远。浙江大学一位教授告诉鲁冠球，要出口首先就得进入美国市场，进入了美国市场就等于打开了国际市场。鲁冠球牢牢地记住了美国这个比上海大得多的外面的世界。

1984年2月9日，一个电话为鲁冠球推开了通向外面世界的那扇窗。

中共杭州市委原书记厉德馨在《我所亲历的改革开放三十年》一文中回忆，一天，他同市长钟伯熙、市委副书记张浚生、许行贯和杨招棣到万向节厂调研企业改革。正在车间参观时，鲁冠球接完一个电话急匆匆回来说，北京的中国汽车进出口公司来电，有两位美国汽车零配件商人想来万向节厂实地看看，但要求一两天内办好所有手续。

鲁冠球被告知，这两位美国商人刚刚参加了中国进出口商品交易会（广交会），对参展的万向节厂的产品很感兴趣，专程而来。鲁冠球十分明白外商此行对自己的企业有多重要，但他却一脸愁容，因为当年钱塘江南岸的萧山还是一个未对外开放地区，外国人不能过钱塘江大桥，江边就立着牌子，上面用中英文清清楚楚地写着"外国人禁止超越"几个大字。手续办理得有多复杂？一两天办妥又怎么可能？

厉德馨一听，连声说："这是好事，这是好事啊！老鲁你马上给北京回电话，欢迎他们来，手续由我们解决。"在场的5位杭州市委常委立即现场办公，开起了临时常委会：未开放的问题可以变通，市里特批，由相关部门办特许证件。公安局、外事办公室……一一落实到人，当天就办好了所有手续。

几天后，美国舍勒公司亚洲经销处多伊尔公司总裁多伊尔和美国席菲柯锻造公司总裁奥东尼尔，来到了当时还没通公交车的"未开放地区"萧山县宁围乡。舍勒公司是美国汽车零配件行业排名前三的巨头，拥有全球最多的万向节专利，销售网络覆盖44个国家。

美国舍勒公司代表在万向节厂考察，为万向产品的质量竖起了大拇指

鲁冠球向远道赶来的客人如实相告："我们是乡镇企业，乡下的企业。"两位美国同行在意的却是产品质量，而不是企业的所有制属性。他们走进一尘不染的车间，随手拿起一只成品万向节，熟练地用直角尺和水平仪校验了一下：眼前的刻度表明，产品的垂直度和平直度距图纸规定的中差仅4‰毫米，这是美国专业工厂才能达到的精准度。令人吃惊的是，这里没有数控机床、机械手操作等美国式标配，只有生产工人那一张张标准的中国农民的脸。

作家陈冠柏在报告文学《世界并不遥远》中记录了如下一段随后的场景：

奥东尼尔从自己的皮包里掏出一套万向节十字轴，带着探询的口吻问鲁冠球："贵厂可以生产吗？"

鲁冠球接过样品反复翻看了一下："请报价吧。"

"每套5美元。"奥东尼尔伸出一只手。

"不。"鲁冠球笑着在他的手旁边添了两根手指。

"7美元？No，No。"但奥东尼尔不愧是熟稔谈判套路、懂得进退分寸的老手，"5.8美元，怎么样？"

摇头，片刻的僵持。

"我们双方都是有诚意的。来个折中吧，6.3美元？"鲁冠球带着礼貌的微笑，语气却是坚定的。

会意而愉快的笑声，两双手握在了一起。在笑声中落定的，还有一份萧山万向节厂向舍勒公司出口3万套万向节总成的合同书。这是这家"乡下的乡镇企业"第一次真正意义上的出口,也是中国汽车万向节产品第一次登陆美国。

来自萧山宁围一只蝴蝶翅膀的微小颤动,在大洋彼岸刮起的是龙卷风。

美联社为此发出电讯:"一家农民办的工厂,成了中国第一家在美国汽车零配件市场中获得成功的企业。"

法新社在报道中评价说,万向"是中国同行中产量最高、品种最多、成本最低的工厂"。

很多年后,鲁冠球在回忆这一激动人心的历史时刻时,依然激动不已:"中国的万向节能打入国际市场,卖到号称'汽车王国'的美国去,就好比美国人把丝绸打到'丝绸之府'的杭州来一样,我们杭州人会是怎样一种心情呢!"

在万向节厂第一次真正意义上出口20年后的2004年,圣诞节来临时,美国路易斯安那州知名女记者萨拉·邦焦尔尼忽然发现,全家39件圣诞用品中,"中国制造"的居然有25件,家里的DVD、鞋、袜子、玩具、台灯等等,也统统来自大洋彼岸的中国。出于记者的职业冲动,她自问:如果没有中国产品,美国人还能否活下去?

于是,萨拉突发奇想,决定从2005年1月1日起,带领全家——包括她的丈夫维斯以及两个儿子——开始尝试一年不买中国产品的日子。

接下来的一年,对萨拉全家无疑是一场巨大的煎熬:4岁的儿子不得不转而去购买标价68美元的昂贵的意大利鞋;厨房的抽屉坏了,可找不到工具修理;购买生日蜡烛竟成了折磨人的头痛事,杂货店除了中国蜡烛,啥国家的也没有;能到手的最"美国"的灯,也用了中国制造的关键零件,是一盏"混血"台灯;丈夫去法国旅行买的纪念品埃菲尔铁塔钥匙链也是中国制造的……

萨拉根据这一"痛苦"的经历,撰写了《离开中国制造的一年:一个美国家庭的生活历险》一书。在这本书的结尾,萨拉告诉大家,自己全家历险的结局是这样的:"不靠中国产品过日子太难了,至少,不懈地坚持下去太难了。我们最终决定,还是跟中国进口产品共存的好。发誓一辈子不用中国产品,真的不太现实。"

足以佐证萨拉这一结论的,是一连串惊人的数据。仅以浙江制造为例——

全球圣诞饰品几乎全部来自浙江义乌小商品市场;

浙江义乌生产了全球1/4的饮料吸管;

浙江永嘉生产了全球80%的拉链以及60%的纽扣;

浙江嵊州独占全球领带产量的近半壁江山;

浙江永康年产保温杯4.5亿只,覆盖全球169个国家和地区;

……

地覆天翻!但是,时间回到20年前,你看到的却是迥异的景象,并可由此掂出万向节厂的第一次出口有多重的分量。据官方数据,1985年,中国整个汽车行业出口创汇仅3000余万美元,主要为零部件出口,大多出口亚非拉市场,销往美国的产品为零。同年,全国出口汽车总计202辆,其中200辆是中国侨胞付款购买后转赠给家乡的,真正出口的只有两辆,据说还是卖给了非洲朋友。

20世纪80年代,中国对外开放的主基调是产品进口、设备引进,其间不乏非法走私的杂音。中国制造纵横四海、直抵天涯,那是2001年11月中国正式签署加入世界贸易组织(WTO)议定书之后的事。

先看浙江。

1980年至1981年,浙江东南部温州及相邻的台州地区走私风潮达到了最为疯狂的顶峰。据温州市打击走私领导小组不完全统计,仅1981年这一年中,在海上即查获走私船107艘,私货案值1100万元。缴获的主要走私物品有录音机9644台、电视机210台、手表24万只、尼龙布72万米。

再看全国。

仅1984年1月至1985年3月一年多时间,海南查获非法或利用灰色手段进口倒卖汽车8.9万辆。1985年至1987年，各省、自治区、直辖市共引进彩电生产线115条、电冰箱生产线73条、复印机生产线15条、铝型材加工生产线35条、集成电路生产线22条、浮法玻璃生产线6条。

当五光十色的洋货如潮水般涌来，鲁冠球和他的万向节厂更像一条奋力搏击、逆流而上的鱼，形影孤单却无比坚定倔强。

逆流而上当然会很吃力，会吃苦头。

1983年，万向节厂的产品在国内市场的占有率已达25%，"钱潮"牌就是高质量的保证，日子不可谓不好过。而出口产品规格特殊、工艺复杂、交货时间又紧，更糟糕的是每套产品的外销价格比内销要低七八元，1984年，第一批出口美国的1万套万向节就亏损了10余万元。

"但这就好比游泳，你必须游出钱塘江，最后跨过太平洋。不能因为日子好过，就满足于在家门口的小河里打转转。"鲁冠球说。

来自太平洋的暗流与风浪一浪接着一浪。1985年5月，美国舍勒公司突然提出要增加10个新品种，没有样品，只提供10套美国产品的图纸，必须7月底交货。待万向节厂将图纸译成国标再交美方审定时，已是6月底。从工装到模具，从工艺到生产，时间只剩下1个月。鲁冠球咬紧牙："一个字，干！"集中全厂精兵强将加班加点，试制费等综合成本增加了6.5万元，当月产值却因此减少了32万元。

7月28日，舍勒公司中国部经理从香港赶来，考虑到美方在图纸交接中的延误责任，便试探着询问中方能否在8月中旬交货。他得到的答复干脆利落："我们中国人说话是算数的，答应7月底发货就决不拖到8月。"

7月30日，舍勒公司准时收到了来自中国杭州的万向节厂的发货单。实验室测试，全部合格；产品装上卡车，又分别在美国、南美、澳大利亚的复杂路况做一万公里以上的路试。数据全部OK！

舍勒公司总裁贝利·舍勒立即提笔给鲁冠球写信，他并不吝啬赞美之词：

"所有的结果表明，目前情况良好。未发现有一个尺寸上的出入，未发现任何磨损或过早磨损。焊接情况也很好。我们对杭州万向节厂的技术能力表示敬意！"

1984年，当鲁冠球兴奋又忐忑地签下第一份出口合同的时候，他渴望的是出口合同背后更大的世界、更多的经营自主权以及在更高的天空中的飞翔。

现实总是比热切的渴望更为冷峻艰辛。

1949年9月新中国成立前夕召开的中国人民政治协商会议通过的《共同纲领》借鉴苏联经验，确立了高度集中统一的对外贸易经营管理管制性体制。随着1956年对私人企业的社会主义改造基本完成，中国的进出口业务全部由国营外贸专业公司严格按照国家计划垄断经营，出口实行收购制，进口实行拨交制，盈亏由国家统负。

直到1984年，鲁冠球面对的现实依然是：他和他的万向节厂只是出口订单的生产者角色，与舍勒公司之间隔着国营外贸公司这道高墙，外贸交易的"自由恋爱"不被允许。

就如同钱塘江边那块"外国人禁止超越"的牌子一样，鸿沟必须打破。好在坚硬如石的外贸管制已经开始出现松动，放权呼声渐起。万向节厂出口的万向节的数量节节攀升：1984年1万套，1985年4.2万套，1986年17万套，1992年151万套。出口创汇由1984年的6.3万美元飙升到1992年的780万美元，1993年后超千万美元。与此相伴随，1986年，万向节厂被国务院确定为中国唯一的万向节出口基地，1992年成为最早获得自营进出口权——国家相关部委授予生产性企业出口本企业自产产品和进口本企业所需机械设备、原辅材料的自主权力——的试点企业之一，又一次在计划的夹缝中顽强地撕开了一道口子，喷薄而出。

限制与剥夺企业自主权的企图，有时候也会有来自外部世界的觊觎。

1987年9月，舍勒公司国际部经理莱比和亚洲经销处多伊尔公司总裁多伊尔再次来到万向节厂，他们此行的目的只有一个：说服鲁冠球放弃自主外销权，同意由舍勒公司独家包销万向节厂产品的全部出口。他们给出的条件十分诱人：舍勒公司负责提供技术、资金、先进设备、市场情报、代培工程师等优惠支持，包销合约一定5年不变。

对此，鲁冠球并非没有心动，傍上全球万向节跨国巨头的好处是显而易见的，国际市场风大浪险，找一处相对安全的港湾未必不是合适的选择。因《乡土奇葩》而与鲁冠球深交的林楠回忆，那儿天，颇有些焦虑和心神不定的鲁冠球曾经给她打电话，针对包销还是不包销想听听她的想法。

最终，出于对企业自主权近乎偏执的坚持，鲁冠球拒绝了舍勒公司的包销要求。多伊尔当然很生气，走的时候撂下一句狠话："鲁，如果这样的话，你们的货今后我们不会再要了！"

1998年，鲁冠球在接受《8个农民20年》摄制组采访时回忆了多伊尔两人离开的情景："当时我说，你们中饭吃了去，已经中午了。他们饭也不吃，他们走了，就走了……"

后果很快就显现出来。不久，舍勒公司发来一份态度强硬的信函，大意是，杭州万向节厂的产品存在质量问题，需要检验，检验费你方支付。同时，原定1987年46.7万套的订货合同削减至21万套，"除非贵厂接受独家包销合作"。

压力是巨大的，生产计划被打乱，产品大量积压。但鲁冠球不吱声、不退让，还是一个字：干！憋着一口气，万向节厂八面出击，打开了近20个国家和地区的市场，当年出口仍达到了创纪录的140万美元。

圣诞节前，多伊尔和莱比满面笑容地又回来了。他们不仅带来了订货量大大增加的1988年新合同，还捧来了一只沉甸甸的铜鹰。莱比连连竖起大拇指说"OK"，多伊尔则坚持要亲手把铜鹰摆放到鲁冠球的办公桌上。他告诉鲁冠球："这是我们美国的一个标志，象征着力量。我们送给你，对你的力量表示尊敬。"

市场竞争公平而公正，在过硬的质量和物优价廉面前，外国资本家心甘情愿地让步了。

鲁冠球把铜鹰复制放大，矗立在了厂门前的万向路口。每一天，他和他的员工都会从这

在铜鹰塑像下，鲁冠球（右二）感受到的是激励和警醒

尊塑像前走过。

"心情当然是激动的，但更多的是自我激励和警醒。"鲁冠球说。

第一次出国

1985年2月24日，鲁冠球登上了飞往大洋彼岸的国际航班。他的目的地是美国俄亥俄州迪法恩斯市舍勒公司。几个月前，舍勒公司的总裁贝利·舍勒兄弟俩曾经到访杭州万向节厂，鲁冠球这次是回访。

此行共3人，考察团团长鲁冠球，加上顾问韩君以及浙江机电设备进出口公司的一名翻译。对第一次出国，第一次真正的远行，即使很多年后，鲁冠球仍记得当初的差不多每一个细节。那天，他穿着深灰色西装，外套黑色大衣，手里提着当年流行的棕色航空箱。他还记得，离开家时，下着大雪。

迪法恩斯也刚刚下过雪。贝利·舍勒站在公司总部的台阶上微笑着迎接鲁冠球："您是第一个来到美国的中国农民企业家，我们作为第一个接待您的公司，引以自豪。"

新华社播发的长篇通讯《乡土奇葩》记录了后来被鲁冠球反复提及的有关那次出国的一个场景：为欢迎鲁冠球，舍勒公司大门前并排升起了中美两国国旗，迎风飘扬。一位曾到白宫参

鲁冠球（左二）第一次访问美国舍勒公司

加里根总统招待赴美国进行国事访问的中国总理国宴的大亨，也专程赶来，他连声表示，"很想见识一下真实的中国和中国企业家"。鲁冠球被震撼到了，下意识地挺直了腰板："我不只是代表杭州万向节厂，更代表了我们国家，尤其是在改革开放中走向世界的中国新一代农民！"

在同样摆放着中美两国国旗的铺有墨绿丝绒的长桌上，鲁冠球和贝利·舍勒签下了今后5年内由杭州万向节厂每年向美方出口20万套万向节的意向书与双方技术合作战略协议。

美国最大的万向节生产企业舍勒公司总裁贝利·舍勒，紧紧握住了中国最大的万向节生产商乡镇企业杭州万向节厂厂长鲁冠球的手："我们两家一起干，占领世界市场！"

改革与开放，是当代中国重大历史进程的一个硬币的两面。而开放必须要做的第一件事，便是开眼看世界。

1978年10月，邓小平访问日本；1978年11月，邓小平访问新加坡；1979年1月，邓小平访问美国。1978年10月26日，在从东京到京都时速达240公里的新干线列车上，随行记者询问邓小平乘坐的感受，邓小平回答："就像推着

我们跑一样，我们现在很需要跑！"①

中国的对外开放由此奔跑，波澜壮阔：

——1980年5月，确定设立深圳、珠海、汕头、厦门4个经济特区；

——1983年4月，中共中央、国务院批转《加快海南岛开发建设问题讨论纪要》，海南成为中国最大的经济特区；

——1984年5月，《沿海部分城市座谈会纪要》明确，开放从北到南包括大连、秦皇岛、湛江、北海等14个沿海港口城市；

——1985年2月，将长江三角洲、珠江三角洲和闽南三角区划为沿海经济开放区，1988年初，中央又批准设立环渤海开放区；

——1990年4月，中共中央、国务院正式公布开发开放浦东的重大决策。

作为中国改革开放的总设计师，邓小平的想法是经过深思熟虑的："关起门来搞建设是不能成功的，中国的发展离不开世界。"②

开眼看世界可以改变一个国家，也可以改变一个人。

和鲁冠球的第一次出国同一年，另一名浙商马云飞赴位于澳大利亚新南威尔士州的纽卡斯尔市，他是应澳大利亚朋友肯·莫利的邀请，前往莫利在纽卡斯尔市郊区新莱姆的家中做客。这同样是马云的第一次出国。

在此之前，从未出过国的马云却对英语颇为痴迷。他对英语的兴趣始于14岁，那一年，是尼克松访华并游览西湖后的第6个年头。1978年，杭州接待的外国游客仅728人，马云每天清早骑着自行车来到当年尼克松曾下榻的漂亮的杭州饭店，他曾说："我免费带外国游客逛西湖，他们教我英语。"

马云还因此拥有了那个年代中国人匪夷所思的英文名字"Jack"。这是一位他曾陪同过的美国女游客为他取的，因为女游客的父亲和丈夫都叫Jack。

最为传奇的是，在这段年代久远的学英语时光中，马云与澳大利亚的一

---

① 《重走小平访日之路：新干线就像推着我们跑一样》，中国新闻网2003年12月15日。
② 《邓小平文选》第三卷，人民出版社1993年版，第78页。

家人结下了长达40年刻骨铭心的友谊。邓肯·克拉克在《阿里巴巴：马云和他的102年梦想》一书中做了详尽描述。

那是1980年7月的一天，晚餐后，跟随父母参加由澳中友好协会组织的中国旅游团的澳大利亚少年戴维溜出了下榻的杭州饭店。一个中国男孩走上前来和他打招呼，想练练自己显然十分笨拙的英语口语。

戴维的父亲、电气工程师肯·莫利第一次见到这个中国男孩时，认为他一定是个街边的货郎，或者小贩。

这一家人此后与马云保持着每周至少一次的越洋通信联系。肯还让马云来信时"把字距留大一点，这样便于回信时将英语用词不准确的纠正写在字距空白处"。

1985年，肯·莫利邀请马云到澳大利亚做客。当时澳大利亚对中国人只有学者、留学生和政府官员签证，根本没有访友签证，所以马云一共被大使馆拒签了7次，最终得以成行。

"以前我一直认为中国是世界上最富有的国家，到了澳大利亚后，我才知道根本就不是那么回事。"马云回忆，"纽卡斯尔那29天，在我的生命中至关重要。没有那29天，我永远也不会像今天这样思考。"

很多年来，在马云心中，肯被视作澳大利亚"父亲"和为自己开启世界之窗的导师。他将自己的儿子取名为"坤"——发音和"肯"（Ken）相似。2004年9月，78岁的老莫利去世，马云的家里和办公室里一直静静地摆放着他与肯的合影。

2017年2月，时任阿里巴巴董事局主席的马云通过马云公益基金会，在肯的家乡的纽卡斯尔大学设立了名为"马—莫利"（Ma－Morley）的2000万美元的奖学金。马云说，这项奖学金将用于"支持那些想自己看看这个世界，经历它、用自己的头脑思考它的人们"。

1985年3月8日，半个月的美国之行后，鲁冠球踏上归途。出国前，不少亲友纷纷登门，希望他利用难得的机会帮自己捎带点时髦的洋货回来，手表、电器、高级金笔等等。在念书的女儿也念叨着想让父亲买些美国的纪念邮票。但结果，鲁冠球回国时没有买任何大件洋货，手提箱里装满的是美国市场汽车万向节生产的信息资料与技术文件。唯一的"大件"就是几大包外国水果糖，在从机场回厂的路上给来接他的员工"香"了。

没有带回洋货，鲁冠球却带回了开眼看世界给自己留下的强烈观感和深刻思考，并由此对日后数十年间万向节厂成长的路径及方向产生了长远的影响：

——中国与世界的差距之大。在舍勒公司，鲁冠球亲眼所见，这家企业只有200多名员工，万向节年产量却达800万套；万向节厂2000多名员工，年产量不过48万套，技术和效率的落差隔了一个太平洋。"面对悬殊的差距，不是要放弃信心，而是更需埋头苦干！"很长时间，"实力"成为了鲁氏话语里出现频率最高的词。

——世界市场给予中国的机会之大。贝利·舍勒告诉鲁冠球，以1983年为例，美国的汽车年产量为920万辆，日本1100万辆，联邦德国450万辆，全球市场万向节的年需求量数亿套。而1985年，中国汽车年产量仅40万辆，万向节市场总量是250万套。"只有走出去，必须走出去，那是一片真正的大海。"

——找准定位，把差距变为机会。鲁冠球明白，自己的优势是劳动力，劣势是技术。在全球市场配置下，所谓优势或劣势往往是可以转化的，你必须付出的代价是耐心和时间。不悲观，不妄动，积跬步至千里，"万向有一个大的目标，凡是有车的地方，都要有万向制造"。

第一次出口和第一次出国几年后，鲁冠球在一篇题为《冲出国门，走向世界》的文章中，分析了自己坚持企业国际化的"思想动机"：一、要为乡镇企业争光，在国际市场，没有什么出身成分、所有制偏见，而是靠实力说话，为自己正名、争气；二、经风雨、见世面，学习技术，更重要的还有理念、视野和方法论；三、产品与企业走向世界，是战场，也是归宿。国际化早比晚好，企业就像一滴水，你必须融入大海。

对鲁冠球来说，第一次出国还有一个意外的收获：从与几千年传统完全不同的视角重新认识了农民和农业。

在一次去机场的路上，贝利·舍勒问鲁冠球：

"鲁，听说你过去是农民？"

"是的，我是地地道道的中国农民，出生在乡下，还打过铁。可以这么说，今天的我也还是农民。"

"我喜欢农民，我爷爷就是农民，我身上流着农民的血液。农民也一样可以干成大事业。"

后来，鲁冠球在接受《农民日报》记者采访时，再次谈及1985年自己的美国之行。"那次我去美国考察，发现许多工厂的老板又是农场主。但他们和中国农民不一样，他们利用工厂的资金力量、管理水平和发达的科技手段，用企业的思维把农场当作工厂办，不仅搞得规模很大相当出色，还挣了大钱。"鲁冠球感慨万千，"在高速公路两旁，我经常看到从眼前闪过的大片耕作精细的土地，以及令人羡慕的庄稼丰收的场景。我在想，美国农民行，中国农民就一定行！"

美国企业办农场，让鲁冠球大开眼界，格外心动。回国当年，他立即行动起来，拿出几百万元工业生产的利润，在钱塘江边建起了一个800亩的立体农业车间，鲁冠球亲自为农业车间取了一个好听的名字——桃花源。在这里，有整齐的石桥、河道，有鱼塘、果树、饲料加工厂，饲料喂鸡、鸡鸭粪喂猪、猪粪养鱼、塘泥肥果树……形成了一个循环农业生态链。在这个农业车间干活的农民和工厂的工人一样上下班，一样有节假日。鲁冠球甚至还有过一个更宏大的计划：把周边5000亩滩涂地全部拿下来，建一个种植、养殖、加工一条龙的"托拉斯"。

从"桃花源"起步，鲁冠球开始了从田野走向世界，又从世界回归田野，长达数十年异常艰辛但又坚定无比的现代化农业之旅。

在万向集团档案室，有关鲁冠球1985年第一次出国后5年间的出访记录共有5次：

1987年3月2日至4月5日，赴挪威学习，回国时在法国逗留一周考察；

1989年5月4日至26日，随同曾任国家经委主任的袁宝华率领的中国企业家考察团赴美国考察；

1989年11月11日，随同中国农机进出口公司赴西欧进行为期一个多月的考察及商务洽谈；

1990年5月30日，赴泰国、马来西亚、新加坡等国进行为期20天的访问和贸易洽谈；

1990年8月19日，赴美国进行贸易洽谈。

外部世界的好奇心

当鲁冠球睁开双眼，热切、好奇地张望世界的时候，外部世界抱着更大的好奇心，同样开始了对他和他的万向节厂充满疑惑的探寻。对鲁冠球的好奇，更多地是想从这个标杆人物身上，解开关于中国在改革开放中快速崛起的一个个"为什么"。

1990年1月28日，美国《时代》周刊北京分社记者山德拉·布尔顿在《中国日报》记者的陪同下，坐着当年的豪华轿车桑塔纳，第一次走进了杭州万向节总厂。

作为创立于1923年的美国最具影响力的时事周刊，《时代》周刊一直保持着对世界风云的精准洞察力。来自中国的冰川开裂的声响自然是不能被忽略的，《时代》周刊成了最早来到中国设立分支机构的美国媒体之一。

山德拉·布尔顿派驻北京分社已有数年，但他从来没有到过中国南方，那个"闻得到大海气息"的中国变革时代最躁动不安的地方。山德拉非常敬业且细心，鲁冠球身上让他大惑不解又兴致盎然的东西实在太多了。近两个月后的3月26日，他和摄影师在浙江省外办人员的陪同下，再次来到万向节厂采访，鲁冠球回答了他整整三页纸的提问。

4月2日，《时代》周刊在显著版面报道了杭州万向节总厂及厂长鲁冠球的故事，标题是——《中国农民的希望》。

山德拉首先关注到的是一个细节：鲁冠球的手指甲经过了认真的修剪，和自己印象中邋遢不堪的中国农民显然大不一样。而且，鲁厂长的毛式套装是定做的，虽然不高档，但很挺括、整洁。他知道，这是因为鲁冠球已经不是旧式农民，而是一个农民企业家——"一种70年代末期开始在老年领导人邓小平发起的经济体制改革下迅速成长起来的职业"。47岁的鲁冠球，是这批人中最著名的一位。

在报道中，山德拉分析认为，对乡村企业提供各种各样的支持，称得上是中国改革中的一个成功范例。乡镇企业帮助中国1亿人就业，当地的大部分税款由他们交纳，17%的出口产品由他们提供。仅仅10年时间，他们的工业产值在1989年已相当于1980年中华人民共和国102亿美元的总产值。他由此得出的结论是："中国经济的未来是与像鲁一样的人密切关联着的，这是无法避免的。"

在《时代》周刊一贯的时政视角下，山德拉也特别关注了鲁冠球的政治姿态：鲁既是人民代表大会的代表，又是中国共产党全国代表大会的代表。在过去的一年里，鲁运用自己的政治力量，"成了反对银根紧缩政策——这个政策使得300万个乡镇企业在去年遭遇巨大压力——的一名精力充沛的游说者"。

鲁冠球在采访中反复表明了一个观点："中国农民有一个大愿望，就是要富起来。只是在田里劳作,这对他们来说,是绝对不够的。"山德拉对此印象极为深刻,所以他在报道的结尾处写道:"如同鲁所说的这样一种来自老百姓的信息,今天的中国领导人决定不能忽视这一点。"

《时代》周刊从大洋彼岸眺望中国,可以追溯到近一个世纪前。1924年9月,《时代》周刊创刊的第二年,当时被认为是"比其他任何人更有可能统一中国"的直系军阀吴佩孚成为了第一个登上该杂志封面的中国人。迄今,登上过《时代》周刊封面的中国人有数十人,包括蒋介石、溥仪、宋美龄、宋子文、周恩来、刘少奇、陈毅等。在美、英等欧美国家之外,遥远的中国无疑是《时代》周刊渴望近距离且长期关注的焦点之一。

《时代》周刊对中国的关注,与其主要创办人亨利·卢斯的个人经历有关。1898年4月,卢斯出身于中国山东蓬莱的一个美国传教士家庭,他父亲的中文名字叫路思义。1919年,同是出身于前来中国的美国传教士家庭的司徒雷登创建燕京大学时,路思义出任副校长。1912年秋天,14岁的卢斯回到美国,于1923年与就读耶鲁大学时的好友哈登创办了《时代》周刊。1932年和第二次世界大战结束后,卢斯曾经两度重返中国。

20世纪,地处远东的中国所发生的革命和改革给世界格局带来了越来越深刻的共振效应。成为《时代》周刊封面人物次数最多的是对20世纪的中国革命产生最大影响的毛泽东,其次就是改革开放的总设计师邓小平,邓小平先后7次登上《时代》周刊的封面,并于1979年和1986年两次被评为年度风云人物。《时代》周刊编辑在纪念邓小平去世那一期的告读者信中称,能够两次当选该刊年度风云人物的,只有丘吉尔、艾森豪威尔、戈尔巴乔夫等少数几位世界级政治人物。

1978年12月15日,《中华人民共和国和美利坚合众国关于建立外交关系的联合公报》正式签署。不过,邓小平被评为这一年的年度风云人物,并非由于他一手促成了中美关系的正常化,而是因为中国大地隆隆作响的改革春雷。那时的中国经济发展矛盾重重,但邓小平与中共改革派坚定的改革勇气与决心令世界侧目。

1985年,与邓小平争夺年度风云人物的有力竞争者是戈尔巴乔夫,他们的年度关键词都是关于"改革"。但《时代》周刊编辑部认为,苏联的改革仍处在说教阶段,并无真正的制度性突破。而反观中国,7年的艰难摸索已初现活力,农村承包制获得成功,国有企业改革破冰,乡镇企业"异军突起"。更为重要的是,这个国家的发展理念和全新机制框架开始在迂回曲折中日渐清晰,有人认为是"市场社会主义",官方则称之为"有中国特色社会主义的商品经济"。"不管黑猫白猫,捉到老鼠就是好猫"这句话被摘登在了《时代》周刊1986年1月公布年度风云人物的这一期上,同时还画了一张图表,向读者详细描述中国这个仍在快速发展中的混合经济体制是如何运作的。

自1983年8月《浙江日报》第一次报道万向节厂,鲁冠球迅速进入媒体视野。外国媒体将目光投向这位改变了诸多中国人命运的农民企业家群体的代表人物,始于1985年。这一年,全球销量最大的美国三大财经杂志之一的《商业周刊》——另外两家是《财富》与《福布斯》——率先敏锐地发掘了鲁冠球。4月,《商业周刊》刊载了记者道罗塞·E.琼纳斯采写的长篇报道《中国的新英雄:80年代的企业家》。

道罗塞最感兴趣的,是鲁冠球所处的时代背景:

> 新一轮英雄崇拜正风袭中国大地。中国人现在推崇的不是革命者或劳模,而是企业家。官方发现,企业家追求利润的精神刺激了整个国家经济的增长。长期以来曾被当作人民敌人的资本家开始大兴实业,农村里成千上万的农民离开土地,到工矿企业和交通公司寻找工作。在城市,许多没有工作的年轻人办起零售店、小工厂等作坊式的小企业;7000家国有亏损企业租给私人企业;北京甚至允许企业家将自己的资金融入

企业，雇用更多的劳动力办起更大的企业。

在中国风景如画的杭州西湖附近，有一位中国最成功、最有雄心的企业家，他就是鲁冠球先生，他经营着一家汽车零件企业。鲁以敢于说"不"——不服输——而成为大家心中的英雄。

在道罗塞看来，鲁冠球的成功并不奇怪。从数百年间世界各地中国移民的打拼史可以发现，一旦他们从官僚体制的束缚中解脱出来，就会迸发出极大的劳动潜力和创业热情。道罗塞的判断是，中国现在的领导人推崇这种创业精神，以便更迅猛地推进中国的现代化建设。

但是，中国20世纪80年代的企业家和上一代的所谓资本家并不类同，他们以资本家的经营方式为社会服务，建设自己的国家。鲁冠球告诉道罗塞，生产万向节的成功并没有使他赚太多的钱。他一年的工资是1430美元，在鲁冠球41岁这年，按照当地的标准，他已经成了一位富人。但他的富裕，是靠出售自留地里种的龙柏树苗，在过去5年，鲁冠球挣得了25000美元。

从鲁冠球以及鲁冠球所处的80年代的中国，道罗塞得出了颇为乐观的结论："在中国，革命运动可能来了又去，但创业精神将永续。"

与敏锐的道罗塞相比，布吉妮姗姗来迟，却将鲁冠球推上了闪耀的高光时刻。1991年5月，这位美国三大时事周刊之一《新闻周刊》的驻京记者刊发了报道鲁冠球和万向节厂创业故事的文章《把他的职工引向致富大道》。和此前报道不同的是，鲁冠球微笑着手持万向节的大幅照片刊登在了杂志封面上，他由此成为继邓小平之后第二个登上《新闻周刊》封面的中国人，也是第一个成为封面人物的中国企业家。

1991年，党的十一届三中全会之后的第13个年头，中国改革的走向已然清晰，国营企业左冲右突依然气息奄奄，乡镇企业则日渐显露"老大哥"的气象。上一年，全国乡镇集体企业实现利润265.3亿元，首次超越了国营企业的246亿元，前者的销售利润率是后者的两倍多。1991年7月，鲁冠球在一篇分析国营企业与乡镇企业竞争态势的文章中十分自信地喊出了一句被广为传播的鲁氏顺口溜——"老虎出山好，猴子照样跳"。

布吉尼的观察恰恰是选择了中国改革拐点时期国营企业与乡镇企业开始呈现角色转换的微妙视角。

"中国每一辆汽车上都有我们制造的零件！"鲁冠球自豪地告诉布吉尼。这种自信源于"鲁从不担心来自国营同行的竞争"。

布吉尼发现，万向节厂附近的国营工厂的高墙上刷着的标语往往是

鲁冠球成为第一位登上美国《新闻周刊》封面的中国企业家

空泛且苍白的，而在鲁的整洁、明亮的工厂里，许多横幅标语牌直截了当地宣称"时间就是金钱"。鲁的工人们的报酬是按照一套根据产量高低的复杂办法来计算的，他们看上去干得热火朝天。"我只关心产品的产量和质量，以及怎么样让工人们富起来。"

在报道的最后，布吉尼明白无误地预见了这一中国式竞争的结局："鲁的成功已使他成为中国企业界的知名人物。去年冬天，他收到了许多许多邀请，请他到北京给那些国营企业的厂长做演讲。来自全国各大院校毕业生的求职信在他的办公室里堆积如山。"

中国改革是如此的迷人和令人振奋，作为与这一伟大进程相伴随的最著名的实践者、领跑者之一，鲁冠球持续吸引着外部世界好奇的目光，直到他生命的最后一刻。

2017年11月3日，美国发行量最大的财经报纸《华尔街日报》为鲁冠球的

辞世刊发了一篇纪念文章——《鲁冠球：从被嘲讽的叛逆"资本家"到备受敬仰的中国大亨》。

数十年前，《华尔街日报》第一次报道鲁冠球时，即盛赞他是"一位国家英雄式人物"。

数十年后，《华尔街日报》依然用致敬为他送行："从农家到董事会，鲁冠球作为中国本土靠自己发家的大亨之一，完美诠释了中国过去半个多世纪的经济改革。他从最初反抗教条的叛逆创业者，成长为其中受尊敬的一员以及中国雄心勃勃推动电动汽车事业的领导者。"

第八章
产权破局

企业要生存,要有生机和活力,最重要的一条是我们企业一定要把官办和民办这个问题搞清楚。所谓"官办",就是政府办企业;所谓"民办",就是人民当家作主,自己办企业。

——鲁冠球

股份合作制的一小步

1984年,即鲁冠球因为风险承包大获成功而声名卓然的第二年,他开始思考的是又一个更深层次并足以决定企业和企业家命运的阿喀琉斯之踵——产权安排:企业究竟是谁的? 谁才有权真正对企业负责?

产权将最终决定企业经营自主权,而承包制只能争得靠不住的相对自主权。始于1983年的万向节厂厂长个人风险承包,依然存在明显的制度性缺陷:

——承包制仅仅是改变了基层政府管理企业的具体方式，仍未突破政府行政任命与行政干预的框架。企业家经营管理的有限自主权是建立在与乡镇政府自下而上"讨价还价"的博弈基础之上，缺乏产权制度的保障，因此无法确立持久有效的资产责任体系。

——承包制的重点实际上是收入分配制度的改革，而收入分配归根到底取决于产权归属。乡镇集体所有的产权现状，决定了乡镇政府具有向企业伸手的天然冲动和优越感，而当权益遭受侵犯时，企业家与企业无疑会沦为弱势者。

——乡镇政府在承包制之下，仍然握有干预企业的最终手段。当企业家的决策与企业行为不符合政府的意愿或超越了政府的容忍边界时，乡镇政府必然会强力干预及纠正。由于各自利益诉求的差异，政府的所谓"纠正"往往会给企业带来事与愿违的伤害。

厘清产权关系，已经成为事关万向节厂下一步发展绕不过去的一道坎。而这道坎，同样成为了决定中国改革走向甚至成败的一座山。

所谓产权，即经济所有制关系的法律表现形式。根据《牛津法律大辞典》，产权"亦称财产所有权，是指存在于任何客体之中或之上的完全权利，它包括占有权、使用权、出借权、转让权、用尽权、消费权和其他与财产相关的权利"。由于产权触及所有制，因此在20世纪80年代中国改革早期讳莫如深，甚至被视为"姓资"还是"姓社"的重要分水岭。

但这一时期的改革领域，产权变革并非完全冰封千里，突破是坚韧却静悄悄的，它更像是一条无声流淌的暗河：

在浙江南部的温州，个体私营经济野草般的生长是如此神速，生命力又是如此的旺盛，它不得不因自己鲜明的产权私有属性承受巨大的争议乃至批判。然而，温州官方仍颇有些尴尬地努力为此辩解，并试图用"家庭经营"这一含混的概念弱化来自四面八方对"私有"产生的厌恶与压力。

在国有经济主战场，承包制、租赁制、砸"三铁"、放权让利、厂长（经理）负责制等,改革的新名词频出,"产权"却始终是无人敢触碰的高压线。直到1993年11月,中共十四届三中全会审议通过的《中共中央关于建立社会主义市场经济体制若干问题的决定》明确指出,我国国有企业的改革方向是构建"产权清晰、权责明确、政企分开和管理科学"的现代企业制度,产权变革才第一次见了阳光。

乡镇集体经济则尴尬地摇摆于国有经济与个体私营经济的夹缝之中,"企业财产属于举办该企业的乡或者村范围内的全体农民集体所有"这一产权制度安排看似清晰,实则归属及权力行使模糊不清。乡镇集体企业由此激发了改革产权的动力,同时,相对于国有企业较少的体制束缚,也决定了它更有可能成为产权破局的突围者。

1984年,鲁冠球小心翼翼地迈出了产权改革尝试性的一小步。

5月24日,万向节厂厂部正式决定面向全厂职工筹集股金100万元。截至同一年的年末,万向节厂的总资产为1263.87万元,这意味着所筹集的股金约占总资产的7.9%。入股期限分别定为1年、2年与3年,并采用税后利润分红方式,入股期限越长,分红率也就越高。其中,1年期的分红率为税后利润率的75%,2年期的为85%,3年期的为100%。

鲁冠球事后回忆,当年做出向职工筹集股金的决定时,产权明晰是一方面,另一方面更多的是考虑凝聚人心。因为那时候乡镇企业职工的就业并不稳定,各种福利待遇也远不如国营企业那样有保障,不利于充分调动其积极性。由此,当时的入股办厂章

股份合作制的试行,更多考虑的是凝聚人心,调动职工积极性

程规定,除分红与企业经营效益直接挂钩外,股东还可以享受一些优惠待遇,如股东亲属在企业招收新员工时有优先权等。

万向节厂1984年版的职工集资入股与规范化股份制差距甚大。根据入股章程,职工入股允许自由退股,从而与企业债券相类似;但股利的分配却与企业的经营业绩明确挂钩,又具有鲜明的入股分红的特性。更准确地说,当年万向节厂被称作"集资入股"的产权改革尝试,其性质可以归属于股份合作制。

股份合作制即以合作制为基础,吸收股份制的一些元素,劳动者的劳动联合和资本联合相结合形成的一种新型企业的组织形式。其渊源可以追溯到170多年前,法国空想社会主义者傅立叶曾经勾画过的被他称作"法朗吉"的股份合作式合作社。其后,20世纪50年代,中国农村兴起的历经了互助组、初级社、高级社的农业合作化运动;成立于1956年的世界首家劳工合作社——西班牙蒙德拉贡联合公司;20世纪60年代美国人路易斯·凯索推出的职工持股制企业……都不同程度地对股份合作制做过或成功或失败的探索与实践。

1978年后的中国改革开放早期,最先横空出世的规范化的股份合作制探索无疑始于温州。1987年11月7日,中共十三大闭幕不到一周,温州市政府颁发了全国第一个有关股份合作制的地方法规——《关于农村股份合作企业若干问题的暂行规定》。但温州股份合作企业的胎动相当程度上是意识形态之下的奇怪产物。

那时候,在"看资本主义到温州去"的舆论聚光灯下,温州老板们的普遍心态是既怕太"公"又怕太"私"。太"公"就等于回到吃大锅饭,不如不干;太"私"无异于火中取栗,谁都不敢干。而股份合作制按劳分配和按资分配共存,社会主义色彩浓郁的劳动者的劳动合作与所有权明确归属股东的劳动者的资本合作有机结合,是"既公又私"的混合经济。这种"非驴非马"的产权制度安排与温州特殊历史阶段的特殊需求一拍即合。

从本质上说,这一时期温州的所谓股份合作企业即合伙私营企业,然而地方政府出台的相关政策文件明确规定:股份合作企业财产中,税后利润必须提取15%的公共积累基金,且属于不可分割的企业全体劳动者集体所有的财产。于是,有了这条金光闪闪的"社会主义尾巴",工商行政管理部门对股份合作企业核准登记注册时,在"经济性质"一栏便名正言顺地将其核定为集体所有制(合作企业)。

在温州改革实践和理论创新的基础上,1990年2月,农业部发出第14号令,颁布《农民股份合作企业暂行规定》,并附《农民股份合作企业示范章程》。这个示范章程正是以温州苍南县桥墩门啤酒厂章程为蓝本。由此,股份合作经济合法化并在全国各地逐渐推开。

但耐人寻味的是,当股份合作制开始得到全国性政治层面的肯定后,在其发轫地温州却出现了迅速退潮的现象。许多当年极为著名的股份合作企业纷纷要求摘掉"红帽子",摇身一变亮出了股份公司或私营企业的招牌。这成为中国改革史上极具戏剧性和隐喻色彩的一幕。

与温州不同,万向节厂货真价实的股份合作制摸索步履稳健。1984年第一年,鲁冠球个人掏出5000元家底带头入股,参与入股的职工有135人,集资额达30多万元,当年投资回报率均在20%以上。于是,第二年后,职工入股更为踊跃,截至1994年,职工内部入股金额已上升到6000万元。

1987年,万向节厂的股权结构又加入了新的外部因素。

这一年,为了扶持刚刚被国务院批准为中国唯一的万向节出口基地的万向节厂基地建设,中国汽车工业总公司决定向万向节厂投资。经双方反复协商,投资协议规定中汽公司的400万元按固定期限与固定年利率分红,即在1987年至1992年间参与分红,约定年利率为30%;另外100万元作为长期投资,按企业当年经营业绩及资金利润率参与分红。

对万向节厂而言,中汽公司投资的意义绝不仅仅在于注入了新的资金。

此时的万向节厂缺钱，但更缺的是遵循市场经济规则的机制。

中国社科院工业经济研究所等机构组织的"全国百家大中型企业调查"课题组曾经对此给出了点穴式的精准分析："中汽公司的这一轮投资使得万向节厂的所有者主体第一次超越了社区的边界，产权结构趋于多元化。如果说原来的基层社区、政府可以用行政等级关系来挤占其他产权主体的利益，并且后者也不得不容忍的话，那么现在，作为国家级专业公司的中汽公司，有足够的动力和力量拒绝对其利益的不正当侵蚀。"

万向节厂产权改革的进一步深化，已经箭在弦上。

花钱买不管

正由于必然会触碰到中国改革最泛政治化的敏感点，与个人风险承包赢得一片喝彩相比，鲁冠球以产权明晰为目标的新的探索如履薄冰，可谓一波三折。

1985年4月20日，万向节厂正式制定了意图对产权关系重新界定的改革方案并上报宁围乡政府审批。鲁冠球当时对这个方案的期待是——"企业还权于民、还利于民"。而事实上，就在两个月前，改革方案的第一稿已经上报过乡政府，但因为其中涉及太多的宏观政策的棘手难点，被要求退回修改。

这一方案甚至惊动了中央农村政策研究室和农牧渔业部，他们协同浙江省、杭州市有关部门，先后给予了具体的悉心指导和建议。

留存于万向集团档案室的原始文本显示，1985年版改革方案的核心内容包括四个方面：

——还权于民。凡是在万向节厂享有股份的成员，自然成为企业的股东，由股东代表大会——而不再是乡镇基层政府——直接选举任命厂长，实现真正的政企分开。企业推行厂长负责制，厂长代表全体职工向股东负责。

——还利于民。即以1985年2月财务报表为测算基准，将全厂固定资产净值及自有流动资金折成股份，50%为企业所有，50%由乡镇政府所代表的全乡成员共同享有。与此前职工集资入股的重要差别是，股权可以继承，但不得退股、提取。

——打破乡镇集体所有制原有的封闭式乡土圈层，欢迎外来投资者入股，形成开放型的企业所有者主体的多元化。

——考虑到原本按承包基数上交乡政府的税后利润现已根据股份比例直接分配给了全乡成员，同时为继续支持乡镇公共事业的发展，企业在股金分红外，仍将以销售额的2%作为管理费上交乡政府。

从今天的视角看，1985年版的方案在最核心的股权界定与分割等问题上是相当粗线条的，尤其是税后利润已经按股权比例分

股份制产权改革方案反复推敲，一波三折

配的前提下，企业仍以销售额的2%作为管理费上交，透露出浓重的无奈与妥协。但即便如此，这一无奈与妥协的方案还是被认为"疑难太多""尚不成熟"，最终搁置。

虽然艰难曲折、迷雾重重，但鲁冠球对产权变革的认知日渐清晰且急迫，他被研究者普遍认为是产权意识最早觉醒的中国企业家之一。

1985年版方案被搁置的第二年，鲁冠球在其撰写的《集体股份制是乡镇企业管理体制改革的好办法》一文中清醒地分析道："'官办'的乡镇集体所有制，必须在管理体制上进一步改革。原因很简单，即它还无法从根本上克服

乡镇企业吃乡镇集体'大锅饭'的弊病。以我多年办厂的实践愚见,改革的突破口应是用民办的企业集体股份制取代目前'官办'的乡镇集体所有制。我以为,改革的焦点是改属全乡(镇)人民所有为属企业职工所有,或部分企业职工集体所有。"

对这一改革的目标指向,鲁冠球说得明明白白:"官""民"分开,政企分开,使每一家乡镇企业真正成为独立的、有自主权的生产经营单位,实现责、权、利的统一。一句话,改革的目的是为了扩大企业经营自主权,增强企业活力。

沉寂4年之后,有了新的转机。

1989年2月,万向节厂被列入了国务院确定的全国10家国家级股份制规范化试点企业名单。4月19日,在北京中南海怀仁堂召开了股份制试点研讨会,时任国务委员、中央财经小组秘书长张劲夫主持会议,万向节厂代表赵伟列席。

鲁冠球念兹在兹的产权改革由此大大提速。主持撰写《万向制度创新轨迹考察报告》的浙江省改革与发展研究所原所长颜春友回忆,在张劲夫的过问下,由经济学家蒋一苇牵头的调研小组赴万向节厂帮助设计股份制改造方案。同年4月,萧山市人民政府体制改革办公室正式批准万向节厂试行股份制,并经萧山会计事务所对企业资产严格审计,规范化的产权界定方案终于水到渠成、尘埃落定。

由于股份制只涉及产权归属于"谁",而不涉及产权姓"公"还是"私",因此这一企业运行的组织形式在早期便为中国改革所认同。后来以"厉股份"声名远扬的北京大学教授厉以宁1980年即第一次提出股份制的改革方向;1984年7月25日,改革开放以来第一家正式注册的股份制企业北京天桥百货股份有限公司成立;1987年,由著名经济学家吴敬琏主持的"五人小组"——另外四人是楼继伟、周小川、高西庆、刘纪鹏——设计方案,国家体改委推出了第一批四大股份制改造试点企业。

差别在于，万向节厂参与的股份制规范化企业试点首次上升到了国务院层面，同时，此前股份制改革被默认是国有企业的特有领地，而这一次，万向节厂成为跻身其间的第一家也是唯一的乡镇企业。

股权比例划分无疑是产权改革的焦点。截至1989年，万向节厂的自有资金已达2200万元，而宁围乡政府及社区集体经济组织对企业的历年投入具体为：企业1969年创办时投入的84平方米厂房；与铸钢厂合并时，转入铸钢厂资产39万元；应上缴乡政府的利润中留于企业发展之用的100万元。如果据实折算，乡镇集体股在资产总量中占比将很小，但考虑到历史沿革以及企业仍需帮扶乡镇公共事业、反哺农业等现实状况，乡镇集体股在协商中确定的份额要远远大于其实际投入。以1985年版方案为例，乡镇集体股一次性划定为占总资产的50%，由于1988年乡政府要求万向节厂兼并严重亏损的乡办杭州客车厂，资不抵债部分，乡政府承诺从万向节厂的乡镇集体股中划补，于是1989年版方案乡镇集体股下降到了36.42%。

通过上述制度安排，万向节厂以并不对称的股权代价，在规范化股份制改革的框架中，将乡政府的角色从过去拥有绝对行政管理权的企业产权完全代表者，转变成只能与"厂集体"平起平坐的普通股东，最终实现了鲁冠球所期待的"'官''民'分开，政企分开，使企业真正成为独立的、有自主权的生产经营单位，实现责、权、利的统一"。在中国改革史上，这一创新式和平赎买被媒体和经济学界称为"花钱买不管"。

与1985年相比，1989年时的万向节厂资产总量更大，且彼此关联也更为复杂。本着充分兼顾各方诉求、有利于推进改革、有利于企业成长的基本原则，将企业资产划分为企业积累、国家扶持基金、乡投资基金、企业发展基金、技术开发基金、企业投资基金、内部职工投资、外部法人投资等板块，并合理配置股权。1989年版产权改革方案的具体股权构成如下：

企业积累、国家扶持基金的50%与乡投资基金形成乡镇集体股，计

669.45万元,占总股本的36.42%;

企业积累、国家扶持基金的50%与企业发展基金、技术开发基金、企业投资基金形成企业集体股,计741.53万元,占总股本的40.35%;

企业职工个人入股与历年工资积余形成职工股,计295.59万元,占总股本的16.10%;

中国汽车工业总公司100万元的长期投资及积余形成社会法人股,计131.03万元,占总股本的7.13%。

以上4类均为普通股,中汽公司另外5年期的400万元投资为优先股。

如果说,1983年的个人风险承包与1984年的股份合作制是艰难探索的一小步的话,那么1989年的股份制产权清晰,就是鲁冠球和他的万向节厂现代化转型最关键的一大步。

中国改革的历史就像一条在三峡中激荡前行的大河,第一个20年必然遭遇最多、最深的险滩和暗礁。从思想解放及体制机制再造层面,这20年最重要的是实现了三大核心突破:从产品经济到商品经济的突破,从计划经济到市场经济的突破,从"一大二公"到产权清晰的民营经济的突破。三大核心突破并非平行的逻辑关系,而是呈现环环相扣的因果递进:产权清晰的民营经济是这座庞大金字塔中最坚实的塔基,只要是产权清晰的民营经济,生产的就一定是商品,是商品就一定会进行市场交易。产权,已成为中国改革推开市场之门最敏感又不可或缺的一把密匙。

作为中国改革的东方启动点和模范生,浙江无疑是产权破题的先锋。从经济地理与改革路径双重视角,浙江可以明确划分为浙江南部及浙江北部两大板块。以温州为代表的浙南区域自改革伊始便竖起了产权极为清晰的个体私营经济的大旗,虽然意识形态方面压力巨大,却给浙江的产权改革走向埋下了路标。从这一意义上说,所谓"浙江模式"恰是"温州模式"的放大与螺旋式提升。

社队经济原有基础的丰厚,以及相对靠近计划体系的中心城市,决定了鲁冠球所在的浙北绝大部分地区农村改革开放启动后,走上了类"苏南模式"的以乡镇集体企业为主体的发展路径,由此带来的乡村经济的迅速复苏与繁荣是显而易见的。到1990年,浙江乡镇企业产值占全省农村社会总产值的比重已上升至70.5%,其中,以浙北为主体的乡镇集体企业产值又占据了全省乡镇企业产值的78.8%。

但乡镇集体企业先天产权模糊,地方政府凭借行政权威肆意干预,致使其无法真正成为能够独立自决的市场经济主体。在日趋激烈的竞争中,乡镇集体企业的制度缺陷开始显露,活力衰减,出现了令人忧虑的效益下降。1985年至1990年,浙江乡镇集体企业的固定资产利润率由39.8%降至26%,减少了13.8个百分点;每百元资金实现利税也由20.67元减至13.6元,下降了34.2%。

乘着邓小平视察南方谈话"胆子再大一点"的东风,1993年,浙江乡镇集体企业产权关系重构的第一轮改革审慎启动。1997年9月,中共十五大明确宣告"非公有制经济是社会主义市场经济的重要组成部分"后,又进入了更为大胆和彻底的以"经营者持大股,经营层控股"为鲜明特征的第二轮产权改革。截至2001年底,浙江6万多家乡镇集体企业产权改制面达到了97%。与乡镇集体企业第二轮改革几乎同时,浙江国有企业以股份合作、兼并、破产、租赁、拍卖等多种形式,虽姗姗来迟却十分坚定地拉开了产权嬗变的大幕。

从时间轴看,产权意识的率先觉醒者鲁冠球和他的万向节厂无疑又领跑了至少10年。

1996年,鲁冠球在接受媒体访谈时曾经形象地说:"我们小时候捕鱼,鱼顺水而游。如果你事先扎下了笼子,它游过来时不就被你的笼子捉住了吗?没准备好就会手忙脚乱。"一次次,为了捉住市场之鱼,鲁冠球总是早早扎好了制度的笼子。

与产权明晰的改革进程相伴随，我们还可以观察到一个意味深长的微妙变化：1997年1月，《中华人民共和国乡镇企业法》颁布实施，关于乡镇企业是否应该退出历史舞台的争论也同时声浪渐起，各地的主管部门"乡镇企业局"，开始悄悄易帜"中小企业局"。21世纪初，有着强烈社区所有制色彩和深刻历史烙印的乡镇企业概念，最终被涵盖半径更大、产权指向更为清晰的新型经济组织形态——民营企业所取代。

产权量化难题

20世纪90年代，浙江乡镇集体企业产权制度变革第一轮与第二轮——当年统称为"改制"——的主要区别在于，要不要将产权量化到个人？量化的比例多少为宜？企业经营者与普通职工怎么分割量化后的蛋糕？

第一轮改革的主流方案是：评估资产后，切出企业总资产的60%至80%留作"政府股"，剩余的20%至40%量化到个人。职工人人持股，其中企业经管高层、中层、一般员工各占1/3，但所有个人只享有股份分红权，没有所有权。很明确，这一方案不得逾越的几条高压线是：乡镇政府仍掌控企业绝大部分股权；企业内部实行全员持股"摊大饼"；所谓个人股份并非彻底个人产权。其结果是，政企不分的痼疾"死不了"，厂长们渴求已久的独立人格"活不了"。这一轮产权变革从一开始启动时就陷入了进亦难退亦难的尴尬，大胆改革与防止集体资产流失甚至被侵吞的政策力度边界点成了十分烫手的山芋。

第二轮改革的关键词是"改制的彻底性"，具体体现为不再搞"人人持股"，而是强调"经营者持大股，经营层控股"。乡镇集体的"政府股"从此前的60%到80%左右降至20%，企业主要经营者个人股份上升到50%左右甚至更高。

　　"改制的彻底性"带来的是"有限责任公司"经营者的无限责任和无限活力,浙江乡镇企业——此后民营经济的主体——迎来了进入新世纪后的爆发式增长。

　　与此对照,从来大胆超前的改革者鲁冠球在同一时期却冷静地选择了激进中的"保守"姿态。1989年版的万向节厂改制方案在股权结构中设置了最大比重板块的"企业集体股",其股权不可分割地归属全体职工,并不量化到任何职工个人,包括最有资格享有该权益的企业创始人鲁冠球本人。

　　有研究者把万向的"企业集体股"现象描述为"外方内圆",即产权对外清晰对内则不追求清晰的绝对化。鲁冠球在多个场合多次对"产权量化但并不量化到个人"的改革思路给出了自己明确的解释:乡镇企业往往都是靠包括职工长期低工资提供的额外利润的积累与滚动,而不是来源明确的投资发展壮大的,明晰到个人难度很大;产权绝对明晰会造成集体资产的分解,削弱企业的力量;这种明晰容易导致分配不公,不符合企业共同富裕的方向。

　　"产权要界定清楚,但并不要求绝对明晰到个人。企业产权很清晰的一部分,可以明晰到人当然好,但一些资产因为历史等各方面的原因难以绝对明晰,我们就不要强行突破,而应采取相对明晰的方法。"鲁冠球坚定地认为,"说一千道一万,产权明晰的根本目的是有利于企业发展,而不是有利于分享利益。"

鲁冠球认为,产权明晰的根本目的是促进企业发展,而不是分享利益

　　20世纪90年代后半期,中国改革步入了真正的攻坚阶段——产权制度变革。产权量化的个人化逐渐成为被社会各界广泛认同的共识,不仅在乡镇集体企业范畴,即便是在社会主义公有制坚如磐石的国有经济领域,以股份制为载体的产权明晰亦开始悄然松动。

　　在浙江,最著名的事件无疑是另一位改革

风云人物的所谓"冯根生难题"。

1997年10月6日夜晚,中共十五大刚刚闭幕,由中国青春宝集团与泰国正大集团合资的正大青春宝药业有限公司董事会正在召开。总裁冯根生抛出了一个被称作"让工者有其股"的产权改制方案:拿出中方国有股份的一半,即合资公司总资产的20%卖给员工。董事会全票通过了决议,认为冯根生作为合资公司中方的主要管理者,又是"青春宝"品牌的第一创办人,应该购买总股本的2%持大股,计300万元。

方案定下来了,账算出来了,铺天盖地、波及全国的争论也来了。"冯根生究竟还是不是国有企业的当家人? 他还是不是共产党员?"上纲上线的质疑声相当猛烈。冯根生坚决顶住了压力:"改革就需要有人站出来大声吆喝。在中国改革太难了,枪打出头鸟,我愿意做那只挨枪的出头鸟。"

1998年6月,杭州市人民政府终于批准了几近难产的正大青春宝国有股权转让方案,同时明确,冯根生购买股权的300万元必须掏出真金白银。

冯根生回忆,那是他记忆中最严肃、最凝重的家庭会议。情况是明摆着的,合资前,他的月工资是480元;合资后虽增加到几千元,但300万元对他来说依然是天文数字。"如果我不搭上身家性命,公司的其他员工就没人相信这次改制,没人敢认购股份。"家庭会议集体讨论的结果是,在二儿子冯羚的"赞助"支持下,冯根生凑足30万元,再以股权做抵押向杭州商业银行贷款270万元,300万元的真金白银终于有了着落。

"正大青春宝"由此成为浙江乃至全国第一个员工持股的国有参股企业。回望当年,冯根生说:"在别人眼里,这个被叫作'冯根生难题';对我来讲,就是'拼死吃河豚'。"

在产权量化的大时代映照下,对外股权明晰而对内偏重集体持股的"万向现象"成了颇为独特、耐人寻味的企业案例。"产权清晰不等于产权私有",是鲁冠球执着甚至可以说是执拗的理念。产权改革的"万向现象",折射了鲁冠球对中国国情和企业实情的深刻认知,那就是在保持方向正确的基础之上，因地制宜、因时制宜，大胆却不冒进，渐进式适度创新。同时，这样的产权制度安排的一个重要前提是，企业必须要有一位胸襟宽阔、高度自觉自律的富有远见的领导者。

1995年5月15日，时任中共中央总书记、国家主席、中央军委主席江泽民视察万向集团。

他亲切地拍着鲁冠球的肩膀："我是来给你们鼓劲的！现在有的乡镇企业搞得比国有企业还好，你这里条件很好嘛！"

在接待室，鲁冠球向江泽民汇报了公司产权相对明晰，但没有把集体积累量化到个人的做法。江泽民给予了充分肯定："你们不把企业的产权完全量化到人是对的。现代企业制度要求明晰产权，但并不等于只有量化到个人才算明晰嘛。"[1]

江泽民向鲁冠球谈及的"现代企业制度"，在1993年11月《中共中央关于建立社会主义市场经济体制若干问题的决定》中第一次被写入，其具体表述是"产权清晰、权责明确、政企分开和管理科学"。这也是以产权清晰为指向的产权改革第一次在中央文件中得到明确肯定。

"第一次"的背后是巨大的焦虑。20世纪80年代后期，尝试了各种改革药方的国营经济颓势毕露，亏损比例高达30%，此后继续扩大至39%。厉以宁在《股份制是过去30年中最成功的改革之一》一文中曾回忆说："多年的国企改革中，我们总是试图绕开产权这个核心命题。"当最终发现绕不过去时，便转向了非常激进甚至过于激进的产权变革。最惊悚的案例发生在山东诸城。1991年，刚刚从潍坊团市委书记调任下辖县级市诸城当市长的陈光，在两年时间内，通过股份制、无偿转让、破产等7种形式，将全市272家乡镇办以上的国营或集体企业全部出售给了个人，有人因此送给陈光一个绰号——"陈卖

---

① 《鲁冠球集》，人民出版社1999年版，第82页。

光"。时任国务院副总理朱镕基先后派出了两个联合调查组赶赴诸城调查，并亲自听取汇报。

当产权改革噤若寒蝉时，鲁冠球登高一呼；而当产权改革一片喧嚣时，鲁冠球却头脑冷静。

在1994年7月题为《明晰产权关系的实践与思考》的文章中，鲁冠球认为，现阶段围绕现代企业制度建设进行的企业改制工作非常必要，但不能把改制视为"万能"，不能忽视了改制与管理的关系。作为现代企业制度的内涵，"产权清晰、权责明确、政企分开和管理科学"的前三句话都直接与产权有关，但落脚点依然是"管理科学"。没有明晰的产权就没有科学的管理，但产权明晰不能取代管理。管理是企业永恒的主题，就像居家过日子，柴米油盐一天也少不得。"如果把时间和精力过多地集中在明晰产权、股份改造、资产量化等方面，忽视或放松了企业的各项管理工作，那么，就会出现产权明晰了，牌子换了，但企业的经济效益还是上不去，所改的'制'就只能是个'空壳子'。"

20世纪80年代至90年代，恰是中国企业理念和制度"破"与"立"的关键时期。这一时期，作为中国改革屡屡破冰的探索者，鲁冠球身上透射出大无畏的改革勇气，此外，还清晰地传递出以共同富裕为主脉的包容、平衡、和谐的企业治理气息：从第一个提出打造"企业利益共同体"，坚决反对"狼性文化"，到坚持分列"企业集体股"而不把股权绝对化地量化至个人，无处不在。

"当一切烟消云散之后，企业仅仅是由人组成的。"鲁冠球将欧洲同行曾经对他说过的话深埋于心。相应地，数万名万向员工也将企业的利益与命运深埋于心。

鲁冠球辞世后，万向集团极为低调地设立了"鲁冠球精神展陈馆"。在展陈馆的A区和B区的连接处，百米长廊两侧是创业50年来万向员工的荣誉墙，包括工龄长达30年甚至40年的劳动模范、优秀党员、先进工作者，5000个名字宛如一条默默流淌的历史长河。

这条长河已经清晰地告诉我们，从铁匠铺出发，万向为什么能够穿越无数次风雨和无数次跌宕周期，一路前行，走过半个世纪。

上市去

1994年1月10日，万向集团控股的万向钱潮股份有限公司经中国证监会和浙江省人民政府证券委审核批准，"万向潮A"股票在深圳证券交易所上市。万向由

1994年1月10日，"万向潮A"股票在深圳上市

此成为国内第一家获准上市的乡镇企业，产权变革画上了阶段性的圆满句号。

在随后举办的首次新闻发布会上，有记者发现，鲁冠球对股价十分敏感，能随口报出即日的股价。鲁冠球谦逊地表示，股票上市后所面临的许多问题对自己和企业来说都是全新课题，"如果以1989年规范化股份制改造为起点，我们等了5年；如果从1984年股份合作制尝试算起，我们足足走了10年。现在不是终点，才刚刚开始。"

万向是中国第一家获准上市的乡镇企业，但中国改革开放后第一只股票以及第一批在证券交易所挂牌交易的上市公司清一色是国有企业。

究竟谁发行了新中国第一张股票？版本颇多，代表性的有：1980年7月的成都市工业展销信托股份公司,1983 年 7 月的深圳宝安县联合投资公司,1984 年 7 月的北京天桥百货商场。但以相对规范的股份制设置与股票发行规则而载入中国资本市场史册的,是上海飞乐音响股份公司。

1984 年 11 月 18 日,"飞乐音响"的创立大会暨开业典礼在上海锦江饭店小礼堂举行。时任中共上海市委常委吴邦国、黄菊参加了典礼。为避免招致不必要的政治压力,吴邦国在致辞中鼓励"飞乐音响"开拓壮大,却对其股份制改革只字未提。

两年后的 1986 年 11 月 14 日,邓小平在北京人民大会堂会见美国纽约证券交易所董事长约翰·凡尔霖率领的美国证券代表团。凡尔霖给邓小平带来了两件特殊礼物——纽交所的证券样本和一枚可以自由通行交易所的徽章。邓小平高兴地收下礼物,并将一张面额为人民币 50 元的"飞乐音响"股票回赠给凡尔霖。[1]

凡尔霖当即改变行程,直奔地处上海西康路 101 号的中国工商银行上海静安信托业务部,亲自办理股票转让手续,他成了"中国上市公司名副其实的第一个外国股东"。如今,这张"飞乐音响"股票静静地躺在纽交所的档案室里。

邓小平这一极具象征意义的举动,迅速拨动了国内外舆论的敏感神经。日本《朝日新闻》据此发表整版评论,认为中国企业将全面推行股份制,中国经济终将走向市场化。然而,《朝日新闻》还是对具有中国特色的坚硬的意识形态过于乐观了。

直到 6 年后,我们才真正看到了实质性拐点。1992 年春,邓小平在视察南方谈话时说:"证券、股市,这些东西究竟好不好,有没有危险,是不是资本主义独有的东西,社会主义能不能用? 允许看,但要坚决地试。"[2]

同年 10 月,国务院证券管理委员会和中国证券监督管理委员会成立,中

---

[1]《新中国第一股的诞生》,人民网 2008 年 9 月 9 日。
[2]《邓小平文选》第三卷,人民出版社 1993 年版,第 373 页。

国资本市场全面启动。但即便如此，内部红头文件的边界依然极为明确，"企业上市、发行股票原则上只对效益好的国有大中型企业倾斜"。

在非国有的乡镇企业工业总产值早已居全省"三分天下有其二"的浙江，禁忌就没有那么多了。1991年，万向集团争取到了浙江省9个预备上市名额中的1个。

浙江省领导对万向上市十分支持，然而，第一次上报材料被退回，第二次也被退回。通过主管乡镇企业的农业部上报还是被退回。

鲁冠球在接受《中国企业家》杂志记者访谈时曾经回忆，当时上市归中国人民银行管："一位副行长在他的办公室里对我说，你是乡镇企业，国家搞股份制是为了支持国营企业。他的权力大，这样一句话，我们上市的事又搁下了。"

情急之下，1992年6月，鲁冠球提笔给国务院主要领导写了一封信。对一向爽朗谦和的鲁冠球来说，这封信大概是措辞最为激烈的一次：

> 我们正着手进行企业股份制试点，争取发行股票。最后均因为我们是乡镇企业，得到了这样的答复：股票上市，乡镇企业不在其列。
>
> 这十几年来，乡镇企业所做出的成绩有目共睹，起到了国营大中型企业难以起到的作用。相关部门为什么不"引流入海"，而要人为地"筑堤拦坝"呢？
>
> 事实上，改革是全民族的大事，解放思想、真抓实干，既包括国营大中型企业，也包括乡镇企业，以及其他经济成分在内。我想，既然党中央的大方向已经确定，我们的有些主管部门领导就不要再沉湎于讨论"白猫黑猫"的颜色问题上，重要的是看猫的爪子是否锋利，看猫能否逮住老鼠。说白了，也就是企业能不能发展生产力。
>
> 十几年来，乡镇企业成功发展的历史证明，我们能发展生产力。我们是这样走过来的，今后还将这样走下去。

这封信随同农业部的报告一并转呈中南海。国务院领导做了圈阅和明确指示，要求有关部门研究、提出新的实施意见。

不久，新的政策出台了：上市转归中国证监会主管，基调也变成以国有企业为主，其他所有制企业为辅。万向上市终于云开雾散。

时任万向集团总经理助理的管大源负责整理上市的申报材料。他清楚地记得，当年仅有的几家证券公司在这方面也缺乏经验，更没有此类中介服务机构，只能自己摸索着干。生产万向节养成的一丝不苟的认真劲儿派上了用场，申报材料从最初的几十页，扩充到几百页，最后递上去的时候一共有6册，70多万字。他们还首创了活页装订，并针对不同的内容制作了标签，方便审阅。证监会对此极为赞赏，他们把万向钱潮的材料格式作为蓝本，要求各家申报企业参照执行。

中国第一家获准上市的乡镇企业的桂冠，落至万向。

几乎与规范化股份制改革同步，1988年11月始，万向节厂连续推进了对宁围乡范围内多家乡村企业的兼并动作。企业兼并与企业产权明晰唇齿相依。首先，企业兼并作为一种产权交易活动，其前提必须存在明确的产权关系。因为只有解决了产权归属，企业才会产生兼并的动机；也只有存在明确的交易边界，产权交易才有可能进行。其次，企业为扩大规模、获取更高利润而产生的兼并动机和兼并行为，又为明确产权关系注入了强劲的推动力。

鲁冠球曾经在当年撰写的《论实践中的兼并》一文中，将万向节厂的兼并方式大致分为三类：

入股式。即被兼并方的所有者将企业的资产净值折成股金投入万向节厂，而万向节厂不再承担其原有债务。在被兼并企业债权债务关系清晰、资产评估准确的情况下，这类兼并方式易于操作。先后有原属宁牧村的"杭万四分厂"、原属宁安村的"杭万一分厂"、原属宁围乡的"棉花加工厂"，以"入股式"兼并成为万向节厂的轴承厂、滚针厂、罗拉轴承厂。

购买式。即由万向节厂出资购买被兼并企业的资产,并同时承担其原有的债权、债务。这类被兼并企业往往有较多债务,但仍少于其总资产。

承担债务式。即被兼并企业已出现资不抵债,而万向节厂以承担被兼并企业债务为条件接收其全部资产。

1988年后两年间,万向节厂通过上述三种方式共兼并企业5家,仅付出了承担100万元债务与少量现金的代价,就获得了约50亩土地、1万多平方米厂房及大量设备,企业规模在很短的时期内得到了有效扩张。截至1989年,万向节厂已拥有核心层全资企业12家,资产总量逾亿元;半紧密层参股、持股企业30余家;保持稳定协作关系的松散层外围企业40多家,实现年利税达1500万元。同时,"钱潮"牌万向节产品获得了国家银质奖,1990年8月,又被评定为全国乡镇企业中唯一的国家一级企业。万向的企业组织结构已经走到了质变的拐点。

万向集团公司召开第一届第一次董事局会议

1990年10月,经浙江省人民政府批准,以杭州万向节总厂为核心组建的全省乡镇企业第一家省级计划单列的浙江万向机电集团公司正式成立。1993年3月,公司更名为无行政区域限制的万向集团公司。

企业集团的成立和更名升级背后,并不仅仅意味着企业规模的扩大,与之伴随的同样是产权关系的二次明晰。1993年年末,鲁冠球开始着手在摸清家底、资产详尽评估的基础上,将所属各家全资企业改组为产权明确的有限责任公司或股份有限公司,成为自主经营、自负盈亏、自我发展的独立法人。由此,集团与所属企业及所属企业彼此之间不再是单纯的生产指挥和生产协作关系，而是以资产为纽带的独立法人的组合体。鲁冠球还借"万向潮 A"股票上市之机，推动集团所属关联企业相互资本参股，形成彼此监督、风险共担的股份链。如果说 1989 年规范化股份制改造"花钱买不管"的主要着眼点在于明晰外部产权边界的话，那么集团化重组便是一次内部产权的彻底明晰。

　　企业集团的组建给万向带来的另一个意外惊喜是，省级计划单列意味着其行政管理上挂省乡镇企业局，行业管理归口省机械厅，突破了原本乡、区、县、市极其烦琐的计划体制束缚，成长空间陡然宽阔。

　　今天，"上市"是一个让太多人血脉偾张的词。在有的人眼中，上市几乎与成功圈钱画上了等号，同时，在某种意义上，上市也意味着企业发展企图心、进取心的终结。而对当年的鲁冠球和他的万向而言，从股份合作制试水、规范化股份制改造，到企业集团内部产权的梳理乃至对全社会开放融资的上市，这就像一次次坚实的下蹲，下蹲无疑是为了更好的起跳，为了新的出发。

一个人的行为就是一个人的影子,无论你走到哪里它都会跟着你,只是你自己往往看不到,而你身后的人却看得清清楚楚。所以人最大的敌人是自己,最难战胜的也是自己。

——鲁冠球

禹作敏背影

1992年9月,万向集团派出了一个颇有分量的三人考察小组,他们一路北行的目的地是:大邱庄。考察的意图十分明确:一是解开大邱庄经济高速发展之谜;二是解读大邱庄企业在具体运转中究竟有哪些经验值得万向集团借鉴。

这已经是万向的第二次北上取经。两年前的1990年1月,公司中层干部就曾经赴大邱庄进行了为期4天的考察学习。

此时的大邱庄早已名闻遐迩，被赞誉为"天下第一庄"。

大邱庄位于天津市西南30公里的静海县，曾经是一个穷困潦倒的移民村。因村民中邱氏居多而命名邱家庄，后改名大邱庄。改革开放后，火箭般蹿红的大邱庄神话，与神话级的人物——大邱庄大队党支部书记禹作敏息息相关。禹作敏崇拜大寨，将陈永贵视作学习的榜样，但这个外貌乃至灵魂都浸润了百分百中国旧式农民神韵的北方庄稼汉，却并没有走大寨的传统农业发展之路。1977年，禹作敏凑了10万元办起了第一家带钢厂，此后便"以钢为纲"不断裂变、扩张，迅速形成了包括津美、万全、津海和尧舜四大集团在内的庞大的钢铁托拉斯。这个当年的中国首富村甚至令前来采访的《纽约时报》记者惊叹不已："大邱庄有4400人，却有16辆奔驰轿车和100多辆进口的豪华小轿车，1990年人均收入3400美元，是全国人均收入的10倍。1992年，大邱庄的工业产值据称达到了40亿元人民币。"

作为农民致富的带头人和乡村集体经济壮大的创造者，禹作敏荣誉等身：全国乡镇企业优秀企业家、中国十大新闻人物、第七届全国政协委员……1989年2月，他以"全国十佳农民企业家"的身份获邀出席央视春晚，其形象甚至出现在了关牧村演唱的向劳动者致敬的歌曲《你我他》中。禹作敏俨然已成为"中国第一农民企业家""中国8亿农民的代表"。

万向集团的三人考察组9月21日至28日在大邱庄悉心调研了整整8天，受到了大邱庄方面的礼遇接待，百忙之中的禹作敏抽出三个小时分两次亲自约见，"谈了不少真心话，提供了不少有益的经验"。

通过走访工厂、查阅资料、座谈交流等形式，考察组全面详尽地了解了大邱庄的基本格局、组织架构、分配方式、产业分布等。在此后形成的一份长达78页的考察报告中，考察组对大邱庄的高速发展深感震惊——

1991年，大邱庄的工农业总产值达18亿元，上交税金3538万元，公共积累4.8亿元，分别比1978年增长1300倍、350倍和300倍。当年人均收入2.6万元,每户平均存款超过10万元。

大邱庄拥有工厂260家,其中中外合资企业35家,招聘教授、高级工程师等专家1200多名。成立了工业、农业、教育科研所,正在筹建农民研究院。

1992年要确保实现工农业总产值40亿元(力争50亿元);1993年确保80亿元(力争100亿元);2000年总产值目标500亿元。10年之内,现代化水平赶上发达国家。

与此对照,考察报告的判断是,目前万向集团的产值利润仅为大邱庄的不到1/20,而且差距还将拉大。"我们在考察的短短几天中,越来越感到有一种无形的压力,责任感、紧迫感、使命感交加。"

来自大邱庄的这种无形的压力,鲁冠球感同身受:万向名气这么大,相比之下企业还这么小,怎么可能不着急? 问题是,如何才能"一步登天"把规模做上去,将现在刚刚过亿的年产值迅速放大至十亿甚至几十个亿? 鲁冠球首先想到的是办钢厂和电厂。1992年,大邱庄调研归来,万向集团很快落实了办钢厂的土地征用手续,并谈妥了银行贷款。

但初始头脑发热的鲁冠球最终冷静了下来,放弃了大干快上的"宏伟蓝图"。他发现,搞钢厂、电厂轰轰烈烈,然而建设周期长、不确定因素很多,属于大量沉淀资金的粗放扩张,更为关键的是,这肯定不是万向的优势。单一做万向节的确空间有限,如果心无旁骛沿着既定方向走下去,并延展到汽车零部件乃至汽车整车生产,那将是"别有洞天"!

企业之间要比的不是短时间发展得有多快,而是能活多久和走多远。几经沉浮进退,鲁冠球想明白了一个道理:假话不可讲,形式不可搞,时髦不可赶。这成为了此后数十年万向投资决策铁的法则。

此次考察带给万向的另一个重要启发是如何合理构建企业集团的组织体系以及责权利统一的分配机制。这恰是1992年前后正处在从"工厂式"向"资产式"管理转型前夜的万向集团面临的重大命题。三人小组的考察报告认为,大邱庄的企业集团运行有三方面显著特征值得学习借鉴:

万向集团三人考察小组关于大邱庄的考察报告

一是作为大邱庄"一把手"的禹作敏只抓总公司、二级集团公司等关键机构的13个主要负责人，由这13个人再去抓所分管的下属单位。禹作敏本人运筹帷幄，只出思想、出精神，把握大方针、大政策，具体事务的权力全部下放。

二是这一"放权"原则同样充分体现于企业集团的各个层面。大邱庄企业集团总公司、二级集团公司及其所属各专业厂，均成立了自主经营、自负盈亏的二级法人机构，彼此不再是自上而下行政依附的生产指挥关系，而是以资产监管为纽带的独立主体。上一级只负责任命下级机构的正职，其余全权由正职自行组阁，并拥有5000万元以下的投资决策权。

三是逐级承包、利益驱动、上不封顶下不保底的分配制度。敢于拉开分配档次，坚决鼓励冒尖，从而形成了"发展速度你追我赶，企业效益'唯利是图'，经营形式灵活多变，个人所得名利双收，集体财富核子裂变"的良性循环。

成功者背后的共性规律总是有迹可循。在20世纪90年代初期万向企业集团组织制度不断尝试摸索的努力中，"大邱庄经验"的身影若隐若现。

1930年出生的禹作敏比鲁冠球年长14岁。共同的时代符号令两人的人生曲线相向而行：都崛起于乡野，都是名震天下的农民企业家，在改革开放的第一个10年，甚至有"北禹南鲁"的赞誉。1990年1月，中国乡镇企业协会在北京成立，时任农业部部长何康领衔会长，两名副会长正是"北禹南鲁"。吴晓波在《激荡三十年》中透露，禹作敏和鲁冠球"一向交情不浅"，每年江南龙井新茶上市，鲁冠球都会让人捎上几包给"禹大哥"，而后者更是大方地送给鲁冠球一辆天津牌照的日本原产尼桑轿车。

与爽朗谦和的鲁冠球完全不同，禹作敏的个性就像他那张沟壑纵横、线条如刀削一般的脸庞，彪悍豪放得近乎肆无忌惮。

新华社知名记者王志纲1992年在前往大邱庄采访时曾经问禹作敏："中国农村有两个影响力巨大的重要人物都是村党支部书记，一个是陈永贵，另外一个就是你了。你怎么看待你们两个人？如果你从政能当到什么职位？"

"当个国务院副总理没有问题。"

"理由是什么？"王志纲追问。

"陈永贵就是个高粱花子都能当副总理，我搞工业、制造业比他复杂得多，我还当不上副总理吗？"禹作敏手里捏着燃了大半截烟灰的香烟，语气激动起来。

禹作敏还告诉王志纲一件事。前些日子，大寨的大妹子郭凤莲——时任大寨村党支部书记——来过，说要学大邱庄搞工业。"没有起步资金，跟我叫穷。我说，大妹子这100万元你拿走。她说要打借条，我说不用还了，农民帮农民不用还。"

采访结束后，王志纲将大邱庄见闻写成了近万字的长稿《中国首富村揭秘》，刊发于《南方周末》。在此文中，王志纲给禹作敏的定位是"大邱庄庄主"，文章的结尾有这么一段话："夕阳西下，当我走出大邱庄的大门，门前是一条湍急的河流，河水中漂浮着一种铁锈色高度污染的物质。这个时候农民政治家禹作敏的身影在我的眼前一直挥之不去，这片土地上为什么总是产生土皇帝呢？"

文章引发了广泛关注，上百家报纸杂志转载。这年正是大邱庄大红大紫的时候，中央电视台在黄金时段对超级典型禹作敏做了长达半个月的连续报道。自己居然被描述为"庄主"和"土皇帝"，禹作敏不干了，大发雷霆，声称要"收拾记者"！

预料之外亦意料之中的是，文章刊发几个月后，"土皇帝"禹作敏出事了。1992年底，为了对下属公司的所谓经济贪腐问题进行审查，大邱庄私设"公堂"非法审讯，最终一人被殴打致死。在禹作敏的直接指使下，大邱庄公开对抗天津市司法机关的调查，甚至将天津市公安局6名刑侦干警非法拘留13个小时，并发动上万村民、工人手持棍棒和钢管，与全副武装的400名武警全面对峙。

事态的急剧恶化令南方的鲁冠球为之焦虑与关切。他给禹作敏寄去了一封信："目前社会各界对您及大邱庄颇为关注。大家普遍认为，事已至此，以妥协平息解决为上策。……我认为只有发展生产、增强经济实力才是基础。希望你心胸开阔，保重身体是本也。"

但霸道轻狂惯了的禹作敏并不愿意"妥协平息"。1993年2月，大邱庄以村党委的名义向外散发的一份材料《天津市出动千余名武装警察包围大邱庄的事情经过》，煞有介事地宣称："大批武警已经开到大邱庄周围（据目击者说有1700多人），一些群众看到装备着火炮、警犬、催泪弹和长短武器。"这份材料还将依法搜捕行凶犯罪者描绘成"绝非为了缉拿几个嫌疑犯，而是冲着全国第一村——大邱庄来的，冲着改革事业来的"，因而要"向全国人民讨一个公道"。

无法无天的开始由此走到了依法处置的终点。4月，禹作敏被逮捕。8月，在天津市中级人民法院做出一审判决前，禹作敏做最后陈述："经过几个月的深思，经过两天来的法庭审理，我越来越认识到自己所犯罪行的严重，我愿意接受法律的惩处。"向来自信永远正确的他终于发现自己已铸成后悔莫及的大错："大邱庄发展起来了，我的脑袋膨胀了，忘掉了法律，忘掉了精神文明。一直到被逮捕时，我还是糊里糊涂的，我没有认识到自己的所作所为是严重的犯罪。"

禹作敏以窝藏罪、妨害公务罪、行贿罪、非法拘禁罪、非法管制罪5项罪名,被判处有期徒刑20年,剥夺政治权利2年。随后,被押送至天津市第一监狱服刑。

1999年10月3日凌晨,在天津市天河医院保外就医的禹作敏去世。死因众说纷纭,被普遍取信的说法是"因患有神经衰弱,长期较大剂量服用安眠药导致心脏病突发"。两天后,其遗体在天津火化。

禹作敏事件引发了巨大的震荡。作为被誉为"第一农民企业家"的改革先锋人物,又发生在1992年邓小平视察南方谈话后新一轮改革的大时代当口,事件是否如大邱庄的公开材料所言是"冲着改革事业来的"? 从已经详尽披露的大量事实来看,这一事件自始至终并没有什么深不可测的政治背景,亦无关于改革,其本质上就是一起不知法而严重违法的悲剧。

在1993年8月23日天津市中级人民法院对禹作敏进行公开审理的同一天,新华社播发了题为《国法不容——禹作敏犯罪事实》的长篇通讯。判决次日,《人民日报》刊发的社论《前车之鉴》更是一针见血地点明了禹作敏事件的根本:"全国人民一定要从这一事件中吸取教训,加强精神文明建设和思想政治工作,提高人民的文化道德素养和法律意识。决不允许在党内和人民政权内出现谁也管不了的'土围子'和'土皇帝'。"

1993年10月,沉默良久的鲁冠球在读到一篇剖析禹作敏悲剧的报道文章《"乡镇明星"陨落启示录》后,提笔给全体高管写下了长长的批语:"一个人在一生中要做一番有益于人民、有益于社会的事业很难。人们认识你之时,正是你发挥才能之日。要珍惜它,爱护它,千万不要认为世人皆醉我独醒,置法律于度外。天网恢恢疏而不漏,望大家慎之又慎。要站得高看得远,我们来地球不为索取,到世上要多作贡献!"

此后两年,鲁冠球写下过多篇反思禹作敏事件及其背后深厚历史根源的文章。他认为,中国农村经济改革和乡镇企业的发展,可以说是一种"能人经济"的成功。一大批"农村能人"崛起于乡土,仅仅十几年,就带领农民创下了中国经济的半壁江山,积累了数千亿的社会财富。但与此同时,其中一些人往往只是短暂风骚,就在大潮起落间迅速夭折。"能人易夭"现象的出现,真正的病根子必须从农村能人自身去寻找。随着改革的深入,传统的小农意识正渐渐从一些农村能人的身上暴露出来——

一是奢侈享受的思想。一朝富裕发达,就开始忘乎所以,自我满足。甚至竞富斗贵,一掷千金,生活腐化。创业时的那种改革激情消失了,人生信念理想偏离了正确的轨道。

二是怨天尤人的思想。上怨政府不照顾,下怨职工不努力,有什么问题总是从别人身上找原因,看不到自己的缺点和不足,稍遇挫折就消极悲观。

三是沾亲带故的思想。乡镇企业大多是从手工作坊起步并逐渐扩张而来的,往往是老婆孩子、亲戚朋友一起上的家族式管理模式,最终必然会跟不上社会化大生产的需求。

四是自私自利的思想。企业发展了,自己的收入却不多,心理不平衡。于是,就贪污公款搞回扣,自己的豪华别墅建起来了,企业却垮下去了。

五是居功自傲的思想。总认为自己过去功劳很大,常念叨自己曾经的成功,迷信经验,不接受新知识,拒绝科学,拒绝进步。

在一篇题为《乡镇企业家急需提高自身素质》的文章中,鲁冠球清醒地分析说,乡镇企业征途坎坷,已经和正在跨越观念障碍及技术障碍,目前面临的是乡镇企业家自身素质的第三道障碍。这是一道更难跨越的障碍。"这道障碍的病因是部分农村能人没有充分认识到自己肩负的历史使命,仅仅陶醉于眼前的成功光环里,这样的马失前蹄是非常令人痛惜的。而这一障碍的真正根源,其实是传统的小农意识与现代精神的冲突。显然,我们今天需要一次彻底的决裂。"

"彻底的决裂"并不是抛弃过去,而是抛弃"杂质",做面向未来的新人。

由禹作敏事件引发的对乡镇企业家自身素质的深刻反思,可以视为鲁冠球改造农民理念的继续。这一改造农民的命题不仅是对其他农民兄弟的改造,更是鲁冠球自我的改造。而且,这一改造只有继续,永不终结。在鲁冠球此后漫长的创业历程中我们可以清晰地发现,鲁冠球和他的万向集团的每一点滴成功,其本质都源于鲁冠球和他的农民兄弟的不断自我改造与自我进化。

既往40多年中国改革及现代化进程,始终有三道绕不过去的决定成败的命门:我们是否会遗忘农民,进而使之沦为沉默的大多数? 我们在帮助农民物质富裕的同时,是否会关心其精神世界的进步和丰美? 我们是否已经想明白,中国现代化的终极目标一定不是财富增长方式的现代化,而是包括亿万农民在内的人的现代化?

无疑,鲁冠球的一生都在翻越这三道命门,并成为最坚定执着的践行者。

二次国际化

对万向集团来说,"万向潮 A"股票在深圳证券交易所上市的1994年,另外一件必须记录在案的大事,就是万向美国公司的注册成立。与1984年万向节第一次出口美国相比,10年后位于芝加哥市西北约60公里处的埃尔金,90号高速公路旁的这家公司的降生,被普遍认为是万向集团第二次国际化的开始。

早在1992年,鲁冠球就着手筹划创建美国公司。那时候,要到国外办公司,而且还是一家乡镇企业,近乎天方夜谭。一次次地上报,终于,浙江方面批准了,但注册资金最多20万美元,只有经贸部才有批100万美元的权限。鲁冠球耐心等待,两年后,等到了经贸部的批文。

二次国际化,是心存高远的鲁冠球要下的很大的一盘棋,必须有具备国际化思维又靠得住的操盘手。他挑选了倪频。

倪频是鲁冠球的女婿，1988年时，他还在浙江大学读工商管理研究生。中共杭州市委原书记厉德馨回忆，倪频和自己的小儿子当年是同学，经常来家里玩。因为人特别聪明，同学们给他起了个绰号叫"一休"，这个绰号源于20世纪90年代在中国风靡一时的日本动画片《聪明的一休》。1989年，获得硕士学位的倪频被分配到了浙江省社科院。有一天，他告诉厉德馨，社科院打算把他下派到万向节厂去锻炼。他问："万向节厂好不好？值不值得去？"厉德馨连声说："当然值得去！你在那里可以学到很多东西。"

倪频的聪明和才能很快得到了鲁冠球的赏识。鲁冠球不止一次地说过："我的智慧不如他。"不久之后，倪频和鲁冠球的三女儿结婚。他在接受《英才》杂志采访时，这样评价自己的岳父："他（鲁冠球）是属于谋略型的。我见过的人不算少，但像他这样有智慧和胆略的人还没见过。"

1992年，倪频前往美国攻读博士，妻子随行。1994年，再有半年时间，通过论文答辩就可以获得学位了。一天晚上，他接到了鲁冠球的越洋电话，岳父想劝他尽快接手创建万向美国公司。倪频向《中国企业家》杂志记者马吉英回忆了那一晚岳父和他说的话："你读博士是为什么？读博士就是为了增加才能、增加知识嘛。现在让你去创办公司做事业，跟读博士是一样的嘛！有什么两样？对吧？一种是理论，一种是实践嘛。"

倪频同意了。1994年7月，万向美国公司正式成立。

在异国他乡的起步跌跌撞撞。当年，公司的开办费不足2万美元，为了省钱，倪频是总经理和推销员一肩挑，妻子兼任勤杂工。他出差只住专为卡车司机服务的每晚19美元的小旅馆，房间里弥漫着烟草与汽油混合的难闻气味。由于没有人脉积累，最初的推销是盲目的，倪频向温州人学习，下笨功夫将潜在客户的名单都打印出来，然后忐忑不安地一个个打电话过去。他给自己定了蛮实用的操作守则——每次花30秒时间用3句话打动客户，否则，就继续寻找下一个客户。

很长时期,倪频都保持着这样一种工作状态。他没有司机,也没有秘书,有一次开车出去办事已经到了午饭时间,他从包里掏出6张饼:"这是我太太烙的。"把其中3张饼分给同事后,剩下的3张,倪频边开车边吃完。

创建于芝加哥的万向美国公司

艰难但顽强的打拼,换来的是属于万向美国公司的漂亮成绩单:1994年公司创立,1995年即实现销售额360万美元,1996年飙升至1100万美元,1997年突破2000万美元,1998年达3500万美元。也就在1998年,万向美国公司从单一的海外产品销售迈出了海外企业并购的第一步。

以万向美国公司为标志,企业"走出去"是鲁冠球勾画的很大的梦想。他认为,产品出口只是把优质的"苹果"卖到了国外。那么,为什么不能直接到国外去"种苹果树"呢?

对中国和中国企业来说,"走出去"的梦想酝酿已久。

1979年8月,国务院颁布了15项经济改革措施,其中第13项明确规定:允许出国办企业。这是新中国成立以后中央文件中第一次为"对外直接投资"开出的"准生证"。当年11月,北京友谊商业服务公司与日本东京丸一商事株式会社合资,在东京开办京和股份有限公司,中国第一家海外合资经营企业降生。

1997年亚洲金融危机爆发后,外经贸部、国家经贸委、财政部及时出台《关于鼓励企业开展境外带料加工装配业务的意见》,为中国企业以境外加工贸易方式"走出去"添柴加薪。

2000年3月九届全国人大三次会议期间,"走出去"战略正式提出。几个月后,党的十五届五中全会最终确立"走出去"战略,并将其与西部大开发战略、城镇化战略、人才战略列为振兴发展的四大新战略。

2007年10月,党的十七大报告关于"引进来"和"走出去"的论述,标志着中国双向开放向纵深推进。2010年3月,时任国务院总理温家宝在十一届全国人大三次会议政府工作报告中强调:要落实企业境外投资自主权,加快实施"走出去"战略,鼓励符合国际市场需求的行业有序向境外转移产能,支持有条件的企业开展海外并购。

浙江人对"外面的世界"一直心存向往。

有据可考的浙商海外创业史,最早可追溯到北宋咸平元年(998),温州人周仁远赴高丽(今朝鲜半岛)经商并定居。

浙江第一波大规模海外移民经商潮出现于清末,大多是来自浙南温州、丽水的底层民众,聚居在欧洲地中海沿岸的意大利、法国、西班牙等地,依靠经营餐馆、贩卖小商品谋生。改革开放后,浙江出现第二波海外移民经商潮。但囿于各方面障碍,具有强烈行商冲动的浙商仍主要奔走于国内市场,甚至将灰色地带的边境贸易倒腾得风生水起。

浙商起初是游走全国,然而这个野心很大的群体的目标无疑是游走全球。1978年之后的前20年,作为开放先锋的浙商仍是以产品出口为主要形态的"世界之旅1.0版"。始于21世纪初,浙商群体性地开启了把企业、工厂办到海外去的"世界之旅2.0版"。21世纪第一个10年的后半期,则开始走到海外并购的"世界之旅3.0版"。

正如率先实行企业承包、率先产权变革、率先出口美国市场,鲁冠球和他的万向集团"走出去"乃至海外并购的步履,再次领跑了浙商与中国企业大抵10年时光。对领跑者而言,风险更大,收获也更大。

在杭州萧山宁围，鲁冠球密切关注着一万多公里外大洋彼岸的万向美国公司。那一边，可以触摸到世界的风向。他也深切地知道："我们在家里怎么都好办，可他们在美国打拼不容易。"

倪频告诉《中国企业家》杂志记者，自己第一次回国向岳父汇报工作时有点紧张，准备了不少材料。结果刚说了没几句，鲁冠球就摆了摆手："你弄这些干什么？把活干好就行了。"

在芝加哥，与鲁冠球通电话已经成了倪频的习惯。只要不出差，美国时间傍晚6点左右——北京时间的第二天早晨7点、鲁冠球刚刚跨进办公室，倪频都会跟鲁冠球打电话，交流报告美国公司的最新情况。倪频觉得，向鲁冠球汇报工作没啥障碍，虽然远隔万里，但很多时候，鲁冠球对问题总能一眼看穿。

而鲁冠球不喜欢把这种交流叫作"汇报工作"，他哈哈一笑："只是商讨商讨，我给他们撑撑胆。"

鲁冠球对万向美国公司的密切关注，并不只是销售、投资与利润的财务数据，更重要的是企业发展的逻辑和方向。在万向美国公司此后20多年的拓展路径背后，可以日渐清晰地感受到鲁冠球给出的万向海外企业三大生存法则：

一是摒弃小农式的画地为牢，坚持基于开放融合的企业本地化。在早期，鲁冠球就明确了万向美国公司的基本定位："在洋人的地方，用洋人的资源，做洋人的老板，赚洋人的钞票。"万向美国公司创建10年时，有近30家下属分公司，员工总数已近1000名，但国内外派的只有6人。万向美国公司的门前飘扬着五星红旗，但却是100%的美国公司。为了无障碍地融入当地，公司很少新建独资企业，更多采取的是本地收购的策略。而且收购时往往会连同这家公司的原任高管一起请进来并成为持股人，尊重其独立经营决策，总部仅仅承担财务监管人的角色。

二是摒弃小农式的狡黠与自以为是的小聪明，坚持基于契约和规则的诚信。万向美国公司十分注重借用美国本土银行、会计师事务所、律师事务所的资源,监督公司自身的合规经营,严格按国际惯例办事。1998年,公司还通过了由美国通用等三大汽车巨头供方质量要求特别工作组编制的、代表美国汽车产业最高质量体系标准的QS9000认证。由于公司在合规诚信以及业绩上的优异表现,美国花旗银行、美林公司等金融机构成为其长期合作伙伴,并多次提高其授信额度。万向美国公司在当地获得的资金超过母公司投资额的5倍以上,这在美国中资企业中绝无仅有。

三是摒弃小农式你死我活的狭隘自私,坚持基于共存共荣理念的利益分享。万向美国公司成立两个月后的1994年9月,鲁冠球在《现代企业呼唤现代工作方法》一文中写道:"现在人人都讲市场等于战场,事实上市场和战场有着明显的不同。因为战场之争是你死我活,而现代企业制度下的市场之争,如果像对付战场一样去对付市场,把周围的企业都打败了,他们没法生存,那么就不可能形成市场。没有了市场,企业的利益又从何而来? 所以,我们要让周围的企业胜利、获益,从而自己也成为胜利的一部分。""我赚钱也要让别人赚钱",是鲁冠球一贯的企业哲学,在海外市场尤其如此。倪频回忆,初到美国,鲁冠球就反复告诫他,不要让万向被指责为那种只从当地攫取利益而不做贡献的公司。此后的多起并购案中,公司对被收购企业的美国员工很少裁员,也很少将被收购企业加价后转手卖掉赚取差价,而是耐心地与之共同成长。1998年1月,公司甚至买下了美国密歇根州通用汽车公司附近一个18洞国际标准高尔夫球场。这个名叫"草原河"的高尔夫球场占地130英亩,总资产约220万美元。鲁冠球批准倪频提出的这一收购案的理由很简单明了:在美国树立全新的投资者形象,万向不会赚点小钱就走,而是要成为一家扎根美国的公司。

企业"走出去"的二次国际化,为万向集团的扩张打开了新世界。在这一进程中,始终以自省、自律而与旧传统决裂的鲁冠球,在真正的更为宽阔的国际化维度上,一步步地实现了自我的观念涅槃,并与小农意识彻底告别。

1997年8月，在万向美国公司的努力下，万向被正式列入美国通用汽车公司配套零部件产品供应商的名单，这是中国企业的第一次。此前，中国企业能够进入通用装配线的产品，仅有随车使用的帆布手套。

但是，为万向"二次国际化"画下阶段性完美句号，最值得载入万向美国公司史册的高光时刻，无疑是2000年对舍勒公司的收购。

本书第七章已经详尽描述，美国舍勒公司是万向国际化第一个真正的合作伙伴，将之称作万向走向世界的"入门师傅"恰如其分。这家位于俄亥俄州的美国汽车零配件行业排名前三的巨头创建于1923年，拥有全球最多的万向节专利。自1984年与万向签下第一份出口合同后，舍勒与万向一直保持着每年百万美元级的交易额。

1994年，由于市场竞争日趋激烈，以及自身决策重大失误等原因，舍勒公司经营业绩开始急剧下滑。公司的主人舍勒兄弟向中国的老朋友透露了愿意卖掉公司的口风。1995年1月，受鲁冠球委派，倪频冒着漫天飞雪赶赴舍勒公司总部。拉锯式谈判一周后，舍勒兄弟给出了公司出售的报价：1936万美元。倪频的判断是，贵了。

1998年，舍勒公司出现严重亏损，留给舍勒兄弟的时间与谈判空间已经不多了。此时，另一家美国公司LSB也表达了收购意愿，但其并不需要舍勒公司的品牌、专利等无形资产。倪频向LSB提出了一个各取所需的联合收购方

倪频（左）带领万向美国公司成长为美国中西部最大的中资企业

案,并最终达成一致:LSB接收舍勒公司的工人、土地、厂房;而舍勒公司的品牌、专利及市场销售网络则归万向所有。万向为此支付的全部费用是:42万美元。

周荣新在《万向重心》一书中记录了舍勒最后时光的这样一些细节。2000年4月,舍勒公司副总裁杰克应邀访问萧山万向总部签署并购协议。杰克曾经多次到访万向,他在此行的手提箱里,还带来了自己历次访问万向的照片,见证了这家中国公司的变迁和飞跃。再次告别时,鲁冠球交给杰克两辆国产的最高档运动自行车,转送即将回大学教书的舍勒兄弟。

不久,舍勒兄弟专门回信表达谢意。遥想起15年前自己握着中国最大的万向节生产商乡镇企业厂长鲁冠球的手曾经说过的话"我们两家一起干,占领世界市场",贝利·舍勒感慨万千:"鲁,你是真正的成功者!"

资本再造

在万向集团的大事记中,第一次出现鲁伟鼎的名字是1992年12月。彼时,万向集团的前身——浙江万向机电集团公司改革行政机构,新建公司管理委员会。在26名管委会委员中,鲁冠球居首,鲁伟鼎列末位。同时,公司第一次设立了董事长,董事长鲁冠球兼任了总经理。副总经理只有一名,正是鲁伟鼎。

鲁伟鼎是鲁冠球的第4个孩子,也是唯一的儿子。1971年3月,他出生于创立不久的宁围人民公社农机修理厂厂房边一间20多平方米的旧屋中。1992年,鲁伟鼎22岁。

作为家中幼子,年少的鲁伟鼎聪慧而顽皮。中学时,他喜欢上了开摩托车四处兜风。许多媒体都描述过这样一个细节:有一天,鲁冠球在一辆狂奔的大卡车后面看到了骑着摩托车上演"生死时速"的儿子,于是,便下狠心决定把高中还没有念完的鲁伟鼎送到新加坡读书。鲁冠球只对儿子说了一句话:"别给我丢脸。"

1994年,刚接任万向集团总裁的鲁伟鼎(左一)在主持会议

　　在新加坡学了半年企业管理后,鲁伟鼎回国,随即被安排到万向的多个部门轮岗锻炼。在1992年12月出任浙江万向机电集团副总经理之前,鲁伟鼎曾于同年7月先期任职总经理助理。1994年,24岁的鲁伟鼎从鲁冠球手中接任万向集团总裁,全面涉足产业运作。1999年,鲁伟鼎飞赴美国哈佛商学院攻读MBA。回国后,他担任万向集团CEO,成为与父亲鲁冠球默契互动的万向新一轮发展实质性的操盘者。

　　来自父亲的炫目光环,给鲁伟鼎带来了动力,但更多的则是巨大的压力。进入集团高管层不久,鲁伟鼎的个人名片及会议台签上,出现了一个微小的变化:"鲁伟鼎"换成了"伟鼎"。淡化鲁姓无疑得到了父亲的默许和支持,变化微小,传导的信号却十分明确——这无关家族传承,而是一位年轻的职业企业家的开始。

　　1992年鲁伟鼎甫一亮相,第一个大动作就是牵头推进以"大集团战略、小核算体系"为指针的从"工厂式"到"集团化"的组织架构重建,从而为万向数十年的开枝散叶奠定了科学且稳健的企业基座。

　　然后更令外界瞩目的是,立于父亲鲁冠球实业创新的宽厚肩膀之上,鲁伟鼎一步步地将万向集团的资本式运作经营拓展得风生水起。在他的主导下,1995年,万向集团参与设立浙江天地期货,并成为持股21.34%的第二大股东。同年,在深圳相继成立通联资本的前身深圳通联投资有限公司和深圳万向投资有限公司。此后,更是高歌猛进——

1996年,万向租赁成立,万向集团拿下第一张金融牌照,这也是国内首批从事融资租赁业务的公司之一。

1999年,通惠期货公司的前身万向期货成立,第二张金融牌照就此被万向收入囊中。

2000年,通联创投的前身万向创业投资股份有限公司成立。

进入新世纪后,2001年万向控股有限公司成立,此前成立的深圳通联、万向租赁、万向期货、通联创投等金融投资公司均被收编旗下,万向控股由此成为万向金融王国的主平台;同年,浙江省第一家财务公司万向财务成立,主要为集团下属企业提供金融服务。

2002年,万向进军保险业,参与筹建民生人寿,并在日后获得对其绝对控制权,中国保监会于2010年6月核准鲁伟鼎担任民生人寿董事长,他因此被称为"最年轻的险企董事长"。

2003年,万向投资2亿元,成为浙江省工商信托第二大股东,4年后增资成为第一大股东,并将其更名"万向信托";同年,万向通过收购浙江省工商信托股权的方式,间接掌控了浙江本土券商天和证券,但两年后天和证券发生违规理财事件,最终被财通证券并购,万向与证券牌照失之交臂。

2004年,万向参股浙商银行,实际持股比例10.34%,曲线获取了银行牌照。

2010年,万向参股浙商基金,至2014年增持浙商基金股权已达75%。

2011年,万向金融开始涉足海外,万向美国公司同年正式参股美国霍顿保险集团公司,并共同出资在芝加哥成立万向霍顿保险经纪公司,万向拥有51%的控股权。

2014年,万向与阿里巴巴联手共同发起成立了中国首批民营银行之一的网商银行,持股比例18%。

20年深耕,万向旗下的金融机构已扩展到20多家,取得了除券商外的银行、保险、基金、信托、期货、融资租赁等全部金融牌照,其金融板块布局还覆盖了小贷、保理、支付等各领域。

大抵起自20世纪90年代初,中国经济的先知先觉者开始将目光投向了资本市场。作为产权意识最早觉醒的中国企业家,鲁冠球的资本意识同样率先萌动。如果说1984年万向通过股份合作制鼓励职工向企业投资入股,1988年至1990年借力企业兼并盘活做大资产是一种朦胧尝试的话,那么进入90年代,万向在资本领域大规模的开疆拓土便是从自发走到了自觉。

1995年8月,在一篇题为《企业发展的必由之路:资本经营》的文章中,鲁冠球清晰地指出,伴随着中国经济体制经历计划经济—有计划的商品经济—社会主义市场经济的转变,中国企业的经营方式也经历了产品生产—商品经营—资本经营的转变过程。"应该说,从产品生产到商品经营是企业的第一次飞跃;从商品经营到资本经营,则是企业的第二次飞跃。这两次飞跃更重要的表现是思想和观念转变的飞跃,第二次飞跃的难度更大。"

万物萌发,泥沙俱下。整个90年代,草莽时代的中国资本市场令人嗅到的更多的是资本野蛮生长的血腥气息。赌徒式的冒险、极端的投机主义以及目空一切的信口开河,成了积淀其间的危险基因。所谓的"资本经营大师"牟其中由此横空出世。

1991年,这名四川商人突发奇想,用价值4亿元人民币的500多车皮罐头、皮衣等积压商品,成功换购了四架苏联制造的图-154飞机。牟其中和他的南德公司凭借这一笔"不可能的生意"一夜成名,牟氏神话急剧升温,一个又一个的"宏大计划"炫目登场:投资100亿元独家开发满洲里,建设"北方香港";准备在6至8个月内,研发生产出运算速度在10亿次至100亿次之间的电脑芯片;宣布出资31亿美元,给中国海军买一艘航空母舰,等等。其中最为惊人的项目,是1996年3月,牟其中提出将喜马拉雅山炸开一道宽50公里、深2000多米的口子,把印度洋的暖湿气流引入中国干旱的西北地区,使之成为降雨充沛的无垠良田。

牟其中有巨大的梦想，但对辛辛苦苦办工厂了无兴趣。他妄想症式地连连抛出惊人的项目，只是为了从政府和金融机构圈得资金，他坚信有了钱就能够生更多的钱。"于是他不断造势，不断许下诺言、夸下海口，以期吸引眼球得到支持，并弄来钞票。在他看来，自己若停下来，就只能是死路一条。"

无中生有的游戏终有落幕的一日。1999年2月，因涉嫌信用证诈骗罪，牟其中被逮捕。一年后，武汉市中级人民法院一审判处牟其中无期徒刑。

继牟其中之后最著名的"资本经营大师"，便是牟的四川万县同乡唐万新了。从新疆起家的唐万新与牟其中极为神似的是敢于放手豪赌，他曾有一句名言："但凡我们用生命去赌的，一定是最精彩的。"唐万新与牟其中的差异在于手段——牟其中喜欢宏大叙事但不碰企业，而唐万新极擅长把企业作为玩弄资本市场的筹码。1997年始，他通过购买法人股的方式，先后入主成为合金投资、湘火炬与新疆屯河三家上市公司并成为第一大股东，构建起其德隆系资本大戏的"三驾马车"。在2万多个账户、数百亿非法吸收资金滚雪球式自买自卖的护盘下，短短5年内，合金投资、湘火炬、新疆屯河股价分别涨幅达1500%、1100%、1100%。最疯狂的2003年年底，三只股票的流通市值分别暴涨了26.70倍、37.34倍、26.71倍。

资本助推唐万新和他的德隆系飞速膨胀，一度控制资产超过1200亿元，但没有实业经营坚实"地基"的金融帝国随时可能化为尘土。2004年4月13日，德隆系"三驾马车"股价突然雪崩般大跳水，仅仅一个多月市值就蒸发160亿元。唐万新逃亡缅甸，但最后的命运与牟其中相似：2004年年底在北京被逮捕；2006年4月29日，身为当年被称作新中国成立以来最大的金融证券案件的主角，唐万新被武汉市中级人民法院以非法吸收公众存款罪、操纵证券交易价格罪，判处有期徒刑8年。

鲁冠球一直密切关注着在资本市场翻云覆雨的唐万新。在一次与业内人士交流时,他谈及德隆现象。鲁冠球认为,实业需要大量投资,就像需要源源不断地输入血液一样,一旦供应不上,就必须由金融来支撑。而德隆主要是到二级市场去搞股票,把几家上市公司的股票炒高,再抵押出去贷款,这早晚会出大问题。"它还是超越了自己的实际承受能力想走捷径,结果一步走错,导致恶性循环。"

万向与德隆曾正面交手。

2000年,万向集团出资6000万元从当地大股东手中接盘黑龙江企业华冠科技23.75%的股权。两年后公司上市,德隆系强势杀入成为控股方,作为二股东的万向低调应对,隐忍不发。直到德隆崩塌,万向顺势把华冠科技收入囊中,并注入旗下优质农业资产,将之更名为"万向德农"。

稍加梳理可以发现,多年间,万向在入主上市公司的过程中有一条隐现的规律,就是总能保持足够的耐心,不急不躁,伺机而动,常常以二股东的身份蛰伏,却在关键时刻出手,反客为主。

对鲁冠球来说,无论是实业创新还是资本经营,时机与实力,永远是他的关键词。"我们的企业发展到今天,未来只有努力、努力、再努力。如果我们有半点投机的想法,存在一点侥幸的心理,我们就会前功尽弃,最后是死路一条。"

把握机遇而不投机、果敢大胆而不盲动、精准出击而不侥幸,贯穿了鲁冠球、鲁伟鼎父子资本经营的全过程。

德隆倾覆后,万向对湘火炬颇为心动,志在必得。但鲁冠球坚持并购底价,他认为对湘火炬的收购不能超越万向集团的承受能力,按照净资产和投资回报率计算,收购价格必须控制在8亿元内。结果,被潍柴动力投资有限公司抢得先手,其10.2亿元的报价比万向高出了2亿元。同样,万向花费3年之久谋划收购的上市公司襄阳轴承也是功亏一篑,最后顾雏军乘虚而入,襄阳轴承花落格林柯尔系。

围绕这一系列的投资案,鲁冠球父子之间的判断并非完全一致,甚至有过争议。作为实际操盘人，鲁伟鼎知道父亲的谨慎是高度理性的，自己必须在激进与稳重间找到最佳结合点："我的前辈告诉我，我也这样觉得，要量力而行，同时平衡心态，千万不要跟自己说不可能。"

有财经媒体统计，截至2017年，万向至少控股了万向钱潮、顺发恒业、承德露露、万向德农4家上市公司，投资了华谊兄弟、广汽集团等18家A股、港股上市公司，并通过直接、间接入股等方式布局了14家新三板挂牌公司。2001年，万向美国公司更是成功收购了美国上市公司UAI，成为中国乡镇企业收购海外上市公司的第一案。

鲁冠球曾经多次表示，要做一个真正有利于国家、有利于社会的优秀的资本经营家。但无论万向的资本征战走多远，他始终清醒地记得自己首先是一个实业经营家，资本经营必须服务于实业经营而不是相反。"如果只注重资本经营，不搞好商品经营，就很难把实业做大。实业不大，基础不雄厚，就很难扩大融资。只有商品经营与资本经营相结合才能够带来巨大的效益。"早在1995年8月的文章《企业发展的必由之路：资本经营》中，鲁冠球就得出了颇有预见性的结论："资本经营是一种经营方式的革命，它要求在现有产业迅速发展的同时从事资本经营，而绝不是玩金钱游戏，搞泡沫经济。"

鲁冠球的这一理念，被清晰地烙在了万向此后20多年的资本经营实践中。万向控股、参股及介入的几十家上市公司的主营业务，大多集中于汽车、新能源、农业等万向集团的三大实业集群领域，资本经营成了实业经营的"守门人"，而不是"野蛮人"。

有关鲁伟鼎的一则小故事颇为传奇。有一次他出差，飞机机舱的邻座恰巧是万向参股的一家金融机构的负责人。这位负责人和鲁伟鼎商量："万向在上海陆家嘴的万向大厦快建好了，也需要与其身份格局匹配的大牌机构入驻以聚集人气，不如免费给我们一层。"没想到，鲁伟鼎很爽快地答应了。

"不计较小利，颇有乃父风范，是做大事的人"，是财经圈对鲁伟鼎的普遍印象。而鲁冠球很多年前曾向媒体这样评价鲁伟鼎："伟鼎与我比起来,优点是冲劲足,缺点是还有点骄气。"

对自己唯一的儿子,鲁冠球寄予了无限的期望。在对待儿子的前程上,他完整地表现了一个中国农民式的传统心态。

作家王旭烽在为杭州电视台拍摄的电视专题片《8个农民20年》撰写的解说词中记录,从12岁开始,鲁冠球就培养儿子批阅文件了。专题片采访录制时,鲁冠球向王旭烽回忆,鲁伟鼎在新加坡学习半年回国后,就跟着自己一起上班,学习处理企业的各种事务:"他们来向我汇报工作情况。下一步该怎么做? 这个批文我就叫他(鲁伟鼎)先看,你看这个问题应该怎么处理。他看了以后不是写在这文件上头,而是旁边找张纸,他先处理,我再看他下一步会怎么做。有时候我先写好,先不给他看。他看了文件以后提个意见,写在旁边的纸上,再同我的比对。"

1994年,鲁伟鼎被任命为总裁,谁是万向集团接班人就成了反复被追问的敏感话题。对于事业继承,鲁冠球并未闪烁其词:"我考虑的首先不是家族不家族的问题,但是在能够胜任的同等条件下,我肯定要选儿子,选我最信得过的人,把道德风险降到最低。但如果他接不了担子,我选他,我就会倒霉。"鲁冠球说,让继任者把企业搞好,首先是对自己负责,对企业负责,其次是对社会负责。只对社会负责,不对自己负责,那是空话、假话。换个角度,你只对自己负责,不对别人负责,你迟早会下来。

除了企业和事业,鲁冠球考虑得更多的,是下一代会继承怎样的人格、价值观以及在利己与利他之间做出怎样的抉择。1997年1月22日,他给儿子手书了一段著名的批语:

伟鼎:

舍己为公,大公无私,公而忘私,是先进的。

先公后私,公私兼顾,是允许的。先私后公,私字当头,是要教育批评的。

　　假公济私，损公肥私，是要制止与打击的。

　　表面为公，暗中为私，是伪君子。是要防止的。千万不可重用也！

鲁冠球

　　两代人，二次飞跃。与旧传统的告别并不意味着结束，而是传承和超越，是新生命的开始。

　　在鲁伟鼎的办公室里，一直摆放着父亲鲁冠球的大幅照片："父辈们创造了过去，经历着现在，还将继续走下去。而我们这一代是踩着他们打下的基础沿着他们开辟的大道前进，理应走得更好、更远。"

三万英尺之上

第四部

1999年—2017年

第十章 造车者

我天天晚上做梦都在做汽车，我这一代造不了汽车，我儿子也要造。

——鲁冠球

梦想的力量

万向集团创业史上，曾经有过两次千万元级重奖员工。第一次是2009年10月，给予集团党委委员、董事局董事管大源1000万元特殊贡献奖，以表彰其为兰宝信息破产重组并使顺发恒业借壳兰宝信息上市所做出的重大贡献。第二次，则与汽车有关。

2017年1月22日，在万向集团2016年度总结表彰大会上，鲁伟鼎宣布了嘉奖时任万向研究院总经理陈军博士1900万元的决定，以表彰他"对万向事业的无比忠诚，在万向踏踏实实做事的一贯行为，为万向新能源汽车产业10

多年发展中所做的贡献和取得的成就"。

陈军最初是在万向集团博士后流动站工作的一名博士,2005年加入成立不久的万向电动汽车公司,参与了整个纯电动汽车的开发研制。采访过陈军的记者往往留下这样的印象:采访过程中,场面非常"沉闷",每个问题他都尽量简练回答,只有在介绍专业技术时才会稍微多说几句话。

此时,已重病在身的鲁冠球缺席了表彰大会,鲁伟鼎宣读了鲁冠球题为《坚持诚信,坚守责任》的书面讲话。在讲话中,鲁冠球罕见地对万向造车梦想做了完整阐述——

"万向做汽车零部件48年,锲而不舍,持之以恒,这是我们对汽车产业的自信,更是我们对企业诚信的坚持。我们天天在烧钱,坚持下来了。新能源客车、乘用车、凯莱车、卡玛车,国内国外接力奋斗,我们的初心、努力和效果达成完美一致。

"造整车,是我们对核心业务的再投资,更是我们对汽车责任的坚守。有零部件的积累,才有整车的突破;整车的突破,又是对零部件最强势的回归。国内国外统筹,零部件与整车联动,形成进可攻退可守的核心能力,是万向最可靠的增长。"

鲁冠球在讲话末尾,用尽最后的心力向所有万向人发出了动员令:"造整车,是一个高度,更是一个平台。为了诚信,为了责任,我们到了全力以赴的时刻。任何困难、任何挫折都不能动摇我们的决心,不能阻碍我们前进的脚步。诺言已下,责任在肩,唯有实干。拿出你们的本领,发挥你们的聪明才智,全心全意、开足马力,向着我们的目标,全速前进!"

鲁冠球的造车梦想,已经燃烧了整整48年。在很多场合,他多次说过:"我很想做大事,但是实力不够,只能从小事做起。"在他的心中,这件大事就是造属于中国人自己的整车。

从万向节默默出发,鲁冠球为了这一天耐心等待。1984年5月21日,《浙江日报》刊发的报道鲁冠球的第一篇人物通讯《鲁冠球成功之路》中,对他的性格有这样一段颇为传神的刻画——"鲁冠球就是这个脾气:不经过调查研究,心里没有底的事,他决不拿主意;而一旦拿定了主意,他就勇往直前,宁愿死也死在那上面。"

对万向节如此,对造车也同样如此。鲁冠球曾经明确解释,万向集团做汽车有三个必要条件:首先要有强大的合作方,"在不具备实力的情况下,万向集团不会自己建造汽车厂,联合发展是必然趋势";其次要有足够的资本,当万向的收入达到1000亿元时,可以拿出100亿元去试试;最后还要国家允许,不能与社会大环境硬碰硬。

2002年7月18日,在杭州市第一届工业兴市大会上,宣布了市委、市政府对鲁冠球以及青春宝集团董事长冯根生、娃哈哈集团董事长宗庆后三位"为杭州市经济发展做出了突出贡献"的著名企业家每人300万元特殊奖励的决定。在随后举办的新闻发布会上,有记者问,你们拿到300万元以后,最想圆的一个梦是什么? 冯根生说,已经做了国有企业30年的保姆,很想恳请东家,好让自己这个老保姆休息了;宗庆后说,他要成为杭州的李嘉诚;鲁冠球说,想在杭州建一座汽车城,"要为杭州人民造一辆纯电动汽车,大气、大方、没有污染,大家都买得起、都喜欢"。这应该是鲁冠球在公开场合第一次正式宣布万向集团的造车计划。

2009年4月25日,创业几十年从来没有搞过什么庆典仪式的万向集团在杭州萧山经济开发区工业园高调举行了纯电动汽车·锂电池生产基地奠基仪式。稍前的当年全国"两会"时,身为全国人大代表的鲁冠球曾向前来参加浙江代表团全体会议座谈的时任国务院总理温家宝预告了这一消息,温家宝高兴地提前给予了祝贺。敏感的各大财经媒体迅速捕捉到了这条颇具冲击力的讯息——鲁冠球将全面进入电动汽车领域! 与此关联的背景是,这一年的春天,中国新能源汽车成长的产业政策连续出台:国家科技部和财政部共同启动"十城千辆"电动汽车示范应用工程,决定在4年内,每年推进10个城市;

财政部下发《关于开展节能与新能源汽车示范推广试点工作的通知》，明确了中央财政对购置节能与新能源汽车给予补贴的对象和标准……

事实上，早在10年前的1999年6月，万向集团就悄悄成立了电动汽车开发中心筹备组，从汽车零部件到汽车整车的造车梦胎动。

前推一年的1998年8月8日，没有准生证的浙江台州人李书福的第一辆两厢家用轿车"吉利豪情"车下线。但真正的浙商乃至中国民营企业造车第一人，应该是再前推10年的浙江温州人叶文贵。

叶文贵是温州市苍南县金乡镇一个农民，早在20世纪80年代初就因为办轧铝厂、压延薄膜厂等6家工厂积累了千万财富，是有名有姓的温州第一代首富。有头脑、能致富的叶文贵很快被地方政府注意上了，1984年5月，《人民日报》头版刊登的一条消息说，温州市苍南县金乡镇家庭工业专业户叶文贵被县政府破格提拔为金乡区副区长。叶文贵更忙了，除了管工厂、跑业务，还得不停地开会、做报告。光荣感和兴奋劲过后，他有些厌倦了，这官当得太累，太耽误时间。后来，领导有了批示；再后来，叶文贵被悄悄免职。

觉得当官没啥意思的叶文贵有自己更为雄心勃勃的抱负——造汽车，而且是几十年后都够时髦的电动轿车。1988年，他停下手中全部的生意，闭门谢客，一心一意做起了"中国农民的轿车梦"。几年间，凭着叮叮当当的榔头和不算先进的机床竟也掀开了梦的一角：1989年，叶文贵生产出了第一台玻璃钢车身四轮四座的电动车，次年获得国家级新产品证书；1994年，"叶丰YF-HEV"概念型混合动力汽车诞生，最高时速109公里，充电3小时能跑200公里，创下了当年电动车产业的世界纪录，并拥有全部知识产权。崎岖的乡间山路上，电动轿车像小马驹似的颠着，叶文贵的心也随之激动地狂跳。

然而，这几乎是一开始就注定将以悲剧结尾的故事。电动轿车从梦想到商品，需要更完善的技术、更巨额的资金。叶文贵不得不四处奔走呼吁，但作为一个太过超前的农民企业家，他的声音是微弱的。

有媒体就此评论，在温州金乡点燃的"中国农民的轿车梦"，最终演变成了堂吉诃德式的"一个中国农民和一个中国农民的轿车梦"。孤独的叶文贵最终耗尽千万家财,背上了沉重的债务,不得不在1995年按下了停止键,他彻底失败了。

1998年,为了采访改革开放20周年的历史见证人,我和当年同为新华社记者的同事吴晓波曾经通过私人渠道诚恳相约,因"无脸见人"而早已拒绝任何采访的叶文贵终于答应与我们见一面。

在金乡街角的一家酒馆,两瓶"酒鬼酒"入肚,叶文贵慷慨话当年。他用穿着破旧皮鞋的脚用力地跺着地板:"这家酒店原本都是我的产业。为了造车筹钱,卖了。"

那一年,已经沦为落魄小老板的叶文贵仍开有一家生产塑料制品的工厂。走进厂区,寂寥无声。叶文贵默默地领我们来到厂区的一角,荒草丛中,静静地躺着十多个早已锈迹斑斑的电动轿车躯壳。夕阳的余晖无声地洒落,我突然感到了一种从未有过的悲凉。

叶文贵却似乎忘记了我们的存在,他喃喃自语:"只要再有2000万元,我一定让我的电动轿车在高速公路上跑起来!"此刻,叶文贵的眼角分明放射着永不言败的光芒。

在骨子里,精明甚至狡黠的叶文贵是一个理想主义者。他不止一次地告诉媒体自己造车的原因:"汽车是工业文明皇冠上的明珠。作为优秀的农民企业家,我就是要摘取这颗明珠!"

一生理性审慎的鲁冠球同样是将责任与使命看得比天还重的理想主义者。否则,仅仅用追逐利润和企业发展无法诠释他破釜沉舟般的造车梦想的那份执拗。

直到辞世,鲁冠球一直住在宁围童家塘一幢1983年修建的普通农家小楼里。老宅一楼到二楼的楼梯转角处,很多年都挂着一幅日本丰田轿车的广告照片。"我每天上楼或者出门都会看到这幅照片,它每天都会刺激到我。"鲁冠球说，"'车到山前必有路,有路必有丰田车'。为什么到处跑的不能是中国车？我就是想造一辆属于中国人自己的车！"

对于岳父悬梁刺股式的执着"造车梦",倪频在接受媒体采访时曾经有过这样的评价："梦想这个东西,和宗教信仰一样,是很可畏的。因为你很难打败有梦想的人。"

与理想主义者叶文贵的区别在于,造车梦想无比坚定的鲁冠球,追逐梦想的脚步无比坚实。数十年磨剑,1999年剑锋终出鞘。此后,以"电池—电机—电控—电动汽车"为成长路线,我们看到的是一份落子清晰、不疾不徐、谋定而动的万向造车时间表：

2002年,万向电动汽车公司成立；

2003年10月,万向纯电动汽车纯电动动力总成系统项目列入国家863计划；

2004年,万向研制的电动客车Y9在杭州西湖沿线成功试运行；

2009年4月,万向纯电动汽车·锂电池生产基地在萧山奠基；

2010年,万向作为上海世博会清洁能源汽车电池供应商参会,为2000辆电动大巴提供动力总成；

2013年,万向斥资2.566亿美元收购美国最大的动力电池制造商A123,自此,万向"造车梦"伸展开国内自主研发与国外相关并购联动的强劲双翼；

万向纯电动汽车·锂电池生产基地奠基仪式

2014年,万向以1.492亿美元收购美国技术领先的豪华电动汽车厂商之一的菲斯科(Fisker),其国际标准的汽车生产线使得万向直接具备了整车生产能力；

2015年,万向与上汽集团合资成立了上汽万向新能源客车公司;

2015年,万向宣布联手宝马公司达成重要合作伙伴关系,宝马将为菲斯科旗下卡玛(Karma)汽车提供包括引擎、高功率电池充电系统等最新的动力系统产品;

2015年年末,万向第一次对外透露将用10年时间,投资2000亿元,在杭州萧山钱塘江南岸打造一个占地8.32平方公里的"万向创新聚能城",包括锂离子动力电池、新能源乘用车等12个重点建设项目;

2016年7月8日,鲁冠球在万向创立47周年大会上激动地宣布:"以清洁能源为契机,万向新能源汽车实现突破的时刻,来到了";

2016年9月8日,卡玛汽车在美国发布2017款Revero豪华车;9月,万向自主研发的15辆新能源汽车(小型客车)通过国家汽车标准测试;12月8日,创立万向一二三股份公司,搭建全球化产业平台;12月15日,国家发改委认定万向符合新能源汽车准入标准,审批通过了万向年产5万辆增程式纯电动乘用车项目,万向成为国内第6家成功拿到独立新能源汽车生产资质的企业。

自此,万向在新能源汽车领域已经拥有杭州、上海、常州、底特律、波士顿、洛杉矶、慕尼黑、捷克8个研发和制造基地,相关工程技术人员超过2600人,新能源汽车及其关键零部件领域产值超80亿元。

在生命的终点,鲁冠球已经无比真切地触摸到了属于自己和万向人的梦想。

收购菲斯科

在鲁冠球的造车路线图中,一个十分关键的节点是2014年对美国电动汽车产业领跑者菲斯科的收购,以及稍前斥资收购被称作"菲斯科的心脏"的美国最大的动力电池制造商 A123。

万向与 A123 的渊源是必然，也是偶然。2010 年上海世博会，上汽集团为了给服务于大会的 2000 辆电动大巴寻找电池供应商，几乎跑遍了全国。最终，上汽集团向万向集团下了订单，这并非因为万向的产品完美无缺，而是因为"远水解不了近渴"。

"美国 A123 公司的动力电池才是全球最好的。"上汽集团与万向洽谈合作的一位高层无意中说。鲁冠球暗暗记下了这个名字，并特别交代倪频高度关注这家美国公司。

总部设在美国马萨诸塞州沃尔瑟姆的 A123 公司 2001 年创立于麻省理工学院（MIT），三个创办人之一是 MIT 材料科学与工程学的华人教授 Yet-Ming Chiang（蒋业明），其生产的锂离子电池以寿命长、高能量密度、高功率、安全性能卓越而领先于全球锂离子电池市场。作为清洁能源汽车电源动力系统技术最先进的企业之一，A123 于 2009 年在纳斯达克上市，上市第一天股价就飙升了 50%。在此前后，A123 还获得了美国政府 2.49 亿美元的财政补贴，并与美国通用、菲斯科，德国宝马以及中国上汽集团等主流汽车厂商建立了供应合同关系。

然而，风光之下暗潮涌动。2012 年 3 月，A123 因电池产品质量隐患引发大规模召回事件，同时新能源汽车市场需求一直不景气，导致公司财务雪上加霜，累计债务高达 2 亿美元。

同年 8 月 8 日，陷入困境的 A123 公司对外宣布，已与万向集团达成非约束性战略投资意向书，根据这一框架协议，万向集团对 A123 投资最高为 4.5 亿美元，并可持有 A123 已发行普通股的约 80%。8 月 16 日，A123 再次宣布与万向集团签署了此次交易的确定性协议。

协议的宣布在美国政商界引发的强烈关注不亚于一场地震，甚至演变成时任美国总统奥巴马与共和党总统竞选人罗姆尼正处于胶着中的总统大选的敏感话题。美国国会多名联邦参议员发联名信，强烈反对将曾得到美国政府巨额财政补贴的A123卖给一家外国公司。美国战略材料顾问委员会措辞严厉地致信财政部长盖特纳："这笔交易无疑会导致美国就业机会的流失……至关重要的国家基础设施和军事硬件技术也会转移到中国。"

风波骤起。A123收购事件并不是"走出去"历程中针对中国企业猜疑、摩擦乃至对抗的第一次。涉及浙商发生最早也最惨痛的标志性事件，是西班牙埃尔切大火。

2004年9月16日，西班牙东南部濒海城市埃尔切，大批反对华商的游行者纵火烧毁了浙江青田籍鞋商陈九松近百万欧元的鞋货以及店面、仓库，一只只装满了鞋的货柜被推倒、践踏、焚烧、哄抢，混合着被烧皮料难闻的焦糊味的大火迅速升腾，照亮了埃尔切的天空。几百米之外的警察冷眼旁观，没有西班牙人理会哭天抢地的陈九松。

埃尔切纵火事件是西班牙有史以来发生的第一起严重侵犯华商合法权益的暴力事件。一周后，埃尔切再次爆发更大规模的排斥华商的示威游行，仅20万人口的小城有数千人上街，游行者大多是当地制鞋企业的工人和老板。点燃西班牙人怒火的则是价廉物美的"浙江制造""中国制造"，基于廉价劳动力之上极不对称的价格竞争让埃尔切同行完全丧失了信心，当地传统制鞋工厂纷纷倒闭，失业率上升至30%。埃尔切大火之后，西班牙制鞋业主席Rafael Calvo发表过如下言论："这些暴力事件（纵火、抢劫、破坏公众秩序）是理所当然的，西班牙人有充足的理由抵制中国鞋。"

绝望的陈九松向中国驻西班牙大使馆紧急递交了求援信，并正式提起诉讼。7年后，西班牙巴伦西亚自治区埃尔切市地方法院对该纵火事件做出终审判决，法官鲁尔德斯·卡塞雷斯当庭宣布，28名西班牙籍被告因犯有扰乱公共秩序和损坏他人财产罪，分别被判处6至18个月有期徒刑；陈九松胜诉，获赔个人经济损失2.6万欧元。

很多年之后，当更多的中国海外军团激荡而来，不安与敌意仍在继续，只是摩擦的焦点从最初的"商品倾销"延展到了所谓"侵害就业"与"技术流失"

等等。

面对巨大的压力，鲁冠球坚持认为消除误解最有效的方式不是苍白的辩解，更不是互相指责，而是富有诚意且实实在在的行动。事实上，A123公司在全球25家潜在竞购人中最终选择了万向，正是由于万向给出的是最有利于A123长远发展和原有股东利益的整体收购方案。针对美国社会极为关切的如何避免员工丢失就业岗位的忧虑，倪频在代表万向集团发给A123公司的一封信中明确表示："万向的6000名国际员工一半以上都在美国。我可以自豪地说，在发生汽车产业危机的2007年到2009年，万向直接保住了3500个美国人的岗位。"

万向深耕美国市场近20年所秉持的共生共荣的投资理念以及在新能源领域立足长远不计短期得失的努力，赢得了包括A123主体工厂所在的密歇根州州长在内的许多美国知名政商人士的认同和支持。曾任职美国太平洋司令部司令及美国国家情报总监的丹尼斯·布莱尔海军上将即公开表达了对万向收购A123的赞同："这个交易对A123公司的员工、客户和债权人是明显有利的，给美国人带来了好处。"

正当舆论旋涡起落跌宕之时，2012年10月16日，由于自身原因，A123公司突然决定终止与万向有关收购案的协议推进，转而向法院递交了破产保护申请。两个月后的12月6日，A123公司资产竞拍正式举行，与万向同场竞拍的分别是3家世界500强巨头：德国西门子、美国江森自控、日本NEC，其中后两者为联合竞标。

鲁冠球（左四）对收购美国最大的动力电池制造商A123公司志在必得

经过整整3天异常

激烈的拉锯争夺,12月8日凌晨5时,万向最终击败对手成功拍下A123公司除政府及军工业务之外的所有资产,其2.566亿美元的出价比联合竞标的美国江森自控和日本NEC的总价还要低1000多万美元。2013年1月28日,美国外国人投资委员会正式批准了万向对A123公司的收购案。金钱之上的理念和诚信,为万向赢得了世界市场宝贵的信任票。

2007年,哈佛大学费正清中国研究中心主任、哈佛大学中国基金会主席威廉·科比曾到访万向集团,经过细致考察调研,他以《万向集团——一个中国企业的全球战略A》为题,首次将万向国际化成功经验的案例推上了哈佛商学院讲堂。2013年初春,以收购A123为案例切口,科比教授再次撰写了《万向集团——一个中国企业的全球战略B》,从而将万向二度带入哈佛商学院教材。他分析认为:"如果本次交易得到了许可,万向将如何利用其资源扭转A123公司的局势? ……电动车生产商盈利还要多久? 万向将如何坚持到那个时候?"

拿下A123后,这一连串的问号依然真真切切地横亘在鲁冠球的面前,唯一的抉择无疑是:向前走,不回头!

于是,收购美国豪华电动汽车整车企业菲斯科,紧随着被提上了议事日程。

菲斯科创立于2007年,主要创始人亨利克·菲斯科是全球知名的汽车设计大师,在宝马和福特担任设计师近10年,阿斯顿马丁DB9、阿斯顿马丁V8 Vantage和宝马Z8是他的代表作。2008年1月的北美国际车展上,菲斯科发布了第一款电动汽车卡玛。卡玛的造型极为现代、酷炫,更重要的是,卡玛能够在零排放的纯电动驱动下行驶80公里,再依靠极低排放的混合电力将续航里程延长至483公里。此外,卡玛采用了世界上现有量产汽车中最大的无缝太阳能车顶,可将太阳能辐射转化成电能,提供年均321公里的零排放和零成本行驶里程。亨利克在业内的声望和油、电、太阳能动力一体化的超级豪华电动车的卖点打动了资本市场,菲斯科初期即获得了高达8.5亿美元的投资。2009年,美国能源部也向菲斯科发放了5.29亿美元(第一阶段发放1.93亿美元)的扶持性低息贷款,时任美国副总统拜登还出席了菲斯科新工厂的开工仪式。

另一家如今享誉全球的美国电动汽车明星企业特斯拉则创立于2003年,菲斯科一降生即以特斯拉最强劲竞争对手的姿态共同成为耀眼的电动汽车双子星。两者有太多的共同点:都诞生在美国加利福尼亚州;都得到了美国政府的青睐,并分别获得美国能源部的数亿美元汽车工业低息贷款;特斯拉第一款车Roadster与菲斯科的第一款量产车Karma一样,都是走高端路线的定价10万美元的豪华电动跑车,两款车初期销量也大致相当。

然而,数年胶着暗战,最后的命运却是冰火两重天:特斯拉大红大紫,菲斯科则黯然败走。尽管比尔·盖茨以及莱昂纳多·迪卡普里奥、贾斯汀·比伯等名流都成为了卡玛的买主,但数据显示,从2011年启动销售到2012年7月暂停生产,卡玛仅卖出1800余辆。其间,自燃、召回、驱动系统故障等麻烦缠身,美国能源部也因此在发放1.93亿美元后冻结了第二阶段的贷款。2012年12月,自救无门的菲斯科首次传出出售消息,并于次年11月向美国特拉华州威尔明顿破产法院申请破产保护。

而在此前后,新能源汽车行业"新宠"特斯拉继续高歌猛进,开设在中国的第一家体验店已经预订出了数百辆轿车,买家遍布全国各地。来自中国市场的激励,推动其股价再创历史新高,一举突破200美元大关。在特斯拉高速成长的映照下,陷入破产保护的菲斯科备受瞩目,前通用汽车副董事长鲍勃·卢茨领导的VL汽车公司、菲斯科公司股东之一的太平洋世纪公司以及吉利汽车、东风集团、北汽集团等中国企业都表示出浓厚的兴趣。一波三折后,留下了两个志在必得的关键买主:一个是李嘉诚次子"小超人"李泽楷旗下的混合动力技术控股公司,另一个就是鲁冠球的万向集团。

2014年2月12日,菲斯科公司资产公开竞拍启动。经过19轮竞价交手,万向以1.492亿美元的报价(高出混合动力技术控股公司10万美元)而胜出,并由此全资拥有菲斯科。美国汽车经销协会首席经济学家史蒂文称,竞买的赢家获得的"战利品"不只是菲斯科的汽车产品或设计以及位于特拉华州的完整生产线,还涵盖了至少36项包括电气传动系统、太阳能等专利技术的知识产权。

北京时间2月15日凌晨,万向成功竞购菲斯科的消息传回国内,资本市场迅速做出积极反应。17日周一开盘,万向钱潮的股价连续三个交易日"一"字涨停。24日傍晚,万向钱潮发布澄清公告,声明此项收购是母公司行为,与上市公司无关。但公告发布后的4天内,仍有数亿元资金涌入万向钱潮,继续追捧"中国特斯拉"概念。国泰君安的研报则认为,两年时间连续成功并购A123与菲斯科,其显而易见的效应是万向同时手握全球最先进的电动车电池公司和电动车整车公司,将成为"非常优异的新能源汽车标的"。

事实上,包括A123与菲斯科在内,数年间,万向已经先后投资收购了5家美国新能源企业,这5家都是得到美国能源部资助且拥有国际领先技术的行业领跑者。对最终打造属于自己的新能源电动整车的雄心,万向并不掩饰。菲斯科竞购案刚刚落槌,鲁冠球在接受《浙江日报》记者采访时即明确表示,"菲斯科会在国内实现国产化",到一定程度时,中国将会成为菲斯科的生产基地。

愿景与计划一步步地变为现实:

菲斯科公司竞购完成交割后,万向已在加利福尼亚州建立了新的总部、设计中心和生产基地,在底特律设立了供应链管理及工程中心;在杭州萧山,则同时组建了与之配套的研发、工程、供应链管理中心。

品牌焕新的卡玛汽车首先兑现对债权人的承诺,在美国复产、复活,2017年5月,首批售价高达13万美元的Karma Revero豪华电动车正式交付美国市场,随后还将推出轴距较Revero更小的Atlantic。而根据万向在杭州萧山工厂的生产计划,增程式混合动力的Karma Revero和Atlantic将是两大主力车型,产能达45000辆。

"无论是技术、人才或市场，我们与美国都有相当差距。因为美国有先进的清洁能源技术的领先优势，所以近年万向加大了在美国清洁能源汽车产业的投资收购。"从零件到部件，再到系统模块供应，最终进军电动汽车整车制造领域，鲁冠球有着十分清晰的思路和步骤。

事实上，立足自主研发但决不搞闭关自守，而是打通国内、国外的技术与市场，以真正全球化的思维推动产业生态链的良性融合，这应该是鲁冠球自1985年第一次走出国门开眼看世界之后从未改变的世界观。其间，有利益冲突、理念冲突，更有文化冲突，但鲁冠球坚信，最有效的解决冲突之道必是彼此的尊重。

同样是浙商，同样是坚定不移的造车者，同样是海外并购，李书福与鲁冠球有着同样的感知。

2010年3月28日当地时间下午3时，瑞典哥德堡沃尔沃总部，在时任中华人民共和国工业和信息化部部长李毅中、瑞典副总理兼企业能源部部长Maud.Olofsson以及沃尔沃总裁兼CEO、福特汽车公司首席财务官的共同见证下，全球瞩目的吉利收购沃尔沃签约仪式正式举行。

高贵而傲娇的沃尔沃新娘之所以最终下嫁中国吉利的农家小院——而且李书福支付的是18亿美元的绝对低价，1999年福特收购沃尔沃时的出价高达64.5亿美元——其中一个方面是因为"天时"。2008年美国金融风暴漫卷，福特汽车当年净亏损达146亿美元，跌入有史以来最糟糕的一年。福特汽车新任CEO穆拉利被迫用铁腕手段，瘦身甩卖包括沃尔沃在内的旗下品牌以渡过难关。更重要的是，在长达8年的坚韧追梦中，吉利给出了极为详尽、专业、合理的并购方案及相关安排，以至福特甚至放弃了报价高于吉利近10亿美元的国际财团，因为吉利是"真诚和负责任"的合作伙伴。

《东方启动点：浙江改革开放史（1978—2018）》一书在分析这一当年中国最大金额海外整车资产收购事件时写道，李书福的成功源于遵循了极为理性且弥足珍贵的"操作守则"：

——尊重他人，你收获的将是他人同样的尊重。当年，李书福告诉多少有些酸楚甚至有些敌意的国际媒体，收购之后，吉利与沃尔沃未来是兄弟关系，不是自上而下的父子关系。为此，他保留了在瑞典的拥有完整执行权限的管理团队，以及一个独立的国际化的董事会。而为了打消工会的疑虑，李书福则明确表示沃尔沃两大本土生产基地会长久地在瑞典和比利时驻留下去。很快，他又更坚定地强调要"永远驻留下去"。李书福遵守了自己的承诺，他得到的是走出亏损且利润丰厚的新沃尔沃，同时，比翼齐飞的吉利强势跻身中国六大汽车集团队列。

——文化融合，才可能走得更远。跨国并购是一场没有硝烟的经济战，其成败关键却取决于如何打通看不见的文化屏障。这一跨越族群的大文化兼容，不在于你是否说过几句漂亮的空话，而在于点滴的细节。2010年3月28日签约仪式当天的哥德堡新闻发布会上，李书福与福特及沃尔沃高管分别站在三个高脚桌前，接受了国际媒体的采访。主宾这样站着回答面前坐着的记者的提问，让细心的李书福深切感受到了国际化的气息。两天后，在北京的发布会上，李书福明确要求，所有吉利高管都必须站着回答问题。与国际对标，向世界看齐，李书福站稳了。

"收购并不是谁吃掉了谁，而是基于彼此尊重的联合，联合一切可以联合的力量，利用一切可以利用的资源。投资收购国外的清洁能源企业，就是为了把他们的先进技术和万向全面对接整合，形成中国投资、美国技术、全球市场的运营机制，尽快产出效益。"当前来采访的《浙江日报》记者追问万向竞拍菲斯科的动机时，鲁冠球反复说。

收购菲斯科5个月后的美国当地时间2014年7月25日上午，应时任美国副总统拜登的邀请，鲁冠球飞赴美国，走进了位于华盛顿哥伦比亚特区西北宾夕法尼亚大道1600号的白宫。他由此成为第一位到访拜登办公室的中国企业家。

周荣新撰写的《万向重心》记录了这次访问中鲁冠球与拜登的对话——

收购菲斯科后，鲁冠球（右）应时任美国副总统拜登之邀访问白宫

拜登："今天我们讨论两个问题，一是万向今后在美国的发展打算。"

鲁冠球："万向产品进入美国整整30年了，在美国投资也已经20多年了。未来万向将进一步加大在美国清洁能源领域的投资。"

拜登："第二个问题是，你们需要我本人和美国政府为你们做些什么？"

鲁冠球："我们就是需要公平的竞争环境，希望和美国企业享有同样的政策。"

拜登："你们在美国投资，我们首先要公平对待，同时要积极为你们创造条件，支持你们更好地发展。"

拜登："你们收购的这两个项目A123和菲斯科都是政府推动的清洁能源项目。菲斯科车很好，我的儿子买了一辆，非常漂亮。只是现在开不出去了，因为公司破产，没有了维修服务。清洁环保的汽车美国需要，中国需要，全世界都需要。你们把它搞好，等你们的新车出厂的时候，我和鲍威尔国务卿各买一辆，支持你们！"

我只做电动汽车

1999年12月9日，俄罗斯首任总统叶利钦任内第四次访华。次日，在国家主席江泽民的陪同下，叶利钦访问上海，并专门宴请了中国企业家。鲁冠球参加了这次招待会。在发表宴会祝酒词时，叶利钦说："欢迎你们到俄罗斯去投资，我们有蓝蓝的天，有纯净的水，有新鲜的空气。"

"当时，我感慨很多。蓝蓝的天、纯净的水、新鲜的空气，是俄罗斯招商的资本，但它更是我们企业发展的价值所在，是人类共同的追求。"过了很多年，鲁冠球依然对叶利钦的这番话记忆犹新。

也许是时间上的巧合，半年前的 1999 年 6 月，万向集团电动汽车开发中心筹备组成立。鲁冠球从汽车零部件到汽车整车的造车梦义无反顾地选择了电动汽车，因为开发电动汽车，才更有可能换来蓝蓝的天、纯净的水、新鲜的空气。

10 年后的 2010 年 5 月，鲁冠球在中国工业经济行业社会责任报告发布会上发言，解释了万向只做电动汽车的原因：

"我是搞企业的，到底什么是企业的社会责任，我无法准确地定义。但是有一条我是非常清楚的，现在，企业承担社会责任，已经从一种美德，变成了一种必需。

"为了更好地承担社会责任，万向要实施'三接轨'，发展新能源。即接轨跨国公司运作、接轨国际先进技术、接轨国际主流市场。1999 年万向立项研发电动汽车，10 年的时间，从来没有赚过钱，但我们从来没有停止过投入。因为我们坚信，新能源汽车是造福子孙后代的好事，一定会有赚钱的那一天。"

造什么样的汽车、要不要造电动汽车、怎样才能造出好的电动汽车，已经困扰了人类百年。

1769 年，法国陆军炮兵大尉尼古拉斯·约瑟夫·居纽制造出了世界上第一辆蒸汽驱动的三轮汽车。虽然他的发明以失败告终，却成了以人、畜或帆为动力的古代交通运输与以机械为动力的近代交通运输的重要分水岭。

1885 年 10 月，德国人卡尔·本茨研制成功世界上第一台奠定了当代汽车设计基调的以汽油为燃料的内燃机汽车,并于1886年1月29日向德国专利局申请汽车发明的专利,这一天被公认为世界汽车的诞生日。

根据世界著名的美国汽车行业杂志 *WardsAuto* 公布的数据,截至2011年8月,全球各种汽车的总保有量已突破10亿辆。自1970年以来,全球汽车数量几乎每隔15年翻一番,预计到2050年这一数字将升至25亿辆。然而与此同时,21世纪后,以汽油、柴油为传统能源的汽车尾气污染已演变成急迫的全球性问题。汽车排放尾气占大气污染的30%—60%,其主要污染物为一氧化碳、碳氢化合物、氮氧化合物、含铅化合物及固体颗粒物。同时,汽车排放的二氧化碳、硫化物、氟氯烃等直接助推了温室效应、臭氧层破坏和酸雨等大气环境灾难。

作为清洁能源的佼佼者,电力动能日渐被全球汽车产业视作首推的明日之星。事实上,早在一百年前,电力动能就已经进入行业视野。

1894年7月22日,世界上首场汽车比赛在法国巴黎至鲁昂间举办。这场赛程126公里的比赛名叫"《法国画报》无马马车比赛",在汽车刚刚诞生的当年,机动车被普遍称为"无马马车"。虽然这是一场汽车比赛,但主办方在"谁能先到达终点"之外,还给出了三条附加规则:不能有危险、容易驾驶以及低使用成本。很显然,这些要求将决定大众能否接受汽车这个新生事物。102辆车报名参赛,其中汽油内燃机车和蒸汽机车是绝对主力,分别有30辆、28辆,其他动力驱动的参赛车辆还有电力汽车、重力驱动汽车、压缩空气动力汽车、水力液压汽车等。21辆车最终获得参赛资格,而摘得5000法郎大奖的则是以汽油为动力的内燃机汽车,内燃机——即热力发动机——汽车从此毫无悬念地领跑了世界汽车产业一个多世纪。

在这次"无马马车"比赛中,参赛的21种车型里并没有出现电动汽车的身影,原因之一是当时作为动力的电池续航里程严重不足,每30公里就必须设置一个电池更换站。但人类并未放弃对电动汽车的尝试。1880年,爱迪生发明了第一辆真正意义上的电动汽车;1908年,世界上第一位使用流水线大批量生产汽车,并让汽油内燃机汽车真正成为大众产品的美国汽车大亨亨利·福特还买过一辆电动汽车,作为礼物送给太太。之后不久,福特和爱迪生联手创建了一家电动车合资企业,反复研发以求技术突破。

历经百年风云,当严重的环境污染日益逼近时,电力驱动的清洁属性使得电动汽车再次走上前台。

决定电动汽车成败的无疑是其核心——电池。如果对照一百年前"无马马车"比赛给出的三条附加规则:不能有危险、容易驾驶以及低使用成本,电动汽车除了综合造价高昂,如果没有政府鼓励性补贴尚难以与传统商用汽车竞争,以及电池作为一种清洁能源和汽柴油内燃机相比其能量密度偏低之外,车载电池的稳定性与安全性仍是棘手难题。

电动汽车在行驶尤其是充电状态下,电池出现撞击、穿刺、过充、短路等情况后,电池内部的电解液会迅速累积热能。当电池芯内部温度升高到一定程度时,就到了热失控即爆炸的起始点,致使热能和温度持续累加,诱发起火等安全事故。近10年间,随着电动汽车快速发展,包括特斯拉、菲斯科、福特、通用、现代等知名企业都发生过多起电动汽车电池自燃事件。特斯拉曾发布官方报告,2012年至2019年,特斯拉的车型平均每2.8亿公里里程就会发生一次主要因电池导致的着火事故。

2011年4月11日,一辆由万向提供动力电池的众泰朗悦纯电动出租车在杭州街头营运时发生自燃。这是全国自新能源汽车示范运行以来公开报道的第一起自燃事件,引发广泛关注。时隔近两个月,杭州市人民政府公布了由浙江省质量技术监督检测研究院做出的鉴定书,认为本次事故发生不能认定电池单体设计、制造方面存在质量问题,而是电池成组搭载后不能完全满足车辆使用环境的需求。随即,杭州所有电动出租车继续上路运营。

电动汽车动力电池的巨大风险不仅在于自身的安全性,更源于其技术路径的多变性以及由此带来的不确定性。以纯电动汽车车载蓄电池为例,目前全球汽车厂商选用的有铅酸蓄电池、镍氢电池、钠硫电池、锂离子电池、空气电池等众多种类，主流技术方向即万向集团所选择的锂离子电池。

因"为万向新能源汽车产业10多年发展中所做的贡献和取得的成就"而获得1900万元嘉奖的时任万向研究院总经理陈军，曾经向浙江大学管理学院院长魏江梳理回顾说，2002年前，万向电动汽车电池最初沿用的是手机电池配方，主要材料是钴酸锂。"钴酸锂不安全，我们就转向了锰酸锂，这才不着火。后来发现磷酸铁锂更好，但2008年开始我们遇到了磷酸铁锂能量密度做不上去的问题。而日本研究者通过在锰酸锂中掺杂质、金属氧化物的方式，研制出体积更小、能量密度却大幅提高到每千克180瓦时的三元材料锂离子电池。我们沿着这一技术思路不断调整比例，渐进式地将它的能量密度与安全性之比做到最优化。"

电动汽车动力电池领域既有陈军所描述的锂离子电池渐进式的改进，也有颠覆式的突破。一旦遭遇新技术颠覆式突破，那么对整个行业就是破坏性的深刻变革。对此，鲁冠球深切感知："有人说不用锂电池了，用硅材料，效率要高10倍。我一听，真的心惊肉跳！从1999年到现在，万向已经有4次工艺设备推倒重来。因为电池的材料、工艺变了，以前的设备都没有用了。"

哈佛大学教授威廉·科比在他撰写的教案《万向集团——一个中国企业的全球战略B》中亦指出，动力电池技术路径的多变与突破，对万向是又一个艰难挑战："鲁冠球必须思考万向将如何应对技术变革，以及当电动汽车市场开始腾飞的时候如何保证其收购的技术成为主流技术。"

"风险绝对大，但我已经认定，必须进，没有退路。因为市场需求和社会责任在那里，总要有人做出牺牲。"鲁冠球同时认为，美日欧传统汽车制造企业已经领跑百年，技术优势根基深厚，极难撼动。但是在新能源汽车这个一切皆有可能的相对空白地带，大家都处在差距很小的起跑线上，中国企业有弯道超车的机会。

自1999年始，万向集团投资电动汽车领域研发、并购逾百亿元，却鲜有回报。然而鲁冠球从未后悔退缩，他说："我会把万向挣到的每一分钱都用来制造电动车。我会大量烧钱，直到成功，或者万向崩盘为止！"

勇于承担风险、愿意为造车"大量烧钱"的鲁冠球从来反对赌徒型的冒险主义。在半个世纪的鲁氏创业词典里，只有立足于实

鲁冠球前排（左三）为造电动汽车"大量烧钱"

力与实干的理想主义。"企业越大、危险越大。现在我始终如履薄冰，战战兢兢。但正因为如此，更需要站得足够高，看得足够远，才能让风险小一些。"2008年，他在接受《商务周刊》记者采访时明确阐述了自己的企业生存观："我原来只能捡别人剩下的，搞农具、汽车零部件，连发动机都没有条件搞。现在我们有自己的实力、自己的资源，就要充分利用这些资源，要往更高的方向投资。比如太阳能发电、清洁能源汽车等。要判断整个社会的趋势，更要真正看到整个世界的发展趋势。不仅看现在，还要看10年、20年之后。"

数据显示，截至2019年，浙江省注册的整车制造公司近50家，汽车零部件配件关联公司达2万多家，造车者灿若繁星，勾画出中国民营汽车产业独特的浙商现象。有学者研究认为，在浙商造车的代表性人物中，与叶文贵相比，鲁冠球不冒进，积跬步至千里；与李书福相比，鲁冠球更有前瞻性，放弃传统汽车直追电动汽车。如果要说鲁冠球和李书福的共同点，就是对技术的敬畏与专一。鲁冠球对机械制造的兴趣，萌发于念小学四年级时第一次触摸到的那辆缺一只把手的破旧自行车，自此一生不灭；李书福的第一桶金靠的是19岁时父亲给了120元买了一只相机帮人拍照，但他最着迷的是拆卸和组装照相机。后来李书福造第一辆汽车时最早的三人研发小组，除了两名工程师，另外一个就是老板工程师李书福。与普遍推崇营销为王的浙商群体截然不

同，鲁冠球和李书福更少商人气息，每一步都是以对自我苛求到近乎偏执的技术突破创新为起跳点。这决定了他们能够比许多浙商走得扎实，走得更远。

秉持社会责任，"只做电动汽车"的鲁冠球和他的万向集团，得到了来自政府高层持续且坚定的激励：

2007年，鲁冠球前往时任国务院副总理马凯办公室专题汇报万向电动汽车开发进展。马凯副总理说，只要符合市场需要，你大胆去搞！

2008年7月，时任中共中央政治局常委、国务院副总理李克强来到万向视察时告诉鲁冠球，你们的新能源汽车"只要搞出来，社会需要，一定支持"！

2002年12月，时任中共浙江省委书记习近平视察万向并了解到万向研发动力电池与电动汽车的产业规划后，给予了高度赞扬："从今后汽车发展趋势，从可持续发展要求来看，这应该是今后的一个发展方向。如果真正做起来，是件了不起的事！"①

---

① 《习近平在萧山考察调研：艰苦奋斗加快发展努力率先基本实现现代化》，《浙江日报》2002年12月16日。

第十一章

万向的方向

不做坏事是企业社会责任的底线。

——鲁冠球

奋斗十年添个零

与1999年低调启动电动汽车研发不同,同年,万向集团第一次高调喊出了一句全体万向人铭刻在心的口号——奋斗十年添个零! 这两件大事,决定了1999年在万向创业史上的不平凡。

1999年7月8日,万向集团创建30周年大会。没有请领导、没有邀请祝贺单位、没有刊登庆生广告、没有摆宴席、没有发纪念品,分量最重的,是董事局主席鲁冠球做了一个纪念大会讲话。讲话的标题铿锵有力、振奋人心——《奋斗十年添个零》。在报告中,鲁冠球告诉全体万向人:"70年代,我们实现了企业日创利润1万元,有了年收入1万元的员工;80年代,我们实现了企业日创利润 10 万元，有了年收入 10 万元的员工；90 年代，我们实现了企业日创利润 100 万元，员工最高年收入超过了 100 万元。现在，我们的目标是'奋斗十年再添一个零'，也就是到 2009 年，实现企业日创利润 1000 万元，员工最高年收入超过 1000 万元！"

对于提出和确立"奋斗十年添个零"这一坚定目标的必要性及重大意义，鲁冠球在多个场合做过十分清晰的阐述：

——从数字指标的概念讲，"奋斗十年添个零"是时代发展的要求和趋势。我们要清醒地看到世界在飞速前行，"十年添个零"的速度是大势所趋，是时代所迫，这已经从过去自我比较的一种骄傲，变成了一种没有退路的必需。

——从企业文化建设的角度衡量，"奋斗十年添个零"是企业与时俱进的思想方法和精神追求。"十年添个零"，是企业创利和员工增收相对应的指标，是企业利益与员工利益紧密结合的产物，是我们几十年耐心积累的结晶，是全世界都看得懂的语言。现在，每一个万向人无论是制订年计划还是撰写月总结，甚至是回顾每一天的工作，都会自觉地以这个目标为方向来思考，也会自觉地以这个目标为依据来衡量取得的业绩。它已经超越了数字本身的内涵，成为鼓舞我们积极进取、奋发向上的意志和与时俱进、与世界俱进的力量，这种力量早已融入万向的生命力、创造力和凝聚力之中。

——从价值观的体现来判断，"奋斗十年添个零"是企业承担社会责任的过程和结果。作为企业，没有利润是对社会最大的不负责任。获取利润是企业存在的理由，但追求利润永远是个过程，是再投入的开始，承担社会责任才是最终的结果。对于企业来说，每一分钱的赢利都意味着一分钱的税收；每上一个新项目，都意味着新的就业岗位；每一个员工伴随着企业发展所带来的素质的点滴提高，都意味着社会的点滴进步。"奋斗十年添个零"主观上追求的是利润，客观上是一个可持续的良性增长，为企业和国家经济的发展提供了澎湃的信心。

鲁冠球人生的最后20年,在他的讲话、文章、访谈中,出现频率最高的语句一定是"奋斗十年添个零"。

万向集团每年都会举办三个重要的会议,除了集团年度总结表彰会、集团纪念中国共产党成立大会之外,就是每年7月8日的庆祝集团创立大会。这是集团的生日,鲁冠球每次都会讲话,员工们也最希望在这个大会上"听听主席又说了什么"。从提出"奋斗十年添个零"的1999年,到生前最后一次现场出席的2016年,鲁冠球18次大会讲话有13次以"奋斗十年添个零"的强力号召收篇。

"处在今天这样一个伟大的时代,有万向这样一个国际化的平台,希望大家不留恋过去,不空想未来,脚踏实地,埋头苦干。"在2016年的讲话结尾,鲁冠球说,"有多大担当,才能有多大的事业;尽多大责任,才能有多大的成就。沿着中华民族伟大复兴的道路,让我们共同努力,用我们的智慧和汗水,书写'奋斗十年添个零'的崭新篇章!"

印象中,进入21世纪之后,每年的春节前夕,我都会受邀参加万向集团的媒体答谢会。这是一个小型的"圈内人"聚会,来的都是真正的老朋友,答谢会的保留节目就是鲁冠球向媒体界的老朋友报告过去一年中万向做了什么。

2008年答谢会端上的第一道"菜肴",是鲁冠球宣布2007年度万向十件大事。以下两件大事我至今记忆犹新:一是在2007年12月召开的中国共产主义青年团十五届六中全会上,万向集团总裁鲁伟鼎当选团中央委员;二是2007年万向平均每天的营业收入超过了1亿元,平均每一天创造的利税超过了1000万元,平均每一个月上交给国家的税金超过了1亿元,平均每一个月出口创汇超过了1亿美元。

"我们向'奋斗十年添个零'又迈进了一大步!"鲁冠球极富感染力的爽朗笑声在大厅里久久回荡。

爽朗的笑声余音未散,裹挟着严重国际金融危机的"最困难的一年"汹涌而来。2008年9月,美国次贷危机引发的蝴蝶效应震动全球,深度融合国际化的万向集团亦无法幸免。当年,万向全年营收475亿元,同比仅增长16.4%,没有完成年度计划;利税30.68亿元,同比下降18%,在集团发展史上前所未有。市场的恐慌与剧烈波动,拖累"万向钱潮"股票市值比上年最高点骤减了130亿元。

2009年上半年,万向各项经济指标继续遭遇创建40年来最大幅度的下跌。

第5个十年已经迎面走来。怎样规划未来这十年,什么样的目标更科学?鲁冠球和他的同事们测算了很久,也争论了很久。争论的焦点是——"奋斗十年添个零"还能不能够持续下去?有信心的人很多,担心的人也很多。

担心一:全球危机的黑天鹅还会不会再来?宏观经济跌宕起伏,作为企业如何才能驾驭?

担心二:第5个"零"和前4个"零"相比,基数悬殊,是小"零"和大"零"的量级区别。不说登天,至少比登山更难。

2009年7月8日,庆祝万向集团创立40周年大会,鲁冠球讲话的标题简洁明了——《将"奋斗十年添个零"进行下去》:"今天,我在这里正式宣布,将'奋斗十年添个零'进行下去。即到2019年实现企业日创利润1亿元,员工最高年收入1亿元,是我们第5个十年坚定不移的奋斗目标!"

鲁冠球告诉万向人,40年的努力,已经把万向满足社会需求的能力推到前所未有的高度;40年的收获,正在把万向承担社会责任的觉悟提升到前所未有的境界:"当今世界,一切都处在大变革大调整之中,方兴未艾,机不可失,时不我待。"

在经历了"创建40年来最大幅度的下跌"之后,2009年,万向又拥抱了冰火两重天的"创建40年来最大幅度的上涨",全年营收514.8亿元,利税飙升至57.27亿元,业绩与增幅"史无前例"。企业日创利润和员工最高年收入双双超过了1000万元,如期完成了"奋斗十年添个零"。

这一年，鲁冠球在接受浙江省内媒体采访时，对什么是"奋斗十年添个零"的万向意义给出了明确的诠释："持续咬定'奋斗十年添个零'，就是要通过不懈努力，在万向上面再加一点，成为'方向'。有了方向，企业才能长久。"

"奋斗十年添个零"，勾画出了万向业绩成长的清晰方向。而强力支撑这一业绩方向的，是同样清晰的产业方向。正如1979年，鲁冠球果断地清理门户，坚决摘掉宁围农机厂、宁围轴承厂、宁围失蜡铸钢厂3块牌子，"收拢五指、捏紧成拳"，只专业生产万向节。如果没有这惊险一跃的产业方向抉择，第二与第三个"奋斗十年添个零"的梦想极有可能沦为空想。

万向是谁，万向将往何处去，万向怎样才能抵达彼岸，从来都是鲁冠球和他的万向集团审慎且科学求索的命题。

2005年，平静之下蕴藏着风暴，1997年的亚洲金融危机似乎已安然度过；2003年的"非典"惊魂也开始日渐消散。然而这一年，全球汽车产业并不安稳，甚至可以说危机四伏，警讯之一是美国最大的汽车零部件供应商德尔福公司宣告破产。

鲁冠球隐隐感到，这些年，万向的发展太顺利了，碰到的困难少了，员工自豪感越来越强，危机感越来越弱，像从前那样努力地发现问题、认真地解决问题的动力越来越不足。这样下去，是非常危险的。

2006年1月的集团年度总结表彰会上，鲁冠球做了题为《磨刀不误砍柴工》的讲话。怎么"磨刀"？他给出的2006年年度工作的方针是六个字——"调整、完善、提高"：

调整，就是在稳健中调整产业结构，这是万向2006年的首要任务。万向通过收购、兼并、股权置换等，在国内外"吃"进不少企业和项目，步子很大，消化不良。因此需要放慢脚步，像国家搞宏观调控一样，做好自身的微观调整。同时，要坚决调整掉那些不符合万向未来产业发展方向的项目或企业，不能当断不断、拖泥带水。

完善，就是在调整中完善基础管理。基础管理无所不包，无处不在，小到一句话、一张表格，大到用人用钱、经营决策。基础管理是根本，基础不牢，地动山摇。

提高，就是在完善中提高增长质量。提高增长质量从根本上必须靠降低成本挖潜，靠改进效率增收，这不是虚功，而是实干。

"调整、完善、提高"，贯穿了2006年至2007年整整两年，夯实了基础，强健了肌体，明晰了方向。很快，2008年国际金融危机突如其来，万向遭受的冲击是剧烈的，但扎深了根基的万向顶住了。危机降临前夕，万向主动进行了产业与管理的调整优化，这不是偶然的巧合、侥幸，而是企业成长理念及逻辑的必然。

在"调整、完善、提高"的基石之上，2014年，万向集团开始实施力度更大的"整枝疏果"战略，这是继1979年捏紧成拳、主攻万向节后，第二次全局性的产业方向选择。"整枝疏果"的方向和目标，就是要围绕清洁能源这一主干，对那些游离的、不规则的、不健康的枝条，毫不犹豫地实施剪除。舍掉该舍的，才能长好该生的。

鲁冠球向全体万向人发出了"迎接清洁能源更加灿烂美好的明天"的号召。他的号召基于一个日渐清晰的事实：自1999年始，包括电动汽车、风力发电、太阳能发电、天然气发电等在内，清洁能源已经成为万向今天发展先机最明显、市场空间最可观、未来增长潜力最可靠的产业领域。因此，以清洁能源为方向，"万向现有产业的调整很明确，简单一句话，在国内或者国际上达不到业内前三的，不投资、不扩大。现在亏损的，没有效益的，和产业政策不符合的，我们就砍掉。这就叫整枝疏果。"

整枝疏果，最终带来的是"奋斗十年添个零"的花繁叶茂。

2015年年末，"十二五"收官在即，《浙江日报》强势推出了《"十三五"，浙商去哪儿》栏目，开篇即醒目的大标题——《鲁冠球：奋斗十年添座"城"》："十年，2000亿元，一个万向创新聚能城。这是鲁冠球在'十三五'乃至'十四五'期间要干的一件大事。"

这应该是最早披露万向集团将建设创新聚能城的公开报道，"奋斗十年添个零"也由此揭开"奋斗十年添座城"的新篇章。

"奋斗十年添座城"谋划已久。早在2000年，万向第一次向浙江省级政府部门层面申报20平方公里的汽车零部件基地。2002年12月15日，刚刚就任中共浙江省委书记的习近平到万向视察并听取了鲁冠球的汇报："只要你们有内容，不怕我们没载体。如果真的做成20平方公里的企业王国，我乐见其成。"[1]此后，万向的这一规划先后数次调整为电动汽车产业城、清洁能源科技城，2015年最终确定为"万向创新聚能城"。当年12月，中国工商银行和万向集团在北京签署全面战略合作协议，为万向发展清洁能源及创新聚能城提供1200亿元的意向性融资额度，这是中国工商银行历史上向民营企业提供的最高融资额度。

"今天，我们提出打造全球一流的创新聚能城，是万向积累与时代发展的完美结合。"鲁冠球曾对此解释说，"每一次名称的变更，都是我们产业内容的升级，是我们社会责任的深化，更是我们对科技进步的追求，对经济规律的尊重。"

2019年3月25日，钱塘江南岸，万向创新聚能城正式开工建设。这必将是承载万向"奋斗十年添个零"的梦幻大舞台——总投资2000亿元，规划面积8.32平方公里，以清洁能源为方向，以电池为原

奋斗十年添座城，万向创新聚能城开工建设

---

① 《习近平在萧山考察调研：艰苦奋斗加快发展努力率先基本实现现代化》，《浙江日报》2002年12月16日。

点，以电动汽车和智慧能源为两大产业链，涵盖锂离子动力电池、新能源乘用车、国际金融科技社区、智慧城市CBD社区、研究院等12个重点建设项目，在云端用区块链技术平台打造一个"实体＋数字"深度融合、可容纳9万人的"智能生态城"。

初心还在，梦想还在，但鲁冠球不在了。

万向创新聚能城开工动员大会上，已接任万向集团董事长的鲁伟鼎动情告白一生不忘"奋斗十年添个零"的父亲："家父一生，创建了万向，留下了精神。我要做的，是创建万向创新聚能城，留下奋斗的足迹。"

我不是商人，我是企业家

万向企业有方向，是因为人有方向。

位于杭州市湖墅南路与环城北路交会处高22层的四星级酒店纳德大酒店是万向集团的第一家酒店。纳德大酒店1996年8月开业，原名万向大酒店，2005年9月重新装修后易名纳德大酒店，并成为万向纳德系酒店的旗舰店。

没有人解释过纳德大酒店为何取名"纳德"。

注册于哈尔滨市南岗区玉山路18号的万向德农股份有限公司是万向集团旗下的一家上市公司。万向德农原为2002年上市的华冠科技，2004年万向以大股东身份接盘，继而将之更名为"万向德农"，并转型为服务于农民、农业的种业龙头企业。

万向德农投资控股了被中国种子协会认定为"中国种业骨干企业"的北京德农种业有限公司。德农种业的广告语已清晰诠释了"德农"的含义——德农种业，以德兴农。

德者,道德,是万向词典中分量最重、最不容动摇的根。

2001年6月14日,鲁冠球曾经向全集团下发过一道关于用人标准的批语,广为人知:"有德有才,大胆启用,大胆聘用,可以三顾茅庐,高薪礼聘;有德无才,可以小用,通过教育培训,视其发展而定;无德有才,绝对不可用,让其伪装混入,后患无穷;无德无才,可以不用,因为一看就知道,不易混入,但可让其自食其力。"

方向至上、责任至上、道德至上,贯穿鲁冠球创业的一生。

2008年9月,河北石家庄市三鹿集团毒奶粉案陡然爆发,酿成新中国成立后性质最为恶劣、影响最为深远的一起食品安全事件。

事件缘起于当年全国各地连续接报有大量婴儿因食用三鹿集团生产的婴幼儿奶粉而罹患肾结石,随后在其奶粉中发现含有化工原料三聚氰胺。根据官方统计,截至当年9月21日,全国因使用婴幼儿奶粉而接受门诊治疗咨询且已康复的婴幼儿累计39965人,仍在住院的为12892人,已死亡4人。

9月13日,国务院启动国家安全事故I级响应机制——"I级"为最高级,指特别重大食品安全事故——严厉查处三鹿奶粉污染事件。国家质量监督检验检疫总局随即对全国109家婴幼儿奶粉生产企业的491批次产品进行了排查,结果显示,包括国内最知名品牌在内,共有22家企业的69批次产品检出了含量不同的三聚氰胺。

三鹿事件引发了前所未有的大地震。民众对国内企业奶制品的信心指数跌至冰点,海外代购、抢购婴幼儿奶粉竟成风潮;加拿大、英国、法国、日本等数十个国家和地区宣布全面或部分禁止中国奶制品及相关产品的进口销售;世界卫生组织、联合国教科文组织和联合国儿童基金会联合发布声明,对三鹿事件危机扩大表示担忧,呼吁中国当局对婴幼儿食品实施更严格的监管。

2008年9月23日,时任国务院总理温家宝在纽约出席联合国千年发展目标高级别会议前在欢迎午宴上说:"最近我们发生了一起婴幼儿奶粉的公共卫生事件,给消费者特别是婴幼儿的身体健康带来了极大危害,也造成了严重的社会影响。作为中国政府负责人,我感到十分痛心。"在此前后,温家宝多次疾呼:"企业家身上要流淌着道德的血液。"

2008年9月,石家庄市委书记吴显国、市长冀纯堂、副市长张发旺等政府官员被撤职或免职,国家质检总局局长李长江引咎辞职;2009年1月,三鹿集团前董事长田文华被判处无期徒刑,三鹿集团作为单位被告,犯生产、销售伪劣产品罪,被判处罚款人民币4937余万元。

对万向集团而言,三鹿事件绝不是与己无关的新闻,而是长鸣的警钟。

2008年9月22日,鲁冠球向集团所属各单位的全体负责人发了一封公开信。

各位负责人:

奶制品事件再次教育了我们,任何私利都不能凌驾于公众利益之上,企业经营要以德为本,损人利己即自取灭亡。

另外,发展不能贪大求快,不能超越自己能力,安全永远比速度重要。

从古至今,谁都不能脱离社会责任谈发展。社会责任是企业存在的前提,是企业价值的体现,是市场信誉的积累,更是我们创建世界名牌企业的基石。

鲁冠球

10月15日,《人民日报》全文转发了这封信,中央一位领导同志对此做出重要批示。《人民日报》随后配发评论:"'人民论坛'专栏发表了《推荐鲁冠球的一封信》,在社会上,在企业家中,引起反响。一个不会赚钱的企业家不是合格的企业家,一个只会赚钱、抛弃公众利益的企业家绝不是真正的企业家,最终也会被消费者所抛弃。"

　　2010年5月26日,在北京人民大会堂召开的中国工业行业企业社会责任报告发布会上,万向集团和国家电网、首钢集团等29家单位一起,向全社会发布了自己的第一份社会责任报告。

　　一个多月后的7月1日,在万向集团纪念建党89周年大会上,鲁冠球语重心长地再谈三鹿事件背后的社会责任与企业道德:"永远不做片面追求利润、见利忘义、置公众利益于不顾的事。商业风险有七分把握可以做,法律安全没有十分把握都不能做。简单地说,不做坏事是我们社会责任的底线。"

　　企业要勇于承担社会责任,并以道德力量引领社会责任,这从来不是万向的华丽辞藻和空泛口号,而是长达半个世纪一步一个脚印的实践。

　　20世纪80年代,3万套不合格万向节的废品事件是万向集团"质量第一、信誉第一"理念的标志性起点。43万元的惨痛损失令员工垂泪,鲁冠球说:"只有疼到了肉里,才能把质量意识烙在脑子中,刻在心上。"质量并不是简单的指标或数字,而是一种责任、精神和信仰,是一家企业的生命与灵魂,万向由此出发。2002年10月,万向集团与海尔集团、联想集团、上海宝钢、青岛啤酒、北京同仁堂等16家卓越企业共同签署了著名的《向世界名牌进军——北京宣言》。5年后的2007年9月,国家质量监督检验检疫总局及中国名牌战略推进委员会在北京公布中国世界名牌产品名录,世界名牌产品的评价体系包括质量水平、国际化程度等4个重要维度。万向集团生产的钱潮QC牌万向节获"中国世界名牌产品"殊荣,实现了浙江

2007年9月,鲁冠球(前排左一)在北京参加中国世界名牌产品表彰大会

省"世界名牌"的"零"的突破。鲁冠球认为,万向打造世界名牌产品和世界名牌企业的目标应该加上分量更重的修饰语——"有文明和道德力量"。

20世纪90年代后,万向集团实施"二次国际化",全面进军美欧市场,接连收购了拥有全球最多万向节专利的舍勒公司、美国七大汽车零部件供应商之一的上市公司UAI、全球最大的翼形万向节传动轴一级供应商洛克福特公司、全球最大的传动系统零件制造商DANA、美国三大汽车主机厂的一级供应商PS公司,以及A123、菲斯科等公司,共计30余家。"我赚钱也要让别人赚钱。"这一利他共生的企业哲学,令万向的海外收购与海外市场经营收获广泛成功,成为现象级的"万向案例"。早在20世纪80年代,鲁冠球就在中国企业界率先提出并践行了构建"企业利益共同体"的探索,这一共同体的基本指向是企业发展必须兼顾"为顾客创造价值,为股东创造利益,为员工创造前途,为社会创造繁荣"。从"企业利益共同体"到利他共生的海外拓展,其不变的逻辑即"成人为己,成己达人"的基于强烈责任意识的生态思维。

21世纪后,万向集团日渐清晰地确定了以清洁能源为目标的企业成长战略,这是万向在创业早期决定专业化生产万向节后第二次最为关键的产业方向抉择。以万向创新聚能城平台为例,主要包括两个延展领域,一是"电池—电机—电控—电动汽车",二是"电池—储能—分布式能源—智慧能源"。为何要选择清洁能源? 企业发展的根本目的究竟是什么? 鲁冠球的回答十分明确——承担社会责任,进而造福人类,企业发展的方向必须符合人类社会发展的方向。他曾对媒体说:"我希望万向成为一家受世界尊敬的企业,万向今后的使命就是为清洁能源奉献一切。"一个以奉献为己任的人终会得到他应得的尊敬。正如美国前财政部长亨利·保尔森在评价鲁冠球与他的万向美国公司时所说:"很多人会很成功,但这个成功的人,能够被政府认可,并被他自己的合作伙伴交口称赞,受到大家的一致尊重,这在美国也是很少见的。"

长期观察万向创业史的资深媒体人江坪在《鲁冠球观点》一书中记录,万向集团员工都有一本手册——《万向文化》，手册里详细阐明了万向文化的内涵，包括企业宗旨、企业目标、企业哲学、企业精神、企业道德、企业作风六部分，集聚了办好企业的精华。鲁冠球是万向文化的倡导者，他认为企业文化很重要，看不见，摸不着，却能带来有形的效益，创造无形的价值。手册对万向企业精神的定义是6个字："讲真话，干实事"；对企业道德的定义是12个字："外树诚信形象，内育职业忠诚"。

"真""实""信""忠"，重于千斤。

鲁冠球一直不愿意称自己是"浙商"，甚至极少参加各类冠以"浙商"名号的论坛、大会。他无数次大声地说过："我不是商人，我是企业家！"执拗得甚至有些偏执的背后，是因为在鲁冠球心中，"商人"和"企业家"有着泾渭分明的边界——方向、责任、道德。

这辈子我跟定共产党了

万向企业有方向，是因为万向人有方向；万向人有方向，是因为有坚定的政治方向。

2008年，为纪念改革开放30周年，《浙江日报》于11月19日至12月1日连续推出了《解读"万向"·对话鲁冠球》6篇系列报道。12月3日，作为这组报道的收官之作，《浙江日报》组织了一批见证万向创业史的老领导、媒体人再访万向集团，进行了一场"共读万向，追问成长的命题"的专题讨论会。

在讨论会上，奠定鲁冠球作为全国性重大影响力人物地位的长篇通讯《乡土奇葩》的作者、时任新华社浙江分社副社长林楠认为，万向中国式样本的意义在于，作为一家常青不倒的体制外本土企业，既能突破现行体制掣肘又始终主动纳入国家经济主流；既能坚守市场经济规则又在跌宕曲折的转型期始终获得国家的充分认可。林楠把万向的成功秘诀归结为具有"高度的政治敏感和智慧"。

这一判断得到了讨论会参与者的普遍认同，大家请鲁冠球谈谈他是如何保持政治敏感的。鲁冠球说："没有什么政治敏感，就是朴实的道理。没有共产党就没有万向的今天，听党的话，跟党走，踏踏实实地干政府鼓励、政策支持的事儿，确保万向始终走在了一条正确的道路上。"

鲁冠球对自己的政治信仰从不掩饰，一生追求改变农民命运的他对此有着农民式的直白和坦荡："万向发展得好，就是因为在'万'字上面加了一点，找准了'方向'。这个方向，就是听党的话，按党的政策办事。一个家庭不能没有当家人，一个国家要有正确的领路人，这辈子我跟定共产党了！"

鲁冠球坚定的政治信仰并非源于空洞的概念与说教，而恰恰是基于自己一生追求改变农民命运的历程中印刻在心中的所见所闻："正是在中国共产党的领导下，我们农民认识到了自身利益并为之而奋斗，改写了命运，创造了历史。我只不过办好了一家企业，共产党却给一个国家带来这么大的变化！"

1984年，鲁冠球加入中国共产党；1989年，鲁冠球担任党总支书记；1991年，万向成立党委，是浙江省第一家成立党委的乡镇企业，鲁冠球担任党委书记，直到生命终点。在他的家庭中，妻子、子女、女婿、媳妇，10个成员中有8个是党员。万向很早就提出要在先进员工中发展党员，在党员中选拔干部，截至鲁冠球辞世的2017年，全集团共有党员1600余名，企业各级正职干部中，党员比例达90%以上。

1991年成立党委后的每年"七一"，在万向纪念中国共产党成立大会上都会有一堂特殊的党课，主讲人是永远不会缺席的集团党委书记鲁冠球。他人生第一次登上党课的讲台，是1986年春天在杭州的人民大会堂，面对全市机关干部，讲课的主题很宏大——"通往共产主义的路就在脚下"。那一年，鲁冠球还是一个只有两年党龄的新党员。

依然，每年"七一"万向集团的党课，鲁冠球的讲课都会有一个明确的主题：2000年，《当好"三个代表"，为再添一个"零"而努力奋斗》；2005年，《做一个廉洁自律的共产党员》；2011年，《为共同富裕做力所能及的事》；2016年，《紧跟时代步伐，做合格共产党员》。

建党90周年之际，鲁冠球曾经与前来采写《听鲁冠球上党课——一个乡镇企业家的信仰征程》的媒体记者有过这样一段对话：

> 记者：这么多年，你为什么一直担任党委书记？
>
> 鲁冠球：这个岗位相当重要，它把握着一个企业的方向。以前有人说，乡镇企业船小好调头，实际上调头次数越多，其中消耗的成本和市场机会也越多。这么多年，万向没有走歪路，就是因为方向正确。
>
> 记者：你怎样看待信仰？
>
> 鲁冠球：共产主义就是共产党员的信仰，党是我心目中的精神支柱。
>
> 记者：一个企业的目标，和党的目标有何联系？
>
> 鲁冠球：现在，党最需要我们的就是把企业办好，要努力把企业的目标融入党的伟大目标中去。

由于鲁冠球悉心过问，万向集团的党建工作相当完善。其中包括每个党员每年都要向党组织填报一张"党员重点工作计划（总结）表"，对自己一年来的表现进行如实评价，身为党委书记的鲁冠球也不例外。

"这是书记在病房里坚持自己手写的，他不让旁人代笔。"万向集团党委工作室总经理杨燕乐一直保留着鲁冠球辞世那年的最后一份党员总结表。在"今年最满意的事"一栏中，鲁冠球写的是：13辆乘用车自己设计制造，经国家检测通过并批准；"最不满意的事"一栏写的是：创新聚能城未开工建设……

　　同样是2008年12月,《浙江日报》为纪念改革开放30周年举办了一场"共读万向,追问成长的命题"的专题讨论会。参会的财经学者吴晓波提出了一个中国企业界很有意思的现象:"每逢经济发展到关键的节点,人们往往就会自然想到万向,就会特别关注万向,就会好奇地发问——万向怎么看? 万向怎么做?"

　　人们关注万向,企业界关注万向,舆论关注万向,是因为万向代表了方向。

　　中央高层同样关注着万向以及万向发展的方向。

　　2009年3月,鲁冠球前往北京参加十一届全国人大二次会议。9日下午,时任国务院总理温家宝来到浙江代表团参加讨论审议《政府工作报告》。

　　鲁冠球回忆,自己一进会场就遇到了温家宝总理。"冠球,我们是老朋友了,今天很高兴,又见面了。"温家宝关切地问,"你去年好吗? 企业有困难吗? 有冲击吧? 现在订单情况好不好?"

　　会议开始后,第一个发言的鲁冠球向温家宝总理汇报,2008年国际金融危机挑战很大,但2009年1至2月企业形势明显好转,销售额还增长了2%。温家宝认真地追问是同比还是环比。当听到鲁冠球回答是同比时,温家宝高兴地连连说:"逆势增长,那真不容易,真不容易!"鲁冠球接着汇报,全国人大会议结束后,万向准备举办一个纯电动汽车·锂电池生产基地奠基仪式。万向创业40年从来没搞过什么庆典,这次破例是为了提振信心。温家宝点头给予肯定:"你搞一个简朴的庆典仪式,我在这里先给你祝贺!"

　　讨论审议临近尾声,温家宝做了总结讲话:"其实万向企业的成长,主要是三个精神值得发扬,一是创业精神,二是克服困难的精神,三是创新精神。有了这三个精神,你就能够克服当前金融危机带来的影响,继续把企业办好,这也叫万向精神。我以为这不仅是万向精神,恐怕也是浙江精神,就是艰苦创业、大胆创新、克难攻坚、勇往直前!"①

这一年,恰是万向创建40周年。鲁冠球告诉全体万向人:"历史中有属于未来的东西,找到了,思想就会永恒。总理为我们总结的万向精神16个字,将穿越历史,连通万向的过去、现在和未来,成为我们永恒的思想财富和精神追求。"

鲁冠球和万向引起中央高层的密切关注始于1986年。万向集团档案室的企业大事记对此有如下清晰的记载:

1986年1月8日,时任中共中央政治局委员胡乔木前来万向节厂视察;

1986年初,时任中央顾问委员会常务副主任薄一波指示新华社采访报道鲁冠球先进事迹;

1986年5月1日,时任中共中央政治局常委、中纪委第一书记陈云在杭州接见鲁冠球;

1986年5月23日,时任国务委员、中国人民银行行长陈慕华前来万向节厂视察;

1986年6月10日至19日,鲁冠球赴京参加农牧渔业部先进人物演讲,在中南海怀仁堂受到习仲勋、田纪云等中央领导接见;

1986年8月22日,时任机械工业部部长邹家华前来万向节厂视察;

1986年11月22日,时任国家经济委员会主任吕东前来万向节厂视察;

1986年11月25日至12月2日,鲁冠球赴京参加中央组织部召开的全国优秀党员、先进党支部事迹交流会,在会上作了《为国争光,为民造福》的发言,受到邓小平、万里、习仲勋、乔石、余秋里、王震、薄一波、宋任穷等中央领导接见。

进入新世纪,作为中国卓越企业家的代表人物,又由于旗下万向集团对海外市场的成功拓展,鲁冠球曾经有多次随行国家领导人的重要出访。

---

① 《温家宝纵谈企业发展,对浙江克服困难充满信心》,中国广播网2009年3月9日。

2011年至2015年，鲁冠球三次随行国家领导人访问美国

2011年1月18日至21日，时任中国国家主席胡锦涛应奥巴马总统的邀请对美国进行国事访问。1月19日，作为此行的重要安排，中美企业家圆桌讨论会在美国白宫举行。鲁冠球参加了本次讨论会，其他参会的中国企业家是联想集团总裁柳传志、中国投资公司董事长楼继伟、海尔集团董事长张瑞敏。[①]

美国通用电气公司总裁兼首席执行官杰弗里·伊梅尔特首先发言说，中美是世界上最大的两个能源消耗大国，所以必须在清洁能源利用上做出表率。鲁冠球随后率先回应："在中美清洁能源的共同合作上，万向已做了积极的尝试，2009年在美国设立太阳板工厂，是中国第一家；昨天又与美国Ener1公司签署协议，合作在中国发展清洁能源电池。我们是中美经贸关系深化的受益者，也是双方清洁能源合作的推动者。"

"万向美国公司创立于1994年，就建在奥巴马总统的故乡。当然，这是巧合。目前，万向在美国14个州有28家工厂，提供了5600人的就业岗位，年销售近20亿美元。2010年，在美国生产的汽车中，每三辆就有一辆使用万向在美国制造的产品。"鲁冠球回忆，听到这几句话，奥巴马非常高兴。

1月21日，胡锦涛前往芝加哥参观了由万向美国公司为主承办的美国中西部中资企业展。鲁冠球一直清楚地记得参观结束时，胡锦涛主席叮嘱他的话："你们在这里14个州有28家企业，解决了当地5600人的就业，这很好！你

---

① 《胡锦涛同奥巴马19日在白宫共同会见中美企业家》，新华网2011年1月19日。

们已经不是单纯的生产,更是融会贯通美国的信息与技术等。要多同美国的企业合作,相互了解,多向他们学习,你中有我,我中有你,共同发展。"

胡锦涛还当面交托给鲁冠球一项任务:承担更多的社会责任,作为中国企业第一个启动"十万人留学中国计划"。该计划是美国总统奥巴马2009年11月访问中国期间宣布,国务卿希拉里次年5月在北京正式签署的双边协议,计划在4年内安排10万名美国学生前往中国学习,以加深美中在教育、科技和体育等领域的互动合作。

当年3月25日,鲁冠球与美国芝加哥市市长戴利在杭州正式启动"十万人留学中国计划"——芝加哥万向合作项目。

时隔4年多后的2015年9月22日至25日,中国国家主席习近平访问美国,这是习近平第7次访美,也是他就任国家主席后首次对美国进行国事访问。

鲁冠球(前排左二)与参加"十万人留学中国计划"来华的美国学生交流

9月23日,习近平出席了在西雅图举行的中美企业家座谈会。参加座谈会的中美企业家35位,企业总市值约3.5万亿美元,相当于当年世界第四大经济体的经济总量。中方共有两位浙江企业家:鲁冠球与阿里巴巴董事局主席马云。[1]

走进会场,习近平亲切地问候鲁冠球:"冠球啊,你来了,你在这里的很多企业都发展得很好。"[2]

---

① 《习近平出席中美企业家座谈会》,新华网2015年9月23日。
② 《鲁冠球:我的"新能源汽车之梦"》,央广网2015年10月12日。

通用汽车首席执行官玛丽·博拉代表美国企业第一个发言,她呼吁中美进一步增强合作力度。万向集团1997年成为了通用汽车配套零部件产品的首个中国供应商,在座谈会上,鲁冠球再次代表中国企业第一个发言,他回应了玛丽·博拉的呼吁:"中国制造一定能够保证配套产品的质量,同时希望美方加大对中国市场的开放力度。"

担任座谈会主持人的美国前财政部长、保尔森基金会主席亨利·保尔森表示:"此次会议是中美两国经济交流,中国经济改革发展的一次重要机会。"

而由此前溯3年的2012年2月,在那次被视作习近平"世界亮相之旅"的访美之行中,鲁冠球依然是随行企业家之一。[1]5天时间,他跟随领导人穿越美国东西,走访了华盛顿、纽约、波士顿、洛杉矶、圣路易斯等5个城市,拜会了美国国务院、能源部、纽约州等政府官员以及国会相关参议员。

2月14日,习近平在华盛顿和时任美国副总统拜登共同出席了中美企业家座谈会。会上,习近平高度赞扬万向在促进中美合作方面的积极贡献。习近平说,很高兴地看到万向集团近年来加快发展,使一批美国企业免于破产,金融危机后保住了超过3500个当地人的就业岗位,这证明了企业的社会责任感和道德意义上的企业家形象。

3天后,习近平在洛杉矶出席中美经贸合作论坛开幕式并发表演讲时,再次提到了万向:"日益密切的中美经贸关系为美国创造了大量就业机会。据不完全统计,2001年至2010年,美国对华出口共为美国增加了300多万个就业岗位。中国在美投资企业也为促进美国就业作出了贡献。……中国万向集团在美投资的近30个项目,为美国创造就业机会近5000个。"[2]

2002年12月15日,就任中共浙江省委书记尚未满月的习近平即率省市主要班子成员前往万向集团视察,此后又多次到万向调研,对万向和鲁冠球

---

[1]《随国家领导人四年三度访美 这位浙商有啥底气》,浙江新闻客户端2015年9月18日。
[2]《习近平在中美经贸合作论坛开幕式上的演讲(全文)》,新华网2012年2月17日。

的情况很熟悉。

2013年"五一"前夕，鲁冠球赴京参加全国劳动模范代表座谈会。习近平总书记在座谈会上用了很长一段话评价鲁冠球："鲁冠球同志是我们第一批乡镇企业改革家，现在仍然站在改革的前线。我在浙江工作过，鲁冠球同志就是依法合理、谦虚谨慎，一直保持务实低调，与时俱进。他始终琢磨万向，一直琢磨到现在，万向始终处于一个领导潮流的地位。"①

这一年的7月1日，在万向集团纪念建党92周年大会上，鲁冠球的讲话题目是《始终处于一个领导潮流的地位》："在不同的发展阶段，万向有一个共同的特点，就是我们的发展始终是踏着时代的节拍，紧扣改革开放的脉搏，在国家战略的引领下，顺势而为、与时俱进一路走来。"

鲁冠球告诫万向人，"始终处于一个领导潮流的地位"是一种境界和高度，其成败取决于万向是否能够始终保持正确的方向。

---

① 《随国家领导人四年三度访美　这位浙商有啥底气》，浙江新闻客户端2015年9月18日。

一天做一件实事，一月做一件新事，一年做一件大事，一生做
一件有意义的事。

——鲁冠球

一个人征服了自己就征服了世界

鲁冠球永远忙碌。但他给人留下的最深刻印象是永远爽朗的笑声，以及永远充沛的精力。于是许多人总是追问：鲁冠球是怎么安排自己的时间的？他每天都在做些什么？

鲁冠球曾经不止一次地告诉媒体自己每天的时间表：早晨6点起床；6点50分到公司上班；晚上6点45分回到家吃饭；7点看《新闻联播》《焦点访谈》；8点开始处理白天没有处理完的文件；9点左右开始看书看报看资料；大约10点30分感到疲倦的时候，冲个澡再继续学习，到12点上床休息。天天如此。

"大家常说，人最宝贵的是生命。我以为，生命最宝贵的是时间。因为生命是由时间构成的，是一分钟一分钟积累起来的。无论职位高低，相貌俊丑，收入多寡，每人每天都同样拥有24小时。24小时中，1/3的时间工作、1/3的时间休息，大家差异都不是很大。但是，另外1/3时间的利用和支配，差异就大了。"1999年8月，在刊发于《人民日报》题为《用好业余时间》的署名文章中，鲁冠球认为，人和人之间最大的差异来自对业余时间的利用。人们对业余时间的利用，有一种习惯心理或习惯行为，这种习惯心理或习惯行为不可小瞧。业余时间的利用，业余时间价值的发挥，对一个人事业的成功至关重要。"可以说，我的业余时间，全部用于学习和工作。这几十年业余时间的学习和积累，成全了我8小时内无法完成的思考和提高。"

一个长期跟随鲁冠球的身边人回忆："鲁主席是天赋很好、非常敏锐的人，但是一个天赋这么高的人，仍然坚持每天阅读学习三四万字的信息，我在万向集团董事局那些年里从来没有见他停过一天。"

鲁冠球对业余时间的利用并不限于每天晚上，而是每时每刻。平时出门，他总是忘记带钱包，但一定会带上一本书和一个笔记本。鲁冠球最爱看的是党和政府的最新政策、国家大事、产业资讯以及人生感悟随想，读书看报时发现的一些有助于企业发展、提高个人修养的文章，他会制成大量的卡片用作参考，同时还经常复印下发给集团干部员工学习。

"如果有一天，病了，不能动了，脑子想不了了，我就退休。真的，我们这种人只要脑子在动，只要活着，就肯定是在学习，在想事业。"2008年，鲁冠球接受《京华时报》记者采访时说，"到现在我也没有停止过学习，因为我知道，只要活着就不能停下来。"

万向人都知道，集团每年有三次最重要的大会：纪念中国共产党成立大会、庆祝集团创立大会、集团年度总结表彰大会。每次大会鲁冠球都会讲话，每次讲话一定都是他自己亲自写讲话稿。早年的讲话稿更多的是谈经营，谈发展,后期更多的是结合经营发展谈人生观。

2014年6月30日,纪念建党93周年大会上,鲁冠球做了《学习是一切成功的必经之路》的讲话:"同志们,我们的一举一动,不仅是在谋划自己的人生,也在创造着万向的历史,更在参与着中华民族的伟大复兴。5月23日,习近平总书记在上海视察中国商飞公司的新闻,相信大家在电视中都看到了。不知你们注意到没有,在中国商飞设计研发中心大厅的墙上,国旗两边有两条标语,共四句话,非常醒目。我把它记下来了,读给大家听,以此与大家共勉——长期奋斗! 长期攻关! 长期吃苦! 长期奉献!"

"长期奋斗! 长期攻关! 长期吃苦! 长期奉献!"恰是鲁冠球自己用一生去践行的人生观。

鲁冠球不是神,他也有普通人都有的七情六欲、喜怒哀乐。

鲁冠球很爱吃。外孙女倪雪睿一直记得母亲第一次带自己去外公办公室的往事——

"母亲和我进外公办公室时,他并不在,于是母亲将我留在办公室后便出门寻他。出门时还嘱咐我'别乱碰东西'。母亲出门后,我还是到处摸索了起来,并在外公的办公桌后面发现了一个小电冰箱。我大概是从外公那里继承了好奇和大胆的性格,便打开了电冰箱,非常欣喜地发现电冰箱里满是饮料和巧克力。

鲁冠球(左)与孙辈

"但欣喜很快便烟消云散,随之而来的是恐慌,因为我感到背后有人。外公回来了,我被抓了个现行。我转过身来,脸上写满愧疚,却看到外公脸上灿烂的笑容。'你若不告诉妈妈和外婆,我就给你巧克力。'外公说道。这是我记忆中最美味的巧克力。"

鲁冠球也很爱喝酒。他曾经回忆,那些年,妻子章金妹退休前,夫妻俩一起下班,回到家往往是晚上7点左右了。他喜欢喝点酒,但家里没有下酒菜,就从院子里摘点自己种的包心菜、茄子、蚕豆,对付着喝几口酒了事。

以前,鲁冠球喜欢喝白酒和黄酒,后来改成了白兰地:"喝点白兰地酒气小,别人闻不大出来。不像白酒、黄酒,喝完酒气太大,对别人不礼貌。"在全国工商联副主席、正泰集团董事长南存辉的记忆中,和鲁冠球交往中的一个细节始终清晰深刻:老鲁经常身边带着一把小酒壶,里面装着洋酒,吃的却是萧山土产霉豆腐,还笑称这是"中西合璧"。

然而,对鲁冠球而言,每时每刻不能忘记的是,要做好一家企业首先必须懂得如何做人,以及人格的自我修炼。很大程度上,这种每时每刻的修炼是对人的本能的磨炼和不断克制,并进而使之成为一种人的意识深处的习惯与自然。

20世纪90年代中期,鲁冠球早已是全国闻名的大人物,万向集团也已经成为令人刮目相看的国家一级企业,但鲁冠球的办公室和家里一直没有装上空调。晚上在家里读书看报、处理事务到深夜,夏天很热,就打开电扇,蚊子很多,需要不停地拍打,就连脚上穿的白袜子都被拍打成了斑斑点点的"彩色袜子";冬天很冷,就披上军大衣,脚还是冷,女儿体恤父亲,给他买了一双很大很厚很暖和的棉鞋。"不是我不知道享受,我也晓得空调冬暖夏凉、四季如春。但我想,一线职工,特别是做锻造、热处理的工人,夏天有多热!如果我们先用上了空调,他们会怎么想?"

曾担任中共杭州市委书记的厉德馨在《我与鲁冠球的交往》一文中写道,听说鲁冠球从来没有在杭州宿过夜,只要是在离家100公里以内开会办事,鲁冠球都回家睡觉:"老鲁真的是把一切可以挤出来的时间都用到学习上去了。"事实上，虽然鲁冠球喜欢喝酒，但除非迫不得已，他几乎不外出陪人应酬，晚饭一定要回家跟家人吃。外孙莫凡回忆，外公总是说："家里的饭菜多好吃啊，哪里的饭菜都没有家里的好吃。"莫凡认为，这多半是因为外婆，这其实是一种简单质朴的爱。

莫凡还发现外公晚年有一个很可爱的习惯。有一次，他回到外公家，看见电冰箱上有外公手写的一个小小的"忍"字，餐厅电视机后面的墙上和很多角落都贴了一张张写着"遇事不怒"的字条。他问外公：这是为什么？外公告诉他，这是为了提醒自己在遇到不好的事情时要克制愤怒的情绪而写下的，贴在屋中很多地方，便能时刻警示自己。

"读万卷书，行万里路；交万人友，创万年业"，一直是鲁冠球自我鞭策的座右铭，因为他深知，每个人生命的路有多长自己决定不了，而路有多宽完全取决于自身。从改革开放40多年的维度看，中国农民和农民企业家的进化有三重境界：一是脱贫致富；二是努力实现"有钱人"和"有文化的人"的统一；三是最终进化为能超越财富，有崇高价值观与人格力量的真正的企业家。鲁冠球凭借孜孜不倦的终身学习，高度的自省、自律，以及开眼看世界的宽阔胸怀，进而超越了很多农民需要几代人才能蜕变的宿命，成为走到第三重境界的时代跋涉者。

在官方，鲁冠球是中国最佳农民企业家、全国优秀乡镇企业家、全国优秀企业家、中国最受尊敬的民营企业家、全国劳动模范、全国五一劳动奖章获得者、改革开放40年先锋人物；在民间，鲁冠球则被普遍尊崇为"浙商教父"。"教父"之尊，不在于企业之大、财富之巨、声名之盛，而更在于品行、理念、思想的深刻影响力。

一个十分熟知鲁冠球的浙江省领导说："从人格层面，老鲁近乎完人。"一个长期追踪报道鲁冠球的浙江资深媒体人说："他，是唯一的。没有境界，怕是难以读懂鲁冠球。"

人格的修炼是自我的事，但人格自我修炼的最高境界必是善与人同，并推及他人。鲁冠球与陈金义的故事，便是长久地烙在浙商心底的一段佳话。

陈金义在浙商名人榜上是一个相当特殊的人物。他早年曾经为杭州中药二厂厂长冯根生跑过蜂王浆等原材料采购，还为娃哈哈公司的宗庆后生产过儿童营养液，后来又因为在上海购买股票认购证赚得了真正的第一桶金。浙江人第一次听说陈金义这个名字是在1992年10月，缘由是他以一个私营老板的身份，一口气买下了上海市黄浦区的6家国有和集体所有的小型商店。他花费的代价并不算大，共计145.1万元，但传递的讯息十分吓人：以"私"吃"公"！陈金义因产权变革破冰者的巨大光环，如同坐上火箭般神速蹿红，万人瞩目。

出名后的陈金义成立了浙江省第一家私营企业集团——浙江金义集团有限公司；借道控股新加坡"电子体育世界"31.54%的股份，成为了浙江第一家在新加坡上市的民营企业；2000年，美国《福布斯》杂志第二次发布每年一度的"中国富豪榜"，陈金义以8000万美元的个人身家，位列第35位。2005年，他还与马云等9人一起当选"浙江年度经济人物"。

辉煌与落寞冰火两重天的是，2006年7月26日，长期拖欠他人60多万元债务的陈金义首次被杭州市江干区人民法院公开曝光，当时其所欠债务总额已达3000多万元。因这一"老赖门"事件彻底跌落谷底的陈金义对外解释，自己是由于将所有家当用于投资研发有望"申请诺贝尔奖"的所谓"水变油"乳化燃料而惨遭失败。

陈金义"老赖门"事件发生两天后的7月28日，得知此事的鲁冠球发给陈金义一纸传真，伸出援手："陈金义同志：我心痛！事至此，先了结。要多少（钱）？来人拿！"

这20个沉甸甸的字直接写在了法院那份宣布"老赖"名单的公开文稿右边的留白处。鲁冠球在一次财经论坛上曾经坦陈，"心痛"是因为"自己也是这么过来的"——"一个企业一旦资金链断裂，还不出钱，法院的冻结、查封就

鲁冠球（右）与陈金义交谈

接踵而至。"

收到传真后，陈金义随即前往万向集团。鲁冠球证实了此次会面："我跟陈金义说，他主要犯了两点错误，一是错误地选择了企业战略和产品调整的时机；二是不讲科学。任何高科技方面的创新，必须建立在科学的基础上。"

金义集团方面透露，鲁主席在发传真之前，先是给陈金义打电话，劝他"不用着急"："原来鲁主席曾说要派人送钱过来，但金义集团有信心自己解决。"

陈金义记得，除了在一起开过几次会，吃过一次饭，自己和鲁冠球谈不上什么交情。他说："从来没想到的是我陈金义会变成'老赖'；也从来没想到在这样的时候，鲁主席会伸出手扶我一把。这几个字的分量我懂，这几个字只有对自己的儿子时才会这么写的！"

2017年，在鲁冠球病重入院时，担任浙商总会会长的阿里巴巴董事局主席马云和总会秘书长郑宇民来到浙江大学医学院附属邵逸夫医院探望。郑宇民回忆，那天，鲁冠球正在病房的一张小桌前坚持"办公"，看报纸、阅文件。他永远不会忘记鲁冠球握着马云的手说的一句话："浙商的存在是个奇迹，一定要同心团结，互相搀扶。"

不要忘记穷人

万向集团员工人手一册的《万向文化》中，对"企业哲学"做了这样的注解："财散则人聚，财聚则人散；取之而有道，用之而同乐。"鲁冠球对此有自己更明晰的解释："赚钱只是我们实现目标过程中的一种手段。财聚人散，财散人聚。回报社会是企业家终极的思想。"

半个世纪前，鲁冠球创业无疑是从为自己摆脱贫困而出发的。一路走来，他对金钱和财富有了更新的认知。

公司产品已经更新了无数代，但创始人鲁冠球依然住在1983年修建的第一代农家小楼里。这是一栋地处一条僻静临河的小巷子里极普通的房子，最高的一间是第三层，是后来加盖上去的。与周围萧山农民盖的第二代、第三代别墅相比，老屋显得有些土了、旧了，白墙上有剥落的痕迹，但很整洁。院子里有一畦七八十平方米的菜地，在这里亲手栽种果蔬或绕着菜地散步，能给鲁冠球带来无与伦比的幸福感。

公司年销售额早就超了千亿元，但大老板鲁冠球依然在1986年修建的第一代办公楼里上班。这是一栋六层的白色楼房，当年《华尔街日报》记者来到这家跨国公司采访时留下的强烈印象是"出人意料的朴素"。鲁冠球的办公室在三楼。外孙莫凡在鲁冠球辞世后曾经撰写过一篇纪念文章《外公的办公室》，他回忆，第

鲁冠球在家门前的菜地里散步

鲁冠球(左)在自己15平方米的办公室接待来访者

一次到外公办公室是在自己三四岁的时候，20多年了，办公室没有什么变化——约莫15平方米的空间，一张有些陈旧的办公桌，对面挤挤挨挨地摆着两把供访客使用的椅子，一排书柜，一台电视机。"外公办公室的电视机永远都开着的，他不看屏幕，但是他会一直听新闻。"

　　无论是在早年勒紧裤带创业的苦难时光，还是在已经累积下亿万财富的黄金岁月，鲁冠球总是把"勤以砺志，俭以养德"长记心头。有一年，鲁冠球和两个同事出差，在路边小店吃饭，点了几个菜。要加菜的时候，年轻的服务员劝阻道："你们的菜够了，再点就浪费了。"当时鲁冠球他们几个颇有些惊讶。结账时，应付68元，鲁冠球付了100元，并特意声明多余的钱是给服务员的。这时，颇感惊讶的是服务员了，鲁冠球对他说："谢谢你！点多了菜吃不完会浪费，你制止了浪费，给你的钱一定不会浪费。"

　　鲁冠球曾经对什么是"勤以砺志，俭以养德"有过明确的解读："勤俭并不一定是强制要求大家在物质方面省吃俭用。尤其在生活条件明显改善的今天，勤俭更多地体现为一种积极的人生态度，一种高尚的价值取向，一种谦虚谨慎的觉悟和境界。"

　　"今天我们节约钱的目的，也是为了更好地支配钱，更有意义地使用钱。"在万向集团纪念建党90周年大会上，鲁冠球在题为《为共同富裕做力所能及的事》的讲话中说："作为先富起来的人，我们不能也不会忘记'共同富裕'的责任和使命。'共同富裕'这个课题太大了，我们能做的太少了，我们只能量力而行。但同时,我们必须尽力而为……"

对鲁冠球来说,实现"更好地支配钱,更有意义地使用钱"的最有意义的事,就是扶持弱者,帮助穷人。

在"奋斗十年添个零"的愿景背后,鲁冠球还有一个念兹在兹的心愿——与财富增长同步,为共同富裕做力所能及的事。1999年,万向实现了日创利润100万元;2001年2月,浙江省首个"企业留本冠名基金",由鲁冠球倡议建立的"浙江省慈善总会'万向慈善基金'——四个一百工程"项目同步启动。该基金1000万元本金的运营增值收益全部用于"四个一百工程",即资助100名孤儿健康成长、100名孤寡老人安享晚年、100名残疾儿童自食其力、100名特困学生完成学业。2006年,"四个一百工程"扩展为"四个一千工程",全面覆盖浙江省11个地市。

鲁冠球原本考虑,当2009年万向集团"奋斗十年再添一个零"实现日创利润1000万元时,再将"四个一千工程"提升到"四个一万工程"。然而,2008年5月,汶川地震突如其来,万向在宣布向灾区捐献1000万元的同时,立即提前推进"四个一万工程",以地震灾区为重点,覆盖全国。

作为"四个一万工程"等万向集团慈善事业的实施机构,万向慈善基金会秘书处是对企业财富增长作用最小的机构,却是鲁冠球过问最多、批示最多、电话催办最多的部门之一。秘书处只有3个人员编制,设在万向集团总部一楼一间不起眼的办公室,这里,记录了万向每一笔善款的去处,为每一名受助对象建立了完整的个人档案。每一个星期,秘书处还要写一份简报,向鲁冠球汇报慈善工作进展。

鲁冠球每天要翻阅20多份报纸,除了关心国家大事,就是关心穷人的故事。一旦看到触动了他内心的穷人的故事,就会第一时间让秘书处去实地探访:情况是否属实? 能为他们做点什么?

2008年4月,鲁冠球在《钱江晚报》上读到一则报道《11岁女孩早当家》:浙江省泰顺县柳峰乡卓宅村一户农家,父亲帮另一户村民建房时不慎从二楼跌落,致瘫痪在床。母亲不堪贫寒折磨,带着3500元捐款离家出走,家中还有个不满10岁的弟弟以及八旬高龄的爷爷奶奶需要照顾,全家的重担落在了只有11岁的女儿卓宇婷身上……

鲁冠球马上把秘书处负责人王建叫到自己办公室,让他去泰顺看望卓宇婷一家。鲁冠球特别嘱咐王建,去泰顺时一定要"带上几斤肉",因为这篇报道中有一句让人揪心的话——宇婷的弟弟说,"已经好久好久没有吃过肉了"。

王建回忆,他第一次去卓宇婷家时,从乡里跑到县里兜兜转转了一两个小时,才找到菜场买了10多斤肉。先是请卓宇婷的邻居帮忙烧了一大盆红烧肉,再把其余的肉暂放在村书记家的电冰箱里,卓宇婷一家要吃的时候随时去取。

之后半个多月,王建三赴泰顺,并将卓宇婷一家的详细情况写成报告上报给鲁冠球。鲁冠球在报告上写下了几行字:"我意纳入我们'四个一千工程'范畴。注意,不要和别人争,要做的事情太多了,我们尽量做别人不做的小事。"

鲁冠球和他的万向人默默地挑起了"别人不做的小事":出资20万元,为卓宇婷一家重建了一栋三间两层的新楼,共192平方米,红色琉璃瓦屋顶,外墙是白色瓷砖,配齐了彩电、电风扇、煤气灶、席梦思;万向还承诺,每年资助卓宇婷一家7600元生活费,不仅要帮助卓宇婷姐弟读完大学,还将为卓宇婷爷爷奶奶两位老人养老。

"这就像做梦一样,以前我们家的房子是全村最破的,现在是最好的。"卓宇婷给鲁冠球爷爷写了一封信,"我期中考试语文考了89分,数学考了87分,成绩不是太好,我要争取在期末考试中都考到90分。因为您和其他热心人的帮助,我们全家现在生活得很好,谢谢你们!我最大的愿望就是继续好好学习,考上大学,报答帮助过我们的人。"

看到信,鲁冠球笑了:"我只想让孩子接受应该有的教育,健康快乐地成长,不希望他们有感恩的负担。"

卓宇婷只是数以万计万向慈善受助人中的一个。截至2017年10月鲁冠球辞世,万向集团用于各类公益慈善的支出累计已超过12亿元,慈善项目遍及全国逾20个省区,200多个县,3次荣获中华慈善奖。

慈悲与善良的力量并不仅仅在于给予,而在于传承与传递。

周荣新在《万向重心》一书中记录了这样一个故事。

2011年6月,孙子泽普和外孙涛涛放假回家,鲁冠球为他们安排了一项特别的"暑假作业"——到浙江省台州市仙居县的贫困山区看望同龄的孩子。这一年,泽普10岁,在上海读小学;涛涛在美国出生、念书,已经是高中生。从小含着金汤匙,他们不知道"贫困"意味着什么。"对于他们文化知识的教育,我是一点都不担心的。"鲁冠球说,"我和他们父母一起操心的是他们长大了如何做人。要让他们从小就有爱心,别忘了这个世界上还有穷人,要尽自己的力量去帮助他们。"

两个孩子很懂事,他们走访了4户贫困家庭的孩子,送去了文具,进行了心与心的交流。涛涛人长得高大,当他与因营养不良而长得瘦小的山区孩子交流时,常常单膝跪地。告别时,山里孩子把儿筐杨梅塞到他们怀里,他们商量后把杨梅送到了萧山孤儿院。

闻此,鲁冠球备感欣慰。

2019年7月1日,接任万向集团党委书记的鲁伟鼎在建党98周年纪念大会上讲党课:"董事局主席曾说,万向创立之前,让家人过上好日子是他的动力;万向创立之后,带领更多人过上好日子是他的责任;加入党组织后,共同富裕是他为之奋斗的目标和使命。从为家人、为员工到为人民,董事局主席激励着我们不断前行。"

为农民说话的人太少了

2001年3月，随着杭州城市扩容，万向集团所在的曾经跻身全国百强县前十的萧山撤市设区，成为杭州市的第7个市辖区。加之民营经济发达，萧山区整体"农转非"，鲁冠球也正式从农民成为了城市居民。

但鲁冠球仍然念念不忘自己是农民，是农民企业家。

《解放日报》记者吴卫群回忆，当年他还在报社国内部担任记者，有一天接到一个任务，到萧山采访著名企业家鲁冠球。吴卫群对这一次的采访印象极为深刻：鲁主席是一个开朗且精神饱满的人，一打开话匣子便滔滔不绝，他两眼放光，还不时拿手比画着。讲到兴奋处，他俯下身去挽起了裤腿，一直挽到了膝盖的位置……事后，吴卫群把这一不寻常的细节当趣事告诉了国内部的同事。同事笑着说，自己也曾经采访过鲁冠球，也发生过同样的细节："老鲁是农民企业家，始终保持着农民的本色，这正是他的可爱之处。"

1998年，改革开放20周年，资深媒体人朱永祥着手拍摄一部电视系列片《8个农民20年》。这"8个农民"，就是改革开放20年历程中浙江大地上最富创新精神的8位"农民英雄"，鲁冠球自然是其中之一。筹备沟通间，有两位被拍摄者对片名里的"农民"两字颇有些避讳，他们争辩道，自己的确曾经是农民，但那都是过去时了，现在已不是农民了。

"农民有什么不好？"之后，朱永祥去征求鲁冠球的意见，他的态度却异常斩钉截铁，"我本来就是农民！而且我就要在这片土地上带领农民把企业做大，走向世界！"

"在这个片子拍摄的多次采访中，我真切感受到他的使命已经不是为了改写自己的农民身份，而是要改变农民群体的命运。"朱永祥说。

《8个农民20年之鲁冠球》的撰稿人王旭烽对鲁冠球的评价则是"一个同时具有顽强的城市情结和乡村情结的人":"城市在鲁冠球的心里,无疑已经成为现代文明的象征。一方面他坚定不移地扎根在他的乡村,以作为对城市的一个对照,一个立场;但另一方面,他又千方百计地把自己从事的事业向都市的物质文明与精神文明看齐。"

中国很大,经济增长很快,然而从某种意义上,中国仍是折叠的,最显性的折叠恰是城市与乡村的断裂。农民往往是沉默的弱者,这个阶层需要有人为他们说话。

1987年10月,鲁冠球当选中共十三大代表。曾任中国记协党组书记的胡孝汉当年还在新华社总社国内部做记者,党的十三大会议期间,他带着乡镇企业发展、企业家责任

鲁冠球出席中共十三大的代表证

之类的预备题目前去采访鲁冠球,不料这位著名农民企业家却口口声声谈农业、讲田野。颇为感慨的胡孝汉写下了此次专访——《毋忘田野:访十三大代表鲁冠球》。

在连续当选中共十三大、十四大代表后,1998年开始,鲁冠球先后担任第九、十、十一届全国人大代表和第十届全国人大主席团成员。人大代表鲁冠球每年的提案几乎都和农民有关:"他们说,你会发言讲话。党代表5年才讲一次,让你当人大代表,每年都可以讲一次。"

鲁冠球非常珍惜在最高政治殿堂发言讲话的机会,因为"为农民说话的人太少了"。

财经作家吴晓波与鲁冠球相交半生,他记得,2008年全球金融危机爆发,

许多进城务工人员被城里的企业辞退驱逐,他为此写了一篇文章。他说:"没想到老鲁还特地打电话给我,我从他的语调中听出激动——晓波,谢谢你替我们农民讲了一句话。"

一定要为农民说话。但鲁冠球知道,农民自身命运的改变一定是干出来的。

从20世纪80年代中期开始发出"毋忘田野"的呼吁,鲁冠球一步一履地舒展开了他的以工补农、反哺农业的现代化农业梦想。

1985年,万向投资数百万元,在钱塘江边圈下800亩滩涂,建起了工厂化运作的农业车间,农民们在这里就像工厂的工人一样上下班,有节假日。猪羊成群、鱼虾满塘、鸡鸭欢腾、桃红柳绿,每次来到这个被称作"桃花源"的所在,鲁冠球就满心欢喜。"那时候,鲁主席有空就到这里来,路上有株杂草都要亲手拔掉!"

万向节厂的农业车间"桃花源"

欢喜过后,意料之外的麻烦却接踵而至:猪场按存栏规划出栏2.5万头,猪浩浩荡荡往外运,一算账却亏钱;鸡粪、猪粪下鱼塘,不料造成鱼虾缺氧,竟翻了塘;为防止螃蟹逃跑,塘壁四周筑起了玻璃,这些家伙居然从塘底钻洞扬长而去……

"桃花源"梦碎。但鲁冠球并不服输,憋着一口气继续搞创汇农业,尝试养蛇、养鳗鱼、养珍珠。1996年,在已有鳗鱼养殖场的基础上,又到广东省中山市建起鳗鱼基地，形成育鳗苗、养鳗、烤鳗、出口创汇的产业链。养鳗是个精细活，冬天寒冷，因为担心鳗鱼冻死，就在鳗鱼箱里放了稻草，以为能保温，结果快速游动的鳗鱼鱼皮都被稻草蹭破了，死了不少。更糟糕的是，不久，亚洲金融危机席卷而来，国际市场销售一落千丈，万向的鳗鱼产业亏损过亿。

失败一个接着一个，到21世纪初，万向集团农业领域投资累计亏损达19亿元。"屡败屡战、任劳任怨、忍辱负重、坚忍不拔、勇往直前、不负众望"，鲁冠球写下这样几句话来激励自己。他坚信，搞农业是一种责任，一定要有大量投入："农业产业化道路虽然漫长，这个事业我一辈子都不会放弃！"

"失败了没关系，我还要继续干。"有一次，鲁冠球在接待日本三菱商社的渔业合作伙伴时，把自己痴心农业不惜屡战屡败、屡败屡战的故事讲给他们听。日方一个名叫"汤泽"的小伙子当场就流泪跪倒在地，以此来表达对鲁冠球的钦佩。

对农民、农业、农村，没有感情是不行的，但只有感情也是不行的。屡战屡败、屡败屡战背后19亿元的代价留给鲁冠球的，是他想明白了立志"三农"要怎么做的几个道理：

——对"三农"的感情，一定要建立在遵循市场规律的基石之上，要讲究方法论。搞农业项目必须赚钱，尊重市场，有效益才可持续，才能形成良性循环。

——千家万户能做的千万不要做，企业和农户应该各扬所长，错位互补。农户都在搞种养，农业车间还去搞同样的初级产品，只是规模更大些，设施更漂亮些，成本更高些，怎么可能发挥企业的竞争优势？

——农业项目的本质是生机盎然的一片"森林"，如果做成了只是赢得掌声的"示范"和"盆景"，注定会失败。既然是营造"森林"，就必须能够惠及千家万户，给农民带来长远的利益，从而"带动一个产业，造福一方百姓"。

想明白了，就要明白地去干。

浙江省杭州市临安区是中国山核桃主产区，这是一种比北方核桃体形更小,果肉却更鲜美的高档坚果。临安山核桃已有500年栽培历史,但由于栽培周期长、果实采摘难,无法形成长期产业优势。1998年始,万向先后投资数千万元,在临安山核桃的核心产区清凉峰镇一带建立了1万余亩的山核桃基地,同时把林地承包给当地农户。万向和农户之间形成了分工明确、互利双赢的"公司+基地+农户"的现代化农业运营模式——公司负责市场拓展、技术开发、品牌打造,农户负责专心致志做好管护和生产;公司承担并抵御风险,农户以自己的辛劳换取稳定的收益。

工业优势加优势农业的最佳组合,给万向带来的是久违的成功。周边4个乡镇19个村,当地山核桃种植面积从不足1万亩扩展到10多万亩,6000多农户靠山核桃致富。

临安项目的成功探索,日渐厘清了此后20年万向大农业领域开疆拓土的三原则:一是产业化,用产业运作思维改造传统农业,包括销售、品牌以及生产标准;二是专业化,让专业的人干专业的事;三是资本化,用资本的力量推动产业化和专业化。

2000年,注册资金6亿元的万向三农集团有限公司在萧山创立,经营指向十分明确:农、林、牧、渔业产品等开发生产。作为万向集团农业投资的主平台,万向三农依循产业化、专业化、资本化新思维大展手脚。

2000年,万向三农以"战略投资者"身份介入以玉米深加工为主业的黑龙江华冠科技股份有限公司;2002年,华冠科技上市;2004年,万向三农成为第一大股东,并将华冠科技更名"万向德农"。10多年间,万向德农跻身中国种业龙头企业,连续多年创下玉米良种销量全国第一。鲁冠球对万向德农千叮咛万嘱咐:"种子是农民的希望。大的天灾我们挡不住,但不能因为我们的疏忽,而给农民带来伤害。农民伤不起!"

2001年,万向三农在与德隆和中粮集团的博弈中胜出,拿下河北承德露露26%的股权;2006年跃居第一大股东。承德露露主产植物蛋白饮料杏仁露,其原材料是原本烂在地里也没人要的野山杏。资本强势助推,公司迅速扩张,当地农民依靠山杏种植年增收入数以亿元计。

2002年,万向三农出资受让浙江远洋渔业原国有股东的股份,成为其控股股东。多年运筹,孵化了农业产业化国家重点龙头企业大洋世家,旗下三大远洋捕捞船队游弋于太平洋、印度洋、大西洋,拥有大型超低温金枪鱼延绳钓船19艘、大型金枪鱼围网船4组、大型鱿鱼钓船11艘,以及阿根廷200海里海域鱿鱼资源的永久性捕捞权。

创建20年,万向三农已然成长为农业产业巨轮:与汽车零部件、清洁能源并列为万向集团三大主导板块,总资产超过50亿元;控股万向德农、承德露露两家上市公司,大洋世家进入上市辅导期,直接、间接受益农民数百万人。

2019年5月,《2019胡润慈善榜》发布,这是胡润研究院连续第16年发布"胡润慈善榜",首次涵盖包括港澳台的中国全境。万向集团接班人鲁伟鼎以49.6亿元捐赠额首次成为中国首善。

鲁伟鼎此举源于2018年6月,他为纪念父亲鲁冠球并且遵循鲁冠球的"情怀境意"而设立的目前国内规模最大的慈善信托——"鲁冠球三农扶志基金",并将其持有的万向三农6亿元出资额对应的全部股权无偿授予此基金。如果不是胡润慈善榜,"鲁冠球三农扶志基金"低调得几乎少有人知晓,除了必要的信息披露,鲁伟鼎甚至没有出面对此做任何公开说明。

"鲁冠球三农扶志基金"章程清晰阐明了设立基金的宗旨是"让农村发展、让农业现代化、让农民富裕,以影响力投资、以奋斗者为本,量力而行做实事"。基金将永久存续,但鲁伟鼎及其家族成员不享有信托利益,其财产及收益将全部用于扶贫、济困、扶老、救孤、恤病、助残、优抚、救灾等慈善活动。

根据公开披露的信息,"鲁冠球三农扶志基金"设立后,由鲁伟鼎担任基金董事长,而时年17岁的鲁伟鼎之子鲁泽普担任基金首任监察人。这应该是鲁氏家族第三代首次进入公众视野。有媒体评点:"第三代崭露头角从家族慈善事业开始,某种程度上,这意味着,鲁氏家族精神的传承和慈善基因的延续走在了家族财富传承的前面。"

人的进化必定是一场坚韧的跋涉，更重要的是精神世界的绵延。只有由心出发，才能达于彼岸。

天上的鲁冠球星

革命者的休息地是墓地,就是说革命不息,奋斗不止。作为一名企业的领导者,我的休息地也是墓地。

——鲁冠球

最后时光

2017年10月26日晨,万向集团官网首页发布讣告——

中国共产党党员、永远跟党走之时代先锋,全国劳动模范、全国五一劳动奖章获得者、时代领跑者——新中国成立以来最具影响力劳动模范,中国最佳农民企业家、全国优秀企业家、中国乡镇企业功勋、万向集团创始人、党委书记、董事局主席鲁冠球同志,因病医治无效,于2017年10月25日12时在家中逝世,享年74岁。

此前3年,已经传出鲁冠球生病的消息。

改革开放40周年之际，中共中央、国务院授予鲁冠球改革先锋称号并颁授证书及奖章

几经治疗，几度反复，其间，鲁冠球曾经飞赴美国医治。"我不会退休，事业就是我的生命。"将事业视作自己生命的鲁冠球决不轻言放弃。浙江媒体《钱江晚报》描述过这样一个片段。一次，美国医生说，有一种刚研制出来的新药对他的病情或许有改善作用，但尚未进行过临床试验。家人们都心存顾虑，不敢使用。鲁冠球的态度却非常坚决："新药尽管用到我身上来，总要有一个人做试验品。说不定成功了，病也就好了。就算不成功，也是一次尝试。"结果，他成了使用这种新药的全球第一人。

2017年7月底，鲁冠球病情危重。鲁伟鼎去美国看望父亲，父亲和他交流了关于生与死的思考：探索是一定要的，科技是好的，科技能创造奇迹。但科技和生命肯定不会同步，也不能同步，如果同步，人类就乱了。人必定是要死的，任何医疗风险，都要去承受。很想活着来完成没做完的事情，若老天给，那更好；若不给，你们要面对。

"你要问我这一辈子够不够？我够了。"鲁冠球对儿子说，"我今年74岁了，每天工作16小时。和别人每天工作8小时相比，我已经活过120岁了。"

生命倒计时，当美国医生告诉他已无力回天时，鲁冠球平静而坚定地说："回国！回家！我不能在美国没。"8月4日，他所乘的飞机降落杭州。10月25日上午11时，鲁冠球从医院回到萧山宁围童家塘的老宅。这里，是他出发的地方，只是这一次，成了永远的归来。

《做创造历史的勇敢者》，是鲁冠球生前的最后一次重要讲话。

2017年7月8日,万向创立48周年庆祝大会。这一天,鲁冠球没有如同过去的每一次那样出现在讲台,正在美国治疗的他在无菌隔离病房里录制了视频讲话。这是鲁冠球历年大会讲话篇幅最短的一次,但他依然没有忘记"把'奋斗十年添个零'进行下去"! 他号召万向人:"习总书记说,历史是勇敢者创造的,我们大家要做创造历史的勇敢者。第一,要走出自己当前的'舒适区',克服困难,去奋斗;第二,要学会从'零'开始,去掉光环,再立新功;第三,要勇立潮头,勇敢地去创造历史。"

"视频上的鲁主席人瘦了,头发没了,声音没有以前洪亮了。"参加大会的所有人都拼命鼓掌,泪流不止。

《时代契机　我们没有理由错过》,是鲁冠球生前公开发表的最后一篇重要文章。

2017年9月25日,《中共中央国务院关于营造企业家健康成长环境弘扬优秀企业家精神更好发挥企业家作用的意见》正式发布。这是中央首次以专门文件明确企业家精神的地位和价值,是党的十九大召开前夕重要的声音。

9月26日,重病中的鲁冠球率先积极回应,发表了题为《时代契机　我们没有理由错过》的署名长文:

　　学习了《中共中央国务院关于营造企业家健康成长环境弘扬优秀企业家精神更好发挥企业家作用的意见》,心情难以平静。回想我们这代人的创业梦,从被当作"资本主义尾巴"东躲西藏,到在计划经济夹缝中"野蛮生长",再到改革开放中"异军突起",以及全球化中无知无畏闯天下,可以说是跌宕起伏。

　　虽然,我们不再年轻,但我们的企业正朝气蓬勃。今年是小平同志"异军突起"谈话发表30周年。《意见》的发布,让我们感受到再一次"异军突起"时代机遇的到来。所不同的,不是乡镇企业在中国的"异军突起",而是中国企业在世界的"异军突起"。

《意见》道出了企业家与资本家、单纯的财富拥有者、获取者的本质上的区别，道出了企业家追求的目标和一种利他、奉献的精神。

苦想没盼头，苦干有奔头。面对中国企业在世界"异军突起"的时代契机，我们谁都没有理由错过！

因为放心不下，鲁冠球与万向的多位高管留下了最后一次的通话。

大洋世家总经理曾岳祥："2017年7月5日，我接到了鲁主席的越洋电话。电话里他交代我，大洋世家一定要成为行业的领头羊，要成为一家受人尊重的公司，要培养好团队。"

万向集团副总裁管大源："差不多是7月5日同一天，我也接到了鲁主席的电话。他叮嘱我——一是天气很热，职工的防暑降温必须放在心上；二是最近公司周边拆迁多，员工租房成本高了，今年员工收入分配对此要尽量有所考虑。"

万向研究院总经理陈军："一次，在美国治病的鲁主席打电话给我。我控制不住情绪地说，鲁主席，我很想念您！电话那头传来的是我最熟悉的萧山话：'想有什么用？客车搞好了没有？'我进万向后，就只做电动汽车一件事。鲁主席只让我做这一件事。"

据万向旗下上市公司万向钱潮公告显示，鲁冠球生前的最后一次公务活动，是10月中旬他以通讯表决方式主持召开万向钱潮的第八届董事会第八次会议，表决通过了两项议案。

万向的员工还记得鲁冠球生前最后一次提出的要求。10月18日，辞世前一周，鲁冠球特别交代在邵逸夫医院病房里安装电视，他要同步收看党的十九大开幕式和聆听习近平总书记的报告。

送别

最后的时光，鲁冠球告诉鲁伟鼎："丧事一切从简，不能向组织提要求；组织有什么指示，一切服从。"

鲁冠球生前最怕麻烦别人。他一定没有想到，在他离去的那一刻，还是给太多的人"带来了麻烦"。

2017年10月30日上午8时，鲁冠球追悼会在万向集团公司举行。哀悼大厅两旁是黑粗字体的巨幅挽联——"复兴先驱民企巨擘传奇人生生如钱潮名天下，时代楷模国家栋梁大德流芳芳播万向定春秋"。

10月31日傍晚，中共中央总书记、国家主席、中央军委主席习近平在前往浙江嘉兴瞻仰南湖红船后，特意嘱托时任中共浙江省委书记车俊转达对鲁冠球辞世的深切哀悼，并表示"对鲁冠球同志非常熟悉，印象也非常深刻"，高度评价他"始终走在企业改革创新的前列，是民营企业家中的优秀代表"。

追悼会现场，摆放着李克强等党和国家领导人送来的花圈，浙江省原省长吕祖善致悼词。

"大家都说我变了，改变的就是，我没有父亲了。"追悼会上，鲁伟鼎以《最可爱的父亲》为题，代表家人致答谢词：

"父亲的专注，一直让我认为，他创建的

送别鲁冠球

万向,是他的'儿子',是我的哥。在他完成第一次治疗,恢复健康以后的一年,他拼命地工作,他在争分夺秒地安排万向的未来!每当治疗遇到危险时,他想得更多的,不是我这个儿子,而是这个叫万向的'儿子'。我终于明白,这才是他的'大儿子'。面对离去,他最牵挂的,是把更好的万向留给我们,留给大家!

"最可爱的父亲,他多想看到,儿子与大家一起,去引领这个'大哥'前进。我们没有停止过,我们一直在进行时,我们已经领命,我们一定会实现您的梦想。

"最可爱的父亲,您与天斗、与地斗、与自己斗,最后与细菌斗。那就让我们万向人,给天更蓝、地更绿、空气更清新加力,好帮助您实现胜利!

"我一直是一个快乐、认真、没有压力的人,现在,当您不找我们的一刻发生,我沉重了。我要找到意义!最可爱父亲的精神,是万向事业的推进器,是全体万向人接力奋斗一生为之前进的目标。

"最可爱的父亲,他自己勇敢地飞走了,飞到另一个星球了。儿子我只能去到另一个空间寻找,一定会有一颗'鲁冠球星'的。那时,我就找到,我最可爱的父亲了!"

花海如潮,人流如川。数以万计的他们,为一位奋斗到生命终点的创造者送行。

陈金义来了。这位2006年得到过鲁冠球相助的前"福布斯"富豪曾在2008年再度因欠债4500万元而成为"老赖"。他从此"神秘失踪",有消息说他去四川出家做了和尚,但一直无法证实。10月30日上午追悼会现场,送别鲁冠球的人流里,出现了陈金义的身影,这应该是他负债在身、隐匿差不多10年并被认为是"出家当了和尚"后第一次在公众场合露面。陈金义没有说话,只是默默地流泪。

2017年10月最后的那一周,有太多素不相识的人来到鲁冠球家里悼念。

其中,有一个只有一条腿的人,艰难地拄着拐杖,一遍又一遍地在鲁冠球的棺木旁徘徊,眼中噙着泪水。当有人试图去搀扶他时,他拒绝了,说:"我可以一个人走路的。"这是一个认识鲁冠球30多年的修鞋匠,由于残疾,他一生都在挣扎。鲁冠球曾经给予过他经济上的帮助,并鼓励他要自力更生。这个男人是来见鲁冠球最后一面的,他想向老鲁表达自己的敬意:"鲁主席给予过我的不是金钱,而是坚强与尊严。"

鲁冠球说过:"一个人的行为就是一个人的影子,无论你走到哪里它都会跟着你,只是你自己往往看不到,而你身后的人却看得清清楚楚。"当鲁冠球辞世离去,无尽的自发的纪念、悼念与怀念喷涌而出。从一行行的唁电、来函、悼念文章中,我们清清楚楚地读到了鲁冠球一生的行为以及因一生的行为而留下的长长的身影——

全国政协副主席董建华:冠球先生是我的好朋友。他白手起家,从中国走向国际,是中国民企的杰出代表。他热心公益,回馈社会,对中美交流做出了重要贡献。

国务院国资委原主任李荣融:星移斗转,商海沉浮,在中国第一代著名乡镇企业家中,鲁主席是唯一能续写成功到今日的人物。一代传奇虽谢幕,一生贡献永传唱。

中国证监会党委书记、主席易会满:鲁冠球先生光辉、杰出而富有价值的一生,不仅见证了中国改革开放40年所取得的伟大成就,本身也是这一历史成就的主要参与者和实践者。

阿里巴巴集团创始人马云:浙商开创了一个时代,而鲁老代表的这辈人开创了一代浙商! 前不久有人送我一句话:多数人是因为看见而相信,只有少数人是因为相信而看见。我觉得这句话用在鲁老身上再合适不过! 如果说鲁老身上最鲜明的东西是什么,我想就是他骨子里那种与生俱来的企业家精神。他那种"虽千万人吾往矣"的洞见和气度,是真正的企业家精神!

联想集团创始人柳传志:与鲁总相识已久,一直心怀敬意。6年前,我们还一同作为中国企业家代表应邀出访美国走进白宫，想起那段交流情景，仿佛就在昨天。鲁总为人正派，他的企业家精神是大家学习的榜样，让我很钦佩！

全国工商联副主席、正泰集团董事长南存辉：鲁老先生是最早苏醒产权意识的企业家之一，是最早拥抱资本市场的民营企业家之一，是最早在海外探索"以股权换市场""以市场换市场"的民营企业家之一，是最早开中国民企收购海外上市公司先河的民营企业家之一。而支撑这一个个"最早"的内核动力，是他对商业世界的敏锐洞察、敢闯敢拼和远见卓识。

全国工商联副主席、吉利控股集团董事长李书福：与鲁冠球先生的交往源于我们对汽车事业的热爱，对制造业的坚守，对企业全球化发展的追求。他的企业家精神犹如一座丰碑令人景仰，激励和鼓励我们这些晚辈不忘初心，砥砺前行！

全国工商联原副主席、传化集团董事长徐冠巨：高中毕业后，我非常幸运，在宁围800多名应聘者中被万向录用，成为万向第一批面向社会招聘的47名高中学历的年轻员工之一。第一份工作就在鲁主席这样杰出的企业家身边工作、学习，在万向这样杰出的企业中锻炼，给了我非常宝贵的人生财富。

浙江金义集团公司原董事长陈金义：鲁主席是我一生最敬佩、最尊重、最欠情的人。在我危难时是我的救命恩人，在我的事业上是我的教父，在情感上，我把他视作我的再生父亲。

新华社浙江分社原副社长、长篇通讯《乡土奇葩》作者林楠：忆及对鲁冠球主席的每一次采访和多年交往，深深感到鲁主席是脚踩大地、不畏任何艰难的创业者，更是具有远见卓识的改革者，一位真正了不起的农民企业家。他是中国改革大时代大潮流中的优秀代表人物，也是众人心目中的一个好人！他的名字和形象不但刻在我们心里，还会刻在中国改革的纪念碑上！

《浙江日报》原总编辑江坪：我和老鲁相识相知40年，他真是鞠躬尽瘁，像老黄牛一样勤勤恳恳。鲁冠球给我们留下了什么精神财富？他热爱党、热爱人民、热爱家乡，所以从没有离开家乡。从田野走向世界，又从世界回归田野。这就是优秀企业家的崇高品德。

资深媒体人秦朔："不要人夸颜色好，只留清气满乾坤"，用这两句诗概括鲁冠球的一生，应该是恰如其分的。走大道，走正道，走市场化之道，走创新之道，鲁冠球因此长盛常青。

美国联邦参议员托马斯·R.卡珀：多么可爱的人哪！鲁主席的离世让我感慨万千。我已经多次赞扬他的艰苦创业，他对我产生了极大的影响，我永远记得他来自哪里。

美国商务部原部长潘妮·普利茨克：鲁主席是一位不平凡的企业家，建立了一个世界级企业。他热情、睿智和坦率，我会一直怀念他那极富感染力的开怀大笑。我相当享受和他在一起的时光，无论是在中国还是美国。

美国特拉华州州长约翰·卡尼：鲁主席是一位真正的中国企业家先锋，在中国经济对外开放中扮演了举足轻重的角色。尽管取得了巨大的成功，但是鲁主席依然不会忘记什么事情最重要，那就是帮助那些需要帮助的人，留下了值得骄傲的仁慈和慷慨的遗产。

麻省理工学院校长拉斐尔·莱夫：鲁主席将万向从一个小小的铁匠铺发展至受人尊敬的成功的跨国企业，令人深感敬佩。

美国梅奥医院吉姆·德理斯科：鲁主席那慈祥的笑容、高尚的人格魅力、似火的热情、睿智的眼光以及无尽的活力，深深地激励了我们所有有幸与他在一起的人。他激励我们成为更好的人。

浙江丽水市受资助人高德财：我来自丽水市莲都区峰源乡郑地高源村，从小学开始，万向集团就一直资助我，直到大学毕业。鲁冠球爷爷的恩情，我会永远铭记。他的帮助，给了我们这些贫困学子以希望。

鲁冠球外孙女倪雪睿：外公最大的财富和遗产不在于他所拥有的金钱或所创立的公司，而是他留给我们所有人的自信、勇气和榜样。外公的教导让我明白真正决定一个人价值的并不是所拥有的金钱，而是如何去使用金钱。

谢谢您，外公。天堂里的人一定是遇到了可怕的事情，才会让您早点去帮忙，我知道您在天堂也一定会获得成功。感谢您为这个世界所做的一切！

……

继承者

　　2017年11月3日下午，万向集团董事局召开特别会议，一致通过实际控制人鲁伟鼎为万向集团公司法定代表人，担任董事长、首席执行官。会议还决定，万向集团董事局主席职务的称谓作为对创始人鲁冠球的尊称和纪念，将被永久保留。当天，作为鲁冠球唯一的儿子，万向集团的公司法定代表人工商登记变更为鲁伟鼎。

　　离开鲁冠球的日子，万向巨轮的航向依然无比坚定。特别会议强调："万向集团将沿着鲁冠球同志生前制定的战略坚持实业稳步前进，依法合理，因时而进，因势而新，发扬万向精神，将'奋斗十年添个零'继续进行下去。"

　　一周后，浙江省委、省政府召开民营企业家座谈会。接任万向集团董事长的鲁伟鼎公开亮相，在题为《幸福的新时代　创新的新作为》的发言中，他坦承万向的未来不是仅靠纪念、仅以继承就能完成的。万向已经决定，要走出"舒适区"，做好艰苦奋斗、接力奋斗、永远奋

鲁冠球（右）生前与鲁伟鼎在讨论企业未来

斗的准备。要做创造历史的勇敢者，不辜负这个伟大的新时代。

进化的意义并不会止于一个人生命的两端，而终将代际相传，闪耀于天穹。当父辈的身影渐行渐远，年轻的力量几乎同时跃出了地平线。

2018年11月1日，北京人民大会堂东大厅，习近平总书记亲自提议并主持召开民营企业座谈会。这一年，是改革开放40周年；这一年，否定、怀疑民营经济的所谓"民营经济离场论"杂音四起。特殊时刻，座谈会的规格之高、意义之重大不言而喻。全国50多位著名民营企业家参会，进行了两个小时座谈。

"鲁冠球同志是咱们最早的一批企业家，是民营企业中的改革先锋。那一批人里头做到现在仍然蓬勃发展的，万向比较典型。"听完鲁伟鼎的发言，习近平总书记表示，"我总结，一个是心无旁骛，主业把握得牢；再一个思想不落伍，总在前沿探索。培养后代上也做得很好，这叫'创二代'嘛。"①

座谈会结束告别时，习总书记握着鲁伟鼎的手说："好！你把万向做好，把万向事业做好，就是不让它断，别断了！"

"我们一定努力，不断！"鲁伟鼎朗声答道。

"创二代"鲁伟鼎使命在肩。

从1969年到2019年，走过半个世纪之后的7月8日，万向集团迎来了创业50周年的高光时刻。这一天，也是鲁冠球精神展陈馆的开馆日。鲁冠球之子鲁伟鼎、鲁冠球妻子章金妹、鲁冠球之女鲁慰芳、鲁冠球之孙鲁泽普，鲁家三代人和从全球回家的万向人一起，回望属于万向的半个世纪。

在这个时刻，和父亲当年一样，在庆祝万向集团创业50周年大会上，"创二代"鲁伟鼎做了题为《万向50年》的讲话——

"一、鲁冠球与时代的关系。有人说鲁冠球是幸运儿，有人说他是弄潮

---

① 《"民营企业和民营企业家是我们自己人"——习近平总书记主持召开民营企业座谈会侧记》，新华社2018年11月1日。

鲁伟鼎在鲁冠球精神展陈馆

儿，有人说他是国家英雄式人物，我们说，他是纯粹的奋斗者。鲁冠球一生的'跌宕起伏'，是大时代的'跌宕起伏'；鲁冠球的'精彩纷呈'，是亿万奋斗者的'精彩纷呈'。人们认为鲁冠球们所生存的那个时代十分艰辛，道路荆棘丛生。但回想起来却值得庆幸，他们与共和国一起开创的，是一段无法被重复的企业历史，书写了国家经济历程中最为悲壮的史诗般的华彩。

　　"二、鲁冠球与万向的关系。董事局主席对万向，比爱情还坚定，不离不弃；比奉献还纯粹，生死相依。对万向，他是彻底、全部、无保留的牺牲！大家都说，万向是鲁冠球的，我说鲁冠球是万向的。可能他是学习白求恩了，不仅自己努力在做'一个高尚的人，一个纯粹的人，一个有道德的人，一个脱离了低级趣味的人，一个有益于人民的人'，而且，他在努力带领万向做一家高尚的公司，一家纯粹的公司，一家有道德的公司，一家脱离了低级趣味的公司，一家有益于人民的公司。这就是万向，要做一家受人尊敬的公司。按主席的方言，这是'万向样子'。

　　"三、鲁冠球与我们的关系。过去，主席是大家的靠山，靠着主席，大家可以安心地待在舒适区。现在不同了，鲁主席不在，大家要靠自己，从零开始。鲁主席的精神是我们的财富，但财富不会自己跑到我们的口袋里。任何人，包括我自己，需要下功夫学深学透鲁主席精神，财富才能取之不尽，用之不竭。鲁冠球精神，是站起来之中国人的创造精神，是富起来之中国人的创业精神，是强起来之中国人的创新精神。鲁冠球精神是改革开放精神的生动体现，更是万向未来永远要遵循的。"

万向集团创立50周年大会上,鲁伟鼎代表万向董事局,代表鲁家三代人,代表万向人,依循万向创始人、董事局主席、"父亲鲁冠球"的意愿、情境,正式宣布:按照《信托法》和《慈善法》正式开始办理,将万向集团公司截至2018年度审计报告的资产全部捐赠,设立鲁冠球万向事业基金。公益基金的全部收益将用于研发新技术,高端人才教育,开展科技研究,支持设立理工类应用型科研机构。按照《公司法》,作为发起人,发起设立组建万向股份公司。"让万向创造、创业、创新的优秀者与我们一起出资成为股东。财散则人聚,财聚则人散;取之而有道,用之而同乐。激活智慧,分配未来!"

鲁冠球精神展陈馆,《只想对你说声谢谢》的主题曲轻声回响——

我想和你聊聊天　在这个春天

停下脚步一起忆当年

多少他乡路　梦回到天边

多少思念　杯中把月圆

我想和你见个面　在这个夜晚

花开花落　往事风吹散

多少坎坷泪　男儿不轻弹

多少英雄　沉默在眼前

相信命运会改变

只想看看你变没变

温暖如初见　历经似水流年

彼此回望幸福多一点

相信奋斗会改变

因为有你在身边

感动一瞬间　再见沧海已桑田

鲁冠球

一位中国农民、改革者、企业家的成长史

只想对你说声谢谢

……

50年，静水深流。时间循环往复，空间百转千回，仰望星的方向，万向致远前行。

鲁冠球手迹

讲真话

干实事

伟鼎:

一心为公，大公无私，公而忘私，是先进的。

先公后私，公私兼顾，是允许的。

先私后公，私字当头，是要教育批评的。

假公济私，损公肥私，是要制止与打击的。

表面为公，暗中为私，是伪君子。

是要防止的，千岁不可重用也。

                                    谷迁书

                                    93.2.22。

环境保护是由你提出提倡引起

大家关心，大家也必须，衷心的感谢 我们也真知的设计

对我们的工业污染由于拉多时

就考虑以……现在都达标。 我也承认

但在企业内流出的黑有由

污水放出去，臭气造成，但花不是味！

希望你逐步检查一不怎么办，总之

我们要嫌钱但不能损害社会！

龙呗

98.X.XX

各位负责人

今年是新世纪、新千年，又是切实的第一年。春节休息，又紧接中央元月，咋应付时间和少特殊情况，如何开个好头是实际问题怎么办。我想，我们万众一心为奋斗拼添一个崭新年的成绩，以实际行动来迎接建党八十周年

2001.元9日

各位负责人：

　　无论是国家还是企业，要想治理好，就一定要形成廉洁的文化。廉洁文化是道德观念，也是价值尺度。

　　我要求你们，必须以身作则成为廉洁的榜样，以廉洁形成说服力、吸引力和感召力，带领员工把万向建设成有文明和道德力量的世界名牌企业，为国家富强、子孙后代富裕奉献我们的精神和力量。

鲁冠球

二〇〇八年七月十八日

各位负责人：

奶制品事件再次教育了我们，任何私利都不能凌驾于公众利益之上，企业经营要以德为本，损人利己即自取灭亡。

另外，发展不能贪大求快，不能超越自己能力、安全永远比速度重要。

从古至今，谁都不能脱离社会责任谈发展，社会责任是企业存在的前提，是企业价值的体现，是市场信誉的积累，更是我们创建世界名牌企业基石。

鲁冠球

二○○八年九月二十二日

天之有德于人，不可忘也。我们每时每刻都在得到爱，也都在付出爱，爱是互动的，是发展的，是永恒的。

一点一滴的善心，乘以六十亿，地球会变成爱的海洋；再多再大的灾难，除以六十亿，困难会显得微不足道。互爱互助，是责任更是收获，帮助了别人，提升的是我们自己。

鲁冠球

二〇一〇年四月十八日

财散则人聚

财聚则人散

取之而有道

用之而同乐

鲁冠球

二〇二〇年十二月九日

从田野走向世界
从世界返回田野

鲁冠球

凡欲自立于世界民族之林者，都会奋发创新。

鲁冠球

主要参考文献

江坪著:《鲁冠球观点》,红旗出版社2017年版。

吴晓波著:《激荡三十年》,中信出版社、浙江人民出版社2007年版。

吴晓波著:《跌宕一百年:中国企业1870—1977》,中信出版社2012年版。

周荣新著:《万向重心:鲁冠球和他的中国梦》,红旗出版社2017年版。

[英]弗里德里希·奥古斯特·冯·哈耶克著,冯克利、胡晋华等译:《致命的自负》,中国社会科学出版社2000年版。

魏江著:《鲁冠球:聚能向宇宙》,机械工业出版社2019年版。

屈波编著:《鲁冠球管理日志》,中信出版社2011年版。

费孝通著,戴可景译:《江村经济:中国农民的生活》,商务印书馆2001年版。

中共中央文献研究室编:《毛泽东传(1949—1976)》,中央文献出版社2003年版。

程炳卿主编:《万向集团》,当代中国出版社1998年版。

鲁冠球著:《鲁冠球集》,人民出版社1999年版。

[德]马克斯·韦伯著,李修建、张云江译:《新教伦理与资本主义精神》,九州出版社2007年版。

厉德馨著:《厉德馨文集》,红旗出版社2012年版。

胡宏伟著:《东方启动点:浙江改革开放史(1978—2018)》,浙江人民出版社2018年版。

[美]沃尔特·艾萨克森著,管延圻等译:《史蒂夫·乔布斯传》,中信出版社2011年版。

朱永祥主编:《8个农民20年》,浙江人民出版社1998年版。

[德]黑格尔著,王造时译:《历史哲学》,上海书店出版社2006年版。

杜润生著:《杜润生自述:中国农村体制变革重大决策纪实》,人民出版社2005年版。

王旻主编:《浙江改革开放30年口述历史》,浙江科学技术出版社2008年版。

马立诚著:《大突破:新中国私营经济风云录》,中华工商联合出版社2006年版。

章开沅著:《开拓者的足迹:张謇传稿》,中华书局1986年版。

许胤丰、来载璋编著:《鲁冠球少年时》,浙江少年儿童出版社1988年版。

罗平汉著:《农村人民公社史》,福建人民出版社2003年版。

王曙光著:《中国农村》,北京大学出版社2017年版。

后记 | 生命的意义在于你值得被仰望

《鲁冠球：一位中国农民、改革者、企业家的成长史》是我撰写的第六部与浙江有关的书稿。必须特别说明的是，本书不是万向集团授意的公司文宣，而是基于致敬的独立写作；不是一般意义的企业家传记，而是记录人在时代跌宕间的成长与进化。

第一次见到鲁冠球是在1986年，我刚刚大学毕业成为新华社浙江分社农村记者。农村记者是在今天的媒体内部采编分工中早已湮灭的"物种"，却让我由此得以触摸到源自乡村的中国改革的强劲心跳，观察到从本真上代表了中国命运的农民的蜕变。那一年，鲁冠球已经是全国名人。

此后30年，我一直在不远处静静地凝望着鲁冠球和他的万向集团，倾听他们的故事，品味他们的甘苦，解读他们蕴含的时代脉动。应该说，我不是与鲁冠球交往最密切的观察者，最为遗憾的是，当决定写作本书的时候，鲁冠球已经于两年多前辞世。但这样的角色与姿态，恰恰给了我更冷静、更客观、更独立、更理性的写作可能。鲁冠球有巨大的人格魅力，距离太近，你也许会目眩于他的光芒而看不清本质。

我从来认为，要衡量一个企业家的价值除了商业成就的大小之外，必须还有是与非、对与错、黑与白、善与恶的标尺。作为中国最盛产老板的地方，浙江的创业者超过一千万，也不乏优秀的企业家，但你能不能成为伟大的企业家，在商业成功之上更关键的在于你是否肩负了责任、使命与道义力量。这将最终决定你是否值得被长久地仰望。鲁冠球无疑属于伟大的企业家。

本书写作于一个极其特殊的年份。我清楚地记得，2020年2月8日元宵节，在因为严重的疫情而全城居家隔离的日子，我开始整理关于鲁冠球的第一份资料，写下关于鲁冠球的第一行素材笔记。当这个星球似乎不再转动时，当每一个人都直面黑暗时，我在写作的长考中对什么才是奋斗者、创造者之生命的意义有了更真切的觉悟。

没有对鲁冠球一生的仰望就没有本书的写作。我首先必须感谢老鲁。

还要感谢浙江文艺出版社社长虞文军，他是本书选题的最早提出者。以及本书的责任编辑、浙江文艺出版社冯静芳、罗敏波、谢园园，你们近乎严苛的编校，令我感动。

感谢万向集团老友莫晓平，30多年彼此莫逆相交，让我对万向更多了一分深切的认知。晓平是本书最认真的催生者。

感谢我的写作生涯中最重要的好友吴晓波。20年前，我们合著了《温州悬念》《非常营销》，对我的写作思维影响至今。我将晓波视作自己精神世界的同行者，他关于鲁冠球主席的分析定位颇为精准。

感谢媒体前辈周荣新，作为第一位采访鲁冠球的《浙江日报》记者，他的遗作《万向重心》详实精彩，总能使我在写作中豁然开朗。

感谢厉德馨先生、江坪先生、魏江先生、陈冠柏先生、朱永祥先生、王旭烽女士、屈波先生、颜春友先生、许胤丰先生、来载璋先生，你们记录、研究鲁冠球故事的点点滴滴，给了我莫大的启示。

感谢我的妻子李靖，你是我全部枯燥且漫长写作中无怨无悔的陪伴者。一年又一年，我奋力奔跑；春夏秋冬，你静静地期待。

2020年的最后一天，11个月、330个夜晚、400万字素材的梳理、20余万字的书稿写作，突然画上了句号。清朗的月光洒落，我在键盘上敲下了最后一行文字。那天很冷,零下3摄氏度,我心里默念着温暖了激励了每一个人走过铭心刻骨的2020年的一句话:没有一个冬天不可逾越,没有一个春天不会来临。

胡宏伟

庚子年十一月十七日于杭州

鸣　谢

　　为了编好《鲁冠球：一位中国农民、改革者、企业家的成长史》，作者和出版社通力协作，与收入本书图片的作者进行了广泛的联系，得到了他们的大力支持。在此，谨表深深的谢意。

　　由于图片作者不详等原因，少量图片作者一时无法取得联系。拥有图片版权的作者如在书中发现自己的作品，请尽快与我们联系。我们已准备好图片稿酬，随时恭候各位作者领取。

浙江文艺出版社

联系地址：浙江省杭州市体育场路347号浙江文艺出版社总编办

邮政编码：310006

联系电话：(0571)85176953

图书在版编目(CIP)数据

鲁冠球:一位中国农民、改革者、企业家的成长史 /
胡宏伟著. —杭州:浙江文艺出版社,2021.7
ISBN 978-7-5339-6502-0

Ⅰ.①鲁… Ⅱ.①胡… Ⅲ.①纪实文学—中国—当代
Ⅳ.①I25

中国版本图书馆CIP数据核字(2021)第102241号

总 策 划　虞文军
责任编辑　冯静芳　罗敏波　谢园园
责任校对　罗柯娇
责任印制　张丽敏
版式设计　吴　瑕
封面设计　水玉银文化
营销编辑　张恩惠

鲁冠球:一位中国农民、改革者、企业家的成长史

胡宏伟　著

出版发行　浙江文艺出版社
地　　址　杭州市体育场路347号
邮　　编　310006
电　　话　0571-85176953(总编办)
　　　　　0571-85152727(市场部)
制　　版　浙江新华图文制作有限公司
印　　刷　浙江新华数码印务有限公司
开　　本　710毫米×1000毫米　1/16
字　　数　285千字
印　　张　19.25
插　　页　2
版　　次　2021年7月第1版
印　　次　2021年7月第1次印刷
书　　号　ISBN 978-7-5339-6502-0
定　　价　69.00元